Le Chat de Notting Hill

LHATTIE HANIEL

Le chat de Notting Hill

ÉDITIONS PRISMA

ISBN : 978-2-8104-3610-1

Vous vous demandez sûrement pourquoi je me retrouve seule le soir du Nouvel An au côté de ce petit chat roux ? Eh bien, moi aussi, je me le demande encore ! Pourtant, tout aurait pu en être autrement si, un mois plus tôt, je n'avais pas raté mes cookies, si je n'avais pas raconté un bobard à ma chef pour éviter de me faire virer, si je n'avais pas invité mes deux grand-tantes à venir passer Noël chez moi, si je ne m'étais pas rendue dans cette animalerie pour acheter des jouets pour leurs chats et si, de fait, je n'avais pas fait la connaissance de ce vendeur au charme mortel. Tant de « si » qui ont mis en cause mon équilibre cocooning de célibataire et, avec du recul, je me dis que le mois de décembre avait pourtant bien commencé. Car à Notting Hill, tout le monde vous dira que cette période de l'année est féérique et que les gens du coin sont plutôt emplis de bienveillance. C'est incroyable je me souviens parfaitement de tout comme si c'était hier. Et rien qu'en y repensant, mes émotions m'emportent dans ce passé encore si présent…

Chapitre 1

J-27 avant noël
Tess

Aïe ! J'ai mal partout. Je m'étire avant de me relever de mon canapé sur lequel je me suis encore endormie hier soir. Les yeux mi-clos, je frissonne et fonce vers ma chambre. Je me demande quelle heure il peut être, en constatant toutefois qu'il fait toujours nuit en jetant au passage un coup d'œil à ma lucarne située sur mon toit. Arrivée devant mon immense lit, je plonge dedans comme dans une piscine et m'enroule aussitôt dans ma couette douillette. Il ne me faut que quelques secondes pour retrouver les bras de Morphée.

Quelques heures plus tard, je me réveille et m'étire dans mon lit avant de me rendre sous la douche. Je profite de l'eau chaude plus longuement que prévu. Lorsque la douce tonalité féérique qui est censée me servir de réveil s'élève dans ma chambre, je ressors de la douche et m'enroule dans l'une des merveilleuses serviettes moelleuses offertes l'année dernière par l'une de mes grand-tantes, avant de me diriger vers la table de nuit et de mettre en sourdine l'alerte de mon portable qui s'élève *crescendo.* Depuis quelques jours, je me réveille plus tôt. Cela est certainement dû à l'approche des fêtes de fin d'année qui me rend nerveuse, car j'ai prévu d'inviter mes deux grand-tantes à venir passer quelques jours chez moi. Je les adore, mais les recevoir en même temps, c'est comme inviter un ouragan de catégorie 5 à entrer dans ma maison. Elles ne se supportent guère plus de deux minutes et je sais déjà qu'elles vont se crêper le chignon comme jamais. Et plus elles vieillissent, plus elles sont virulentes entre elles. Mais il se dégage quelque chose de drôle dans leur attitude à se disputer. Elles le font avec une délicieuse politesse. Elles s'exécutent dans des joutes verbales avec presque le petit doigt en l'air. Après tout, elles ne sont pas de pures Anglaises pour rien ! Je vais encore devoir jouer à l'arbitre, mais tant pis ! Elles sont la seule famille qui me reste depuis la mort de mes parents et je n'ai jamais passé de Noëls sans elles.

Je m'active à finir de me préparer, afin d'avoir le temps de lire un peu ce matin. En guise de petit-déjeuner, je me prépare un excellent thé à la bergamote avec une pointe de miel et un cookie que j'ai pâtissé hier soir. Pendant que mon thé infuse dans une vieille, mais magnifique tasse en porcelaine *fine bone* d'un bleu royal, bel héritage de ma défunte grand-mère, je me dirige vers la porte d'entrée. Je dévale les escaliers pour aller récupérer dans la boîte aux lettres mon magazine préféré : un mensuel de décoration d'intérieur. Avec mon *précieux* sous le bras, je m'en retourne chez moi sans omettre d'admirer au passage la porte rose de ma maison, située sur Portobello Road, artère principale de Notting Hill. Dans ce quartier à l'atmosphère si romanesque, de nombreuses façades ont leur couleur. Je me rends compte que j'ai eu beaucoup de chance d'acquérir ce bien, d'autant plus que le rose est ma couleur préférée. Je considère qu'habiter dans ce lieu est un privilège. Notting Hill est l'endroit où il fait bon vivre, peu importe la période de l'année. Il y a toujours du monde dans ces jolies ruelles pavées, et plus encore lorsque l'artère principale prend des airs bohèmes les jours de marché.

Les camelots alignent leurs étals les uns aux côtés des autres, sur lesquels abondent, dans un mélange coloré, des fruits, des vêtements, de nombreuses sucreries, des pains en tous genres, des objets utiles et d'autres moins utiles, sans oublier ce qui a rendu célèbre Portobello Road, les nombreuses boutiques d'antiquaires dans lesquelles les amateurs de mode rétro trouvent toujours leur bonheur. Les gens se sourient naturellement lorsqu'ils se croisent et j'aime ce sentiment qu'ils se regardent et ne s'ignorent pas comme dans d'autres grandes villes. C'est une ville cosy et pourtant, il s'y passe des choses. Nous avons même, une fois l'an, un magnifique carnaval caribéen ! La fête bat alors son plein dans de nombreuses ruelles jusque tard dans la nuit.

Mon thé est à point et je m'installe dans le petit salon, prête à le consommer. Je feuillette le magazine tout en trempant mon biscuit dans mon thé.

– Aoutch !

J'ai encore raté ma recette de cookies au chocolat. Celui-ci reste dur au lieu de fondre. Trop de farine, me ferait remarquer ma grand-tante Amélia. Même son chat ne mange jamais mes pâtisseries, c'est dire ! J'aurais mieux fait d'aller en acheter chez *Biscuiteers*. Je me force toutefois à le terminer, car je n'aime pas gâcher la nourriture. C'est un trait de caractère que je tiens de mon autre grand-tante, tata Imogen. Elle ne jette rien !

Cependant, ce point ne me concerne qu'en partie, car j'ai fait fi de nombreuses choses et autres objets inutiles depuis que je vis ici. J'aime m'inspirer des créations que je trouve dans mon magazine pour embellir mon chez-moi. L'année dernière, je me suis débarrassée de tout ce qui encombrait ma maison et j'en ai profité pour refaire toute la décoration de mon intérieur dans le style feng shui. J'adore toujours autant la couleur poudrée que j'ai peinte aux murs, le salon en rotin qui m'a toutefois coûté un œil, mais sans regret, ma chambre aux tons pastel ainsi que mon lit baldaquin dont j'ai remplacé les lourds rideaux en velours foncés par de simples rideaux vaporeux d'un joli blanc cassé. Tout ici est à mon image : tendre et romanesque ! Il ne me manque qu'un homme pour partager ce nid douillet. Oh, comme beaucoup de filles, j'aurais aimé épouser M. Darcy, mais Elizabeth Bennet est déjà passée par là et a raflé toute la mise ! Alors, malgré cet éternel souhait qui risque de ne jamais se réaliser, je garde les yeux ouverts au cas où M. Darcy aurait somme toute un descendant qui apprécierait assez Portobello Road pour y déposer ses valises... Quoique tout cela puisse être possible le jour où mon travail, enfin, plutôt ma chef m'en laissera assez le temps.

Tess, mon café ! Tess, appelez-moi un taxi ! Tess, je vous vire si vous ne vous pliez pas à mes demandes ! Tess, vous êtes sotte ou quoi ? Tess ! Tess ! Tess !

Eh oui ! Ma chef est une pure horreur ! Une garce diabolique aux menaces quotidiennes de me virer ! Alors, en attendant de devenir une vraie journaliste de terrain et de pouvoir choisir mes propres sujets, je suis rédactrice au *Daily's March*. J'y tiens la rubrique des potins de stars et autres peoples après avoir été responsable pendant deux années des chroniques animales. Certes, j'aurais pu voir une évolution dans ce nouveau job car, lorsque je réalisais des micros-trottoirs en présence d'animaux, il n'était pas rare que je rentre à la maison avec un vêtement déchiré, une griffure à la main ou bien encore une odeur nauséabonde, telle celle que j'ai subie en me retrouvant un jour avec une moufette sur les genoux. Ce qui m'avait d'ailleurs coûté une petite fortune en coulis de tomates et tout autant en shampooings ! Pourtant, certaines personnalités sont plus mordantes, voire plus désagréables, que toutes ces petites bêtes.

Tout en buvant délicatement le reste de mon thé, je continue de feuilleter mon magazine et prends mentalement quelques notes en vue de faire de nouveaux aménagements dans les toilettes. J'adore ce petit panier en osier embelli d'un carré de dentelle de coton sur lequel ont été déposés des rouleaux de papier toilette d'une blancheur doucereuse.

– Lettre C ! Lettre C !

Je recherche la lettre C dans le texte écrit en tout petit sur la page suivante, afin de découvrir le prix de cette création.

– Ah, oui, quand même !

Bon, eh bien, puisqu'il est clair que je ne mettrai jamais ce prix exorbitant pour mes toilettes, je me dis que soit je me mets à confectionner de la dentelle, soit, lorsque j'aurai un peu de temps, j'irai chiner chez les antiquaires et autres boutiques qui font la renommée de Notting Hill. Je suis certaine d'y trouver encore une nouvelle fois mon bonheur à moindre coût.

Je regarde l'heure et il est temps pour moi de me rendre à pied à mon travail, en n'oubliant pas d'apporter à ma chef son grand *latte.* Je déteste lui rapporter cette collation, mais comme j'habite à deux pas de chez *Biscuiteers*, elle profite de le savoir pour m'obliger à la servir…

Alors que j'entrouvre la porte d'entrée, je me retrouve nez à nez avec un petit chat roux, assis sur le seuil. À ma vue, il miaule aussitôt en se frottant à mes jambes. Bien que je remarque qu'il n'a aucun collier, je ne tente pas de savoir s'il a un tatouage quelque part. J'ai déjà eu mon compte en griffures par le passé.

– Eh bien ! Qui es-tu, toi ? dis-je dans les airs. Tu as faim ? chuchoté-je en lui donnant une petite caresse sur le dessus de la tête.

En guise de réponse, il se met à ronronner comme une tondeuse à gazon.

Je rentre de nouveau chez moi et le petit roux aux beaux yeux verts me suit. Je lui prépare une coupelle de lait et il continue de se coller à mes jambes. Je dépose cette petite offrande au bas de mon perron et il se jette dessus comme un affamé.

– Eh bien, dis donc, tu avais faim *le chat.*

Je le caresse de nouveau, remonte les trois petites marches afin de fermer la porte d'entrée à clés, puis je prends le chemin du travail.

– Ah, zut, les cafés ! Un jour, j'oublierai ma tête !

J'ai déjà parcouru un peu plus de cinquante mètres, mais tant pis ! Si j'arrive sans le *latte* de ma chef, elle va me pourrir la vie, bien que cela soit déjà le cas.

Une quinzaine de minutes plus tard, les mains chargées de gobelets remplis de liquides encore brûlants, je réussis à pénétrer dans l'ascenseur qui m'emporte à l'étage où se trouve mon bureau. Enfin, il ne s'agit pas à proprement dit de mon bureau. Je travaille dans un *open space*, entourée d'une vingtaine de collègues, tandis que notre chef *nage* dans un luxueux bureau qui fait à lui seul la moitié de notre plateau. Arrivée au deuxième étage, je régale au passage deux de mes collègues féminines de cafés chocolatés, avant d'arriver devant les deux mètres carrés où se trouvent ma chaise et une table assortie qui me sert de bureau. Je tends à ma collègue Abirami, par-dessus la demi-cloison qui nous sépare, un café allongé. Elle me remercie aussitôt en s'en emparant, tout en posant une main sur son cœur.

– Tess, tu es un ange…

Je n'ai même pas le temps de retirer mon manteau que la voix stridente de ma chef s'élève dans l'*open space*.

– Tess ! s'écrie-t-elle une deuxième fois.

– La Gestapo est d'une humeur exécrable, ce matin ! Méfie-toi ! me murmure Abirami tout en portant son café à la bouche.

– Oui, enfin, pas plus que d'habitude ! réponds-je à ma collègue avec une petite grimace.

Je préfère ne pas prendre le temps d'accrocher mon manteau à la patère et délaisse toutes mes affaires sur ma chaise.

– Tess ! entends-je de nouveau au loin.

Le stress s'empare de moi et j'attrape rapidement mon carnet de notes et mon nouveau stylo très *girly*. Au moins, celui-ci ne m'a pas encore été chapardé par ma chef. Elle déteste tout ce qui est rose...

– Tess ! Le *latte* ! s'exclame Abirami en voyant que j'ai oublié de prendre le gobelet de notre chef.

Je retourne sur mes pas et le récupère en lui envoyant un baiser imaginaire pour la remercier. Puis je repars rapidement les bras chargés.

– Tess ! continue de s'égosiller ma chef sans bouger de sa chaise.

Mon moi intérieur se fige à cette énième interjection, tandis que mes jambes prennent la direction de son bureau. Je traverse en quatrième vitesse l'*open space*.

– Je suis là ! lancé-je en soufflant comme un bœuf, tout en passant le pas de sa porte. Voilà ! Un café tout chaud !

Tandis que je le lui dépose devant le nez avec un sourire forcé, elle ne prend même pas la peine de m'en remercier. Mais bon, j'ai l'habitude.

– Tess, Tess, Tess...

Qu'est-ce qu'elle m'agace lorsqu'elle répète trois fois mon prénom comme si j'étais une enfant de dix ans ! D'autant plus qu'elle n'a que trois ans de plus que moi. Cependant, même si cela me démange de l'envoyer promener, je n'en fais rien. J'ai trop besoin de ce travail pour continuer à vivre à Notting Hill. J'ai beau avoir hérité de mes parents une belle somme d'argent, mon souhait d'habiter sur l'une des artères les plus renommées d'Angleterre m'oblige à me contenir.

– Oui, Isabelle. Que puis-je faire pour vous ? déclaré-je en papillonnant des yeux, toujours avec un sourire forcé.

– Votre travail ! me crache-t-elle au visage.

Je déglutis avec difficulté, perdant tout aussitôt mon sourire, aussi factice soit-il. Je me demande bien ce qui ne lui a pas plu dans mon dernier article. J'aimerais lui poser directement la question, mais je suis terrorisée tel un lapin devant un cobra. Sans mot dire, je continue de l'observer, le regard ahuri, attendant un éclaircissement qui tarde à venir…

– Tess, à moins que vous ne soyez atteinte de la maladie d'Alzheimer, ce qui, je dois l'admettre, vous excuserait entièrement, je vous rappelle que vous deviez m'envoyer votre chronique hier soir, et je constate avec désolation que je n'ai rien qui porte votre nom dans mes courriels, même maintenant !

À l'instant même où elle termine sa phrase par un claquement de langue agacé, je ressens une vague d'émotions me saisir le corps. Je plisse les yeux afin de mieux me remémorer ma soirée passée. Tout en essayant de conserver un visage neutre, je repasse en revue celle-ci.

Petit 1 : j'ai retranscrit toutes mes notes sur mon ordinateur : *check !*

Petit 2 : j'ai relu deux fois mon courriel sans l'envoyer, car j'aime toujours me relire une troisième fois : *check !*

Petit 3 : mon four s'est mis à sonner la fin de cuisson de mes cookies et je suis allée l'éteindre : *check !*

Petit 4 : tata Imogen m'a appelée pour me dire qu'il y avait le meilleur des documentaires animaliers qui repassait à la télé et que l'on risquait de me voir dans l'une de mes anciennes interviews : *check !*

Petit 5 : j'ai allumé la télé : *check !*

Petit 6…

Petit 6 ?

Pourquoi n'y a-t-il pas de petit 6 ? m'inquiété-je soudain. Je me rends compte que m'endormir sur mon canapé m'a empêchée de relire une troisième fois mon courriel et donc de l'envoyer à ma chef. De fait, il n'est pas étonnant qu'elle n'ait rien reçu, mais je ne peux pas lui dire ça.

Oh, je vais me faire virer ! songé-je, inquiète.

Il me faut trouver tout de suite une excuse valable.

Réfléchis, Tess, réfléchis, continué-je de me tancer en silence. *Qu'est-ce qui pourrait m'avoir empêchée d'envoyer un courriel ? Une coupure de courant ? Oui/non, trop banal ! Mon chien qui dévore les fils électriques du salon ? Non, trop dangereux et de toute façon, je n'ai pas de chien... Oh, mais bien sûr ! OK, je crois que je tiens un truc...*

– Oh, c'est tout à fait normal, Isabelle, si vous n'avez rien reçu ! prétends-je avec aplomb. Quand je vous aurai tout expliqué, vous allez en rire...

– Je ne pense pas ! m'interrompt-elle le visage fermé.

Je ne me démonte pas et poursuis ma tirade mensongère :

– Eh bien, tout d'abord, sachez que mes grand-tantes sont actuellement chez moi et comme vous le savez, ou pas d'ailleurs, elles ont chacune un chat. Voilà, donc, l'un d'eux a malencontreusement dévoré mon câble téléphonique et je me suis retrouvée sans réseau à la maison. Quelle horreur ! Enfin, je vous passe les détails, mais du coup, je comptais vous l'envoyer ce matin du bureau, finis-je en déglutissant.

Son visage se marque d'une moue qui m'inquiète fortement. Même si elle ne prononce aucun mot, je sens que je suis à la limite de me faire virer.

– D'ailleurs, Isabelle, j'y vais de ce pas ! affirmé-je en reculant, tout en lui souriant malgré un état fébrile qui m'enveloppe à cause de mon mensonge éhonté.

Je repars comme je suis venue : en courant ! Vingt mètres plus loin, j'arrive à mon bureau, de nouveau le souffle court. Il faut vraiment que je me mette au sport. J'ai l'impression d'avoir la respiration d'un animal qui vient d'être traqué pendant deux heures par un chasseur.

J'allume mon ordinateur et le temps que celui-ci démarre son programme, j'entends Isabelle me crier au loin :

– Tess ! C'est pour aujourd'hui ou pour demain ?

– Ça arrive ! m'écrié-je en insérant mon mot de passe pour ouvrir ma session. Elle va me rendre plus dingue que je ne le suis déjà ! murmuré-je à Abirami que j'entends glousser derrière notre demi-cloison.

– Si tu veux mon avis, je pense que son aventure avec le patron de chez *Vince* s'est terminée hier soir et certainement pas comme elle l'aurait souhaité, me chuchote-t-elle en retour avec un nouveau petit gloussement que j'accompagne du mien.

J'envoie finalement mon courriel et m'accorde une pause d'une minute avant d'entendre une nouvelle fois mon prénom flotter dans les airs.

Plusieurs de mes collègues, restés à leur place, murmurent en chœur :

– C'est ta journée, Tess !

Oui, chacun de nous a droit à ce genre de convocations multiples de la part de notre négrière.

Et malheureusement depuis un certain temps, ça tombe sur moi !

Avec une moue de désolation sur la bouche, je souffle tout mon saoul en dirigeant mes pas vers la voix stridente de notre détestable chef. Après quelques secondes où je me suis installée à son bureau face à elle, Isabelle décide de me faire modifier quatre ou cinq fois le texte avant de relire ma chronique initiale et de se l'approprier comme d'habitude, sous son nom…

Chapitre 2

Nicholas

Depuis une semaine, j'ouvre beaucoup plus tôt ma boutique, *Hidden's Garden of the Pets* (*Le Jardin caché des animaux de compagnie*). Je suis contrarié, car l'un de mes petits félins s'est sauvé alors que j'allais les nourrir. C'est le seul petit chat roux que j'avais et dont personne ne semblait vouloir. Il a déjà cinq mois ce petit fripon, c'est ainsi qu'il a pu échapper à ma vigilance. Les autres sont bien trop jeunes pour penser à se sauver. Cela fait environ une dizaine de jours qu'il a disparu et je ne parviens pas à le retrouver. J'espère qu'il ne lui est rien arrivé de mal ou pis…

De la poche arrière de mon jean, je ressors mon portable pour envoyer un texto à mon ami Bradley.

Salut, Brad !
Je suis au magasin.
Passe quand tu peux.
Nick

J'ai à peine le temps de glisser mon téléphone dans la poche arrière de mon jean que j'entends tinter la clochette de la porte d'entrée de mon animalerie.

– Hey, Brad ! Tu es rapide ! Je viens juste de t'envoyer un texto, lui dis-je en reconnaissant ses traits, alors qu'il traverse la petite allée centrale de mon magasin.

– Ah ! Je sais, l'ami ! Il n'y a pas plus rapide que moi ! s'exclame-t-il en arrivant à ma hauteur.

Il me rejoint derrière mon comptoir et nous échangeons une accolade amicale.

– Comment vas-tu depuis hier ? me demande-t-il.

– On fait aller ! Et toi ? As-tu revu ta blanchisseuse ?

– Non, mais il est encore tôt, lâche-t-il avec un petit sourire mutin. Je crois que je vais m'amuser à salir plus de linge pour la voir plus souvent.

– Tu sais que tu es un grand malade, mon Brad !

– Je sais, mais si tu la voyais, tu comprendrais !

– Oui, certainement comme pour la serveuse, l'hôtesse de l'air, la boulangère, la…

– OK, OK ! Inutile de tout déballer, l'ami ! glousse-t-il comme un petit garçon pris en flagrant délit. Mais je t'assure, ajoute-t-il plus sérieusement, qu'avec cette femme, il s'est passé quelque chose de complètement nouveau. Je me suis senti différent dès que je l'ai vue.

J'arrête de rire et le regarde en plissant les yeux.

– Sortez de ce corps et rendez-moi mon ami ! protesté-je avant qu'il ne m'accompagne dans ma blague.

– Bon, et toi ? Tu as retrouvé ton rouquin ? plaisante-t-il en parlant du petit chat égaré.

– Tu veux dire mon autre rouquin, car tu sais bien que tu es mon rouquin préféré, lui assuré-je en lui donnant une petite tape sur l'épaule.

– J'espère bien ! Alors ?

– Non, rien. J'ai mis des croquettes devant la porte, mais seul un vieux chat noir et blanc est venu se régaler.

– Zut !

– Oui, zut ! répété-je avec une moue de dégoût.

Bradley est mon meilleur ami. Avec lui j'ai partagé une nourrice de nombreuses années et depuis, nous ne nous sommes jamais quittés. À quinze ans, nous avons eu la même copine, c'est dire ! Mais cela ne nous a pas divisés pour autant. Et puis je sais que je peux compter sur mon ami, le plus rouquin de la planète. C'est tout de même lui qui m'a relevé lorsque j'ai découvert que ma fiancée entretenait une relation extraconjugale, alors que nous étions à quelques mois de notre mariage. Je me suis brisé sur place en la surprenant dans les bras d'un autre. Mais Bradley était là et il s'est comporté comme le frère aimant que je n'ai jamais eu. C'est une bonne personne sur laquelle je peux compter quoi qu'il arrive. Même s'il s'est écoulé trois longues et difficiles années depuis cet horrible événement, je n'ai jamais retrouvé assez de confiance en moi pour me lancer dans une relation stable et durable. Alors, tout comme Bradley, les filles, ce n'est pas du sérieux. Mais bon, à trente ans passés, il serait temps que je me case, tel que me le dit fréquemment mon vieux père. Lui aussi est un homme brisé depuis que ma mère nous a quittés de la plus horrible des façons, une semaine avant Noël, à cause d'un chauffard avec un taux hors norme d'alcool dans le sang. Ma mère est morte sur le coup. J'étais très jeune. Mon père ne s'en est jamais remis, même s'il a été un père exemplaire durant toutes ces années. Leur amour était si parfait qu'il a refermé son cœur à jamais. Mais c'est encore un bel homme pour son âge et j'aimerais qu'il trouve une femme qui pourrait lui redonner le sourire. Et puis, pour une fois, si la soirée de Noël pouvait se dérouler sans qu'il me parle de maman pendant des heures avant de finir en pleurs, j'en serais heureux pour lui. Non pas que cela me dérange de l'entendre parler de ses jours heureux, mais plutôt parce que je me dis qu'il porte sa douleur tout le reste de l'année et ne la partage avec personne d'autre que moi. Cela me soucie quotidiennement, d'autant plus qu'il vit à Nottingham. Je ne le vois donc pas tous les jours. J'ai bien tenté de le faire venir à Notting Hill ou même à Londres pour que l'on soit plus près l'un de l'autre, mais il ne le veut pas, car maman est enterrée au cimetière de Beeston, à deux pas de chez lui. C'est un père aimant et il mérite d'être heureux. Mais je n'ai pas la prétention de jouer les marieuses avec lui, alors que je suis incapable de trouver l'amour, le vrai.

Cependant, je veux encore y croire.

Pour lui.

Pour moi…

Je ne peux toutefois pas dire que je sois un homme malheureux. Ni mon ami Bradley d'ailleurs ! Nous avons plutôt bien réussi côté professionnel. Bradley, qui a encore ses deux parents, est propriétaire d'une charmante hostellerie, *Le Blueberry*, située dans les jardins du même nom, bel héritage de son arrière-grand-mère maternelle et qu'il fait tourner avec beaucoup de professionnalisme tandis que moi je tiens cette petite animalerie à quelques encablures de Portobello Road, un rêve d'enfant d'être entouré d'animaux. Et comme mes clients sont plutôt des clientes, j'ai une décoration très cosy et féminine qui n'est pas non plus pour me déplaire, sauf lorsque l'on croit que je suis gay. Ce qui me fait sourire lorsqu'une cliente n'ose pas me draguer, avant de comprendre que ma préférence va aux femmes. Le soulagement se lit sur leur visage et avant même que je n'aie eu le temps de les apprécier ou pas, je me retrouve avec leurs numéros de téléphone dans la main. Ce qui en soi ne me dérange pas lorsque l'une d'elles me plaît. Mais il m'est déjà arrivé de tomber sur des cas ! Enfin, voilà à quoi nos vies se résument : être des pros pour notre clientèle et plus si affinités. Il faut croire que nous sommes voués à rester d'inéluctables célibataires…

– À quoi penses-tu ? me demande Bradley, qui a certainement remarqué que je m'étais perdu dans mes pensées.

Je préfère ne pas lui répondre clairement que je pensais à notre statut de célibataires.

– Je songeais à plein de choses, mais à Noël en particulier.

– Noël ? répète-t-il. Mais c'est dans plus de trois semaines !

– Oui, l'ami ! Mais je me demandais ce que tu avais prévu de faire le soir de Noël.

– Encore une soirée avec ton vieux père ? me rétorque-t-il avec un sourire.

– Tout à fait ! acquiescé-je du chef en espérant qu'il soit libre.

– Alors, j'en suis, l'ami ! La veille et même le soir de Noël si ça te dit ! lâche-t-il en me donnant une tape sur l'épaule. Mes parents ont décidé de faire un voyage aux Bahamas et ils partent vers le 7 décembre, donc tu vas m'avoir sur le dos jusqu'à l'année prochaine, vieux frère ! ajoute-t-il en riant avec un petit reniflement.

– Tu sais que tu ne me déranges jamais. J'ai plutôt l'impression que c'est moi qui suis un poids pour toi.

– Ce qui est certainement vrai ! s'exclame-t-il avec un large sourire.

– Et dire que je te considérais il y a encore une seconde comme mon frère de cœur ! lui confié-je avec un sourire identique.

Nous échangeons une nouvelle accolade fraternelle tandis que la clochette de la porte principale retentit. Je n'ai pas le temps de voir qui se dirige vers nous, trop occupé à voir le visage de Bradley se modifier grandement.

– C'est elle !

– Qui ça ? demandé-je surpris de voir son visage prendre la couleur d'une tomate bien mûre.

– C'est la fille dont je t'ai parlé hier soir ! Celle qui blanchit le linge de l'hôtel !

La veille, il m'avait effectivement parlé d'elle sans trop s'étendre, en me faisant seulement savoir qu'elle tenait la petite teinturerie juste à côté de son hôtel. De fait, elle blanchit le linge de nombreux hôtels et restaurants dont celui de Bradley.

– Zut, elle m'a vu ! marmonne-t-il.

J'ai bien envie de lui crier que c'est évident, du fait qu'il ne la quitte pas des yeux et qu'il est aussi éblouissant qu'un phare en pleine nuit. Mais je n'en fais rien. Je reste plutôt sans voix et surpris devant son trouble tandis que la jeune femme se dirige d'un pas ferme vers nous. Nous demeurons silencieux comme à un enterrement. Je sens toutefois que Bradley retient son souffle en admirant d'un regard désireux le charme exotique qu'elle dégage. Effectivement, je la trouve très jolie.

– Bonjour, dit-elle avec un beau sourire.

– Bonjour, rétorque Bradley à l'identique à sa politesse, en s'empourprant plus qu'il ne l'est déjà.

Je la salue également avec un large sourire, mais je constate clairement qu'elle n'a d'yeux que pour Bradley.

– Vous travaillez ici aussi ? l'interroge-t-elle en écarquillant ses yeux en forme d'amandes et d'un bleu-vert qui ressemble à la couleur d'un lagon.

Je sens bien qu'ils ont déjà conversé par ailleurs, même si ce coquin de Bradley ne m'a parlé d'elle que succinctement.

– Oui, il faut bien payer le loyer ! affirme-t-il.

Je reste sans voix devant sa réponse. Si quelqu'un n'a pas besoin d'argent pour payer son loyer, c'est bien Bradley ! D'autant plus qu'il loge dans la suite Trafalgar de son propre hôtel. Mais puisqu'il a décidé qu'il en serait autrement avec cette jeune femme, je le laisse jouer les petits cachottiers.

– Nick, tu peux voir si les chats n'ont pas besoin d'eau ?

Bien que surpris, je comprends qu'il souhaite rester seul avec elle.

– Bien, chef ! balancé-je comme si j'étais son employé.

Je lui souris en lui lançant un regard taquin devant son indisposition. Je suis bien curieux de savoir comment il va se sortir de cette situation. J'accepte aussitôt de m'éloigner du comptoir de paiement et me dirige vers les petits box où se trouvent toutes mes petites bêtes à poil. Il y a plusieurs chatons, trois chiots et quelques petits rongeurs qui dorment encore paisiblement. Bien entendu, aucun d'eux ne manque d'eau, je les aime trop pour les négliger, même si j'en ai malheureusement égaré un dernièrement. Je décide de me rendre dans le rayon des cages à rongeurs qui se situe presque à l'entrée, afin de réarranger celles-ci, tout en continuant d'écouter leur conversation d'une oreille indiscrète. Je me sens un peu gêné de faire ça, mais je ne me vois pas abandonner mon magasin sur l'instant. C'est alors que j'entends la clochette de la porte d'entrée tinter. Mais ce doit être la venue d'un nouveau client, car j'entends toujours Bradley converser étrangement avec la jeune femme à propos de croquettes sans gluten qu'elle souhaite acheter pour le chien de sa vieille voisine. Ne sachant pas si je dois vraiment intervenir, je décide de me mettre à la recherche de ce nouveau client que je n'arrive pas à retrouver dans les rayonnages.

Je traverse d'un pas alerte le rayon *chiens*, puis je continue dans celui consacré aux volatiles.

Mais toujours aucune trace de ce client.

Je poursuis mon chemin en passant devant les nombreux abreuvoirs colorés que j'ai reçus en début de semaine et qui apportent une touche cocooning à ma boutique avec leurs couleurs pastel.

Mais toujours rien.

Je me demande si je n'ai pas rêvé le tintement de la clochette d'entrée. Je sais qu'à force d'entendre un bruit fréquemment, il arrive parfois que notre esprit l'imagine. Cependant, cela ne m'est jamais arrivé auparavant.

Je décide de repartir dans l'autre sens et retourne vers le nouveau rayon de petites plantes grasses que j'ai installé tout juste la veille. Hum... Un parfum de femme flotte dans le rayon et me titille les narines. J'entends soudain, vers le rayon *chats*, une personne qui s'éclaircit la voix. Je m'y rends aussitôt et trouve finalement mon client. Enfin, c'est plutôt une cliente. Je ralentis le pas sans savoir véritablement pour quelle raison, tandis que son parfum, je suis certain qu'il s'agit bien du sien, m'enrobe totalement. En silence, j'admire sa silhouette de dos. Elle n'est pas très grande, mais j'aime ce que je vois. Soudain, elle se hisse sur la pointe des pieds pour attraper un jouet placé trop haut pour elle. Je me précipite pour l'aider, mais par erreur, je la surprends. Elle pousse un petit cri tout en s'agrippant à la barre sur laquelle est accroché ledit jouet. C'est alors que l'ensemble des crochets situés en dessous s'écroule dans un bruit métallique tandis que je la retiens entre mes bras pour qu'elle ne se blesse pas.

– Mais qu'est-ce qu'il vous prend ? s'exclame-t-elle mécontente en se dégageant de ma légère emprise.

Sans un regard pour moi, elle réajuste ses vêtements et je l'aide aussitôt à repositionner sur son épaule l'anse de son sac à main, qui a glissé sur son avant-bras.

– Je peux le faire toute seule, s'exclame-t-elle avant de pointer son regard vers moi.

– Je suis désolé, je voulais vous aider et non pas vous effrayer.

– Eh bien, c'est plutôt… c'est plutôt raté, réussit-elle à dire en plongeant son regard dans le mien.

Je la sens soudain autant troublée que moi.

– Ça va, ici ? demande Bradley suivi de la jeune femme dont il s'occupe.

Ils ont dû être surpris par le bruit des crochets métalliques s'effondrant sur place. Je n'ai pas le temps de formuler une réponse que *ma* cliente s'adresse à celle de Bradley en faisant un pas vers eux.

– Abigail ?

– Tess ? C'est bien toi !

Mon ami et moi-même restons sans voix en les voyant tomber littéralement dans les bras l'une de l'autre, tout en parlant en même temps. Je retiens toutefois le prénom de celle qui vient de bouleverser tous les atomes de mon corps : *Tess*...

Je ne comprends rien à leur échange et Bradley semble être dans le même cas que moi. Mais il est évident qu'elles se comprennent, même si elles continuent de parler sans cesse pendant au moins trois bonnes minutes. Ça nous dépasse totalement !

Tess est si joyeuse en demandant à son amie depuis quand elle est revenue à Notting Hill que sa joie en est contagieuse. Je souris niaisement et lorsque mon regard croise celui de Bradley, je constate sans honte que nous avons l'air de deux nigauds. Si mon visage s'est marqué de traits tels que les siens, je crains que toute possibilité avec cette femme ne soit déjà compromise. C'est alors que toutes deux semblent enfin avoir fini d'échanger et font de nouveau attention à nous...

– Je vais prendre les croquettes sans gluten, s'exclame celle qui se prénomme Abigail.

– Choix fort judicieux ! lâche Bradley comme s'il avait fait ça toute sa vie.

Puis, il ajoute à mon intention :

– Ça va aller pour le rangement ?

– Oui, chef ! réponds-je instinctivement pour le laisser se faire mousser devant son petit *crush*.

Je le laisse retourner vers le comptoir pour encaisser l'achat de celle-ci, laquelle s'adresse de loin à son amie Tess, le visage encore fendu d'un beau sourire dû à ces retrouvailles.

– Alors, on se retrouve bien à dix-neuf heures au Ledbury ?

– J'y serai ! lui rétorque-t-elle, toujours avec un large sourire.

Je remarque qu'elle a un léger défaut dentaire, une petite dent aussi blanche que les autres, qui n'a pas voulu rester dans les rangs. Cela lui donne un charme fou. Le cœur battant, je prends note de leur rendez-vous, tout en me demandant si cela est bien convenable de le faire. Mais j'ai peur de ne plus jamais la revoir lorsqu'elle partira d'ici. Elle me sort de mes pensées en s'éclaircissant la voix.

– Je suis à vous ! formulé-je par habitude telle que je le fais pour chacun de mes clients.

Mais là, je serais bien à elle pour l'éternité. Quoiqu'une seule heure avec elle ferait de moi l'homme le plus chanceux sur cette terre.

– Je vais vous aider à ranger le rayon, lâche-t-elle aussitôt embarrassée en ramassant plusieurs crochets. Je ne voudrais pas que vous soyez licencié à cause de moi.

Je la trouve délicieuse et décide de me laisser protéger par elle de mon patron qui n'existe pas.

– C'est bien aimable à vous, dis-je en récupérant de ses mains les crochets qu'elle me tend à maintes reprises.

– C'est normal, c'est moi qui ai tout fait s'écrouler.

– Mais si je ne vous avais pas effrayée, rien de tout ça n'aurait eu lieu, dis-je avec un sourire timide.

– Certes ! Il faudra toutefois dire à votre patron que les rayons sont trop hauts, ainsi il ne pourra rien redire à ces petits dégâts.

– Je lui ferai part de vos commentaires, madame, lui assuré-je en espérant qu'elle me reprenne sur ce dernier mot.

Mais elle n'en fait rien et cela me plonge dans un trouble désagréable.

Peut-être est-elle déjà fiancée ou même mariée ? À cette pensée, mon cœur rate un battement et je sens une certaine nervosité m'envelopper. Qui plus est, je remarque qu'elle a une bague à chaque annulaire, ce qui me tracasse d'autant plus. Mais je décide de rester professionnel, si c'est la seule façon que j'ai de l'aborder.

– Maintenant que tout a retrouvé sa place, que puis-je pour vous ? dis-je avec un sourire contrit, en claquant presque mes mains l'une dans l'autre tellement mes pensées sont contradictoires.

Je me sens ridicule de ce geste qui ne m'arrive pour ainsi dire jamais.

– Il me faudrait des jouets en plastique… enfin… pas n'importe quel plastique. Les chats de mes grand-tantes sont particuliers.

– Particuliers comment ? dis-je en déglutissant tant je la trouve magnifique alors qu'elle semble chercher un mot bien précis.

– Ils sont… Ils sont…

Difficiles est le seul adjectif qui me vient en tête et je m'empresse de le lui souffler.

– Difficiles ? répète-t-elle d'un timbre haut perché. Non ! Les enfants sont difficiles ! Quoique mes grand-tantes aussi ! lâche-t-elle cette dernière information en marmonnant comme si elle se parlait à elle seule. Ces chats, reprend-elle d'une voix plus forte, n'ont même pas deux ans et si vous voyiez comme ils sont pourris gâtés, vous en seriez choqué ! Ce sont de petits monstres qui n'en font qu'à leur tête, croyez-moi !

– Je vous crois…, narré-je d'une voix rauque tant je me trouve totalement happé par son charme.

Elle plonge soudain son regard dans le mien et un tourbillon m'enivre en la voyant papillonner des yeux. Mais je crois bien que je me sens perdu au moment même où elle me sourit de nouveau. Je ne saurais pas vraiment dire combien de temps nous restons ainsi, nos regards verrouillés l'un à l'autre, mais il est clair qu'il vient de se passer quelque chose qui me change intérieurement. Tel un éclair fulgurant, elle est d'une beauté qui me foudroie le cœur. Je me frotte l'arrière de la tête tout en continuant de l'admirer, ne sachant que dire à ce sourire si ce n'est d'essayer de lui répondre à l'identique. Enfin, je crois que je lui adresse plutôt une grimace, tant je me sens crispé comme si c'était la première fois qu'il m'arrivait de sourire à une femme.

Je pourrais rester ainsi des heures à l'admirer…

Un bruit de clochette se fait entendre et nous perdons instantanément le fil invisible qui nous lie. Elle toussote et ne sait que dire de plus. Je secoue moi-même légèrement la tête, ayant perdu le fil de notre discussion.

– Ah oui ! Des jouets ! m'exclamé-je presque pour moi-même.

– Oui, des jouets, répète-t-elle en me fixant du regard.

J'observe sa bouche et je me sens traversé par une force inconnue. Pfiou ! Si j'avais la moindre folie qui me passait par la tête, je l'embrasserais tant elle m'attire ! Je m'empresse de détourner le regard pour ne pas passer pour un pervers et préfère balayer des yeux le rayon.

– Je vous propose ce jouet-là et... celui-ci ! Ils sont hypoallergéniques, certifié-je tout en m'assurant qu'ils le soient vraiment, en lisant ce point au dos de l'emballage, alors que je connais par cœur mes articles.

Mais je suis tellement troublé par cette femme que je serais bien capable de ne plus me souvenir jusqu'à mon prénom. Elle semble conquise par mon choix et c'est ce qui compte.

– Je vous remercie pour vos... bons conseils, dit-elle en rougissant. Je n'ai plus qu'à régler ces achats !

Je veux la retenir, mais elle m'échappe déjà en se dirigeant vers le comptoir où se trouvent Bradley et la belle Abigail. Tout en lui emboîtant le pas, je reste silencieux en me demandant ce qu'il vient de m'arriver. Les battements de mon cœur sont totalement désordonnés et mon pouls résonne dans mes tempes. Je décide de prendre mon courage à deux mains et de m'adresser à elle avant qu'elle ne se sauve. Mais alors que je m'apprête à le faire, je suis interpellé par une autre femme.

– Mon p'tit Ni*cho*las !

Oh non ! Nul besoin de me retourner pour savoir qu'il s'agit de Mme Coughlin ! Elle a une façon bien à elle de prononcer mon prénom. C'est une de mes fidèles clientes, très distinguée, mais je vais en avoir pour deux heures à me dépêtrer de ses demandes. Elle ne sait jamais ce qu'elle désire pour ses chats. Elle est la femme la plus indécise que je connaisse.

– Je suis à vous dans une minute, madame Coughlin, lui dis-je, persuadé que ma réponse lui suffira.

Mais ce n'est pas le cas.

– Allons bon, mon petit, pensez-vous que j'ai toute la journée ? s'exclame-t-elle de sa voix presque éteinte.

Je me sens partagé entre l'envie de m'occuper d'elle, une vieille mamie à l'orée du passage vers l'au-delà, et la tentation d'échanger encore une fois avec ma nouvelle cliente, *Tess*...

Mais Mme Coughlin a tranché pour moi tandis que je vois Tess m'échapper plus encore en arrêtant son pas devant le comptoir d'encaissements.

– Alors, mon petit, il me faudrait des croquettes pour Arthur et Mortimer. Mais j'aimerais de nouvelles croquettes pour leur faire plaisir. Enfin, pas trop grosses ni trop petites, bien sûr ! Sans gluten, mais appétissantes tout de même ! Et si elles pouvaient être...

Je ne l'écoute plus, trop intrigué par la conversation que poursuivent au loin Tess et son amie qui n'est pas encore ressortie de ma boutique. Bradley a dû la retenir d'une quelconque façon. C'est alors que je me fais *gronder* comme un enfant par Mme Coughlin de n'être pas assez réactif à ses souhaits. J'entends de loin les deux jeunes femmes qui terminent de régler leurs achats tout en poursuivant leur conversation, comme si plus personne n'existait autour d'elles. Je me dis que j'ai perdu une occasion de parler plus encore à la belle Tess. Néanmoins, au moment où elles repartent des lieux, celle-ci se détourne et me jette furtivement un petit regard. Je ne sens plus mes pieds toucher le sol, tandis que la clochette cesse de tinter. Mme Coughlin répète sa demande en fronçant les sourcils et je la prie aussitôt de me suivre. Celle-ci m'emboîte le pas lentement, en s'aidant de sa canne noire dont le pommeau en argent au monogramme familial brille tant il est usé.

Je me retourne afin de voir si je ne l'ai pas perdue en chemin. Elle continue de parler, mais je ne comprends pas ce qu'elle me dit, jusqu'au moment où elle arrive à ma hauteur. Je constate qu'elle reste dubitative à ma proposition tandis que je lui présente un sachet de croquettes. Alors, je fais ce qui me semble le plus simple pour la ravir et certainement aussi, pour m'en débarrasser…

– Madame Coughlin, je dois dire qu'aujourd'hui, c'est votre jour de chance. Regardez ! Pour un sachet acheté, je vous offre le second !

Ainsi, je suis certain qu'elle va accepter et me laisser profiter de mon plaisir caché.

Ces petits yeux bleus brillent de satisfaction, tandis qu'elle entrouvre son panier à courses doté de roulettes, afin que j'y glisse à l'intérieur les deux petits sachets d'un kilo.

Je m'apprête à la précéder afin de la faire régler au plus tôt et surtout pour qu'elle ne change pas d'avis entretemps. Bien évidemment, même si son panier à courses est doté de roues, Mme Coughlin se déplace plutôt lentement. Avec politesse, je lui présente mon bras droit, tout en m'emparant de la main gauche du manche de son panier à roulettes.

J'ai l'impression qu'elle fait exprès d'avoir le pas si lourd. Mon regard croise le sien et elle ne peut s'empêcher de me faire les yeux doux qu'elle embellit d'un petit sourire mutin.

Seigneur ! Sauvez-moi…

Arrivés au comptoir, elle me *libère* enfin et je me rends instantanément devant ma caisse. Mme Coughlin décide alors de régler ses achats en petite monnaie.

– Voici donc, un penny… deux pence…

Je comprends que cela va être plus long que prévu. Je croise le regard de mon ami qui pouffe de rire et je prends mon mal en patience, avant de pouvoir lui raconter ce qu'il m'est arrivé dans le rayon *chats*. Je me frotte le visage de mes mains et je me rends compte que le parfum de la jeune femme s'est imprégné sur moi. J'aimerais inspirer profondément ce délicieux effluve, mais cela me donnerait un air bizarre, voire malsain. Je soupire tandis que Mme Coughlin continue de chercher sa petite monnaie.

– Ça ira ainsi, madame Coughlin, annoncé-je bien que je sache qu'il n'y a pas encore le compte.

– Puis-je avoir le ticket ? se targue-t-elle de me demander, comme si je pouvais l'escroquer.

J'entends Bradley renâcler du nez afin de ne pas éclater de rire. Moi-même, je me retiens. Je m'active pour imprimer le ticket de caisse qui ne correspond absolument pas à mon encaissement tout en m'exclamant :

– Voilà pour vous, madame Coughlin, et passez une bonne journée !

– À vous aussi, mon p'tit Ni*cho*las ! me rétorque-t-elle en insistant de nouveau pour prononcer « cho » la seconde syllabe de mon prénom et le « s » qu'elle allonge de nouveau avec intensité tout en me souriant.

Ce qui me fait sourire également. Puis la clochette de la porte d'entrée tinte quelques secondes avant de s'immobiliser totalement. Ça y est ! Mme Coughlin est repartie et je peux enfin souffler tout mon saoul. Mon ami et moi-même restons silencieux de longues, très longues secondes avant de rompre ce moment presque religieux.

– Quelle rencontre ! déclaré-je dans un long soupir à la tonalité admirative.

– Tu parles de Mme Coughlin ou bien d'une belle brune ?

– Mme Coughlin, bien sûr ! répliqué-je en riant.

– On fait une pause ?

– Yep !

– Thé, café, soda ? me demande aussitôt Bradley.

– Un café avec un scone si tu vas chez *Biscuiteers* ! prononcé-je avec le regard toujours pensif, bloqué sur l'image de Tess.

Sans un mot de plus et conservant son sourire à s'en déchirer les lèvres, Bradley sort du magasin pour se rendre chez *Biscuiteers*, reconnu notoirement comme fabriquant de diabète de type 2, tant chaque bouchée ou gorgée avalée de leur fabrication est un risque. Mais un risque que tout le monde est prêt à prendre pour engloutir de tels délices ! Bien qu'aujourd'hui, mon délice à moi ait plutôt l'allure d'une jeune femme brune au petit nez retroussé, avec un petit défaut dans son sourire qui n'est pas pour me déplaire…

Chapitre 3

Tess

Après être sortie de l'animalerie et avoir quitté au coin de la rue Abigail qui devait retourner à son travail, je me suis rendue chez le petit maraîcher du coin pour y acheter quelques oranges et une bouteille de lait. Les bras quelque peu chargés, je me dirige vers la façade rose qui m'appartient. Pourtant, je ne me suis jamais sentie aussi légère. Je me rends même compte que je chantonne, alors que cela ne m'est plus arrivé depuis longtemps. Surtout dans la rue ! Mais bon, je n'ai pas encore fait venir la pluie, d'autant qu'il ne fait déjà pas très chaud aujourd'hui.

– Bonjour, monsieur Alfred !

– Bonjour, Tess ! me rétorque le fleuriste lorsque je passe devant sa boutique, à une rue de chez moi.

– Elles sont magnifiques vos roses aux longues tiges, dis-je en arrivant à sa hauteur sans m'arrêter.

– Ce sont des roses d'hiver ! Tenez ! C'est pour vous ! lâche-t-il en me tendant une rose bicolore qu'il tire d'un immense pot en verre.

– Oh, comme c'est gentil. Merci ! dis-je en même temps que je stoppe mon pas pour l'accepter.

Je porte aussitôt à mon visage le bouton légèrement entrouvert de celle-ci pour en humer les effluves.

– Hum… Elle sent merveilleusement bon !

– Tout comme vous, mademoiselle !

Je rougis aux compliments du vieux monsieur, tout en lui souhaitant une belle journée. Je poursuis mon chemin d'un pas léger, donnant quelques balancements au sac en plastique contenant les jouets pour Flokon et Amour, les chats de mes grand-tantes. Arrivée devant les marches de mon perron, j'aperçois le petit chat roux qui m'attend sur la troisième marche du haut.

– Mais que fais-tu encore ici, *le chat* ? demandé-je, sans attendre bien évidemment la moindre réponse de sa part.

J'abandonne mon sac de courses sur le sol pour donner une caresse sur sa petite tête dorée. En guise de réponse, il ronronne tout en se frottant contre mes jambes, en tournant autour de moi. Il est tellement content de me voir qu'il manque presque de me faire chuter. J'arrive tant bien que mal à ouvrir la porte de ma maison et je récupère le sac que j'ai déposé au sol. Le petit félin s'introduit rapidement avant moi à l'intérieur. Il m'occasionne un large sourire lorsqu'il se positionne aussitôt au côté de mon frigidaire, sagement assis.

– Oh, toi, *le chat*, tu veux du lait !

Je me rends compte que le nommer *le chat* lui sied plutôt bien. Je dépose sur ma table de cuisine tous mes achats du jour, en prenant soin de ne pas abîmer la belle rose offerte par M. Alfred. Je prends une coupelle que je remplis de lait avant de la déposer au sol pour mon nouveau petit ami, qui se jette dessus comme un affamé. Je tire une chaise accolée à ma table pour y prendre place. Je fixe le chat qui noie déjà son museau dans le lait. Il lape le tout en moins de trente secondes et lorsqu'il relève la tête, je constate que ses moustaches sont détrempées et toutes blanches. Il se les pourlèche avant de continuer à se toiletter. Tout en le regardant faire, je souris en me disant qu'il y avait fort longtemps que je ne m'étais pas sentie aussi bien. Certes, cela pourrait être dû à mes retrouvailles avec mon amie d'enfance Abigail, laquelle avait quitté Londres deux ans plus tôt avant de revenir vivre ici et que j'ai hâte de voir ce soir. Mais ce n'est pas vraiment le cas, même si je suis heureuse à l'idée d'avoir retrouvé mon amie des bancs d'école. Mon état émotionnel vient d'ailleurs. Mon esprit m'emporte aussitôt vers la boutique *Hidden's Garden of the Pets*, voire plus précisément vers le beau vendeur qui s'est occupé de moi. Je me suis sentie si troublée en sa présence que je le suis encore. Me retrouver entre ses bras a réveillé en moi quelque chose dont je ne pensais plus jamais pouvoir ressentir... Bien que sur l'instant mes impressions soient contradictoires, elles se sont modifiées à la seconde où il a posé les yeux sur moi. J'avais l'impression de n'exister qu'au travers de ce beau regard qui m'a transpercée. Je crois n'avoir jamais vu de regard plus bleu que le sien. Hum... Et son visage, il était dangereusement beau ! C'était vraiment une rencontre troublante. Et ce qui l'est plus encore, c'est de ne pas savoir si de son côté, il en a été de même. Il était souriant et avenant, mais il doit sans doute l'être avec tout le monde. D'autant plus qu'avec un tel physique et un si plaisant visage, il ne doit certainement pas être célibataire... Il m'a également bien conseillée sur mes achats et je sais que ces jouets vont plaire aux matous de mes grand-tantes, auxquelles je tairai bien évidemment les circonstances dans lesquelles je les ai achetés. Je serais d'ailleurs folle de le faire ou même de laisser transpirer le moindre détail qui m'a plu chez cet homme. Mes grand-tantes se transformeraient en inquisitrices avant même qu'il n'ait pu se passer quelque chose entre lui et moi, si tant est que cela arrive un jour. Lorsque je vivais encore avec elles, elles avaient déjà tenté plusieurs fois de me présenter de nombreux jeunes hommes. Il y avait eu l'un de leurs voisins, puis le fils du boucher, le neveu du boulanger et même la fille de la fleuriste au cas où je serais attirée par le sexe féminin, espérant toutes deux ne faire que mon bonheur. Cependant, ce fut chose ratée !

Quant à Abigail, je ne lui avouerai absolument rien ce soir, car si elle était déjà une entremetteuse dans nos années collège et essayait de me caser avec nombre de garçons pour lesquels je n'avais aucun attrait, elle risquerait de s'emballer et de fourrer son nez dans mes petites histoires de cœur, même si elles ne sont pas légion. Surtout que j'ai aussi eu droit avec elle à ce qu'elle m'arrange des rendez-vous avec son cousin, avec deux de ses frères et même avec l'un de ses oncles, plutôt jeune et mignon, mais qui ne rêvait que de faire le tour du monde. Et moi, les voyages, ce n'est pas ma tasse de thé ! Enfin, il y a eu une belle brochette d'hommes pour lesquels je n'ai absolument rien ressenti. Et puis, il y a eu Fergus, mon ex-petit ami, dont je n'ai eu besoin de personne pour le rencontrer. Dès le début de notre relation, j'aurais dû voir venir la *bête*. Ah, c'était un homme que je connaissais par cœur ! C'était simple : il ne parlait que de lui, ne s'intéressait qu'à lui et se vantait seul de ses propres exploits. Tout cela aurait dû me mettre la puce à l'oreille. Pourtant, moi, ce que je désire, c'est un être attentionné auquel je donnerai mon cœur. Je veux me sentir emportée d'émotions comme Rose dans *Titanic*, je veux ressentir l'amour au fond de mon âme comme Kate dans *Entre deux rives*, je veux vivre ma seule et unique histoire d'amour comme Cendrillon sans passer, bien sûr, par la case affreuse belle-mère et demi-sœurs exécrables ! Je sais, j'en demande trop. Mais comme le dit si bien ma grand-tante Amélia, « rêver les yeux ouverts, ça ne mange pas de pain ! ». Je vais donc conserver mes émotions pour moi-même et rêver les yeux ouverts en pensant au beau vendeur comme en cet instant. C'est alors que la sonnerie de mon téléphone retentit, et me fait ressortir instantanément de mes douces pensées.

– Allô ?

– Ma chérie ! C'est tata Imogen !

– Oh, ma tante adorée ! Comme je suis heureuse de t'entendre. J'avais l'intention de t'appeler ce soir.

– Eh bien, tu vois ! Je t'ai devancée. Comment vas-tu, ma puce ?

– Bien, bien.

– Tu es certaine ? Ta voix vient de changer d'une octave.

– Je vais bien, tata, je t'assure !

Je cherche rapidement quoi ajouter d'autre avant qu'elle ne m'assaille de questions comme une inspectrice.

– C'est juste ma boss qui m'en fait voir de toutes les couleurs en ce moment, révélé-je aussitôt. D'ailleurs, je suis désolée de t'apprendre que j'ai dû lui raconter un bobard pour me sortir du pétrin.

– Oh, alors, j'ai hâte que tu me contes tout cela, ma puce.

– Ça risque d'être long, ma tante.

– Tu sais, ma chérie, à mon âge, il ne nous reste plus que le temps, alors, je t'écoute...

Et me voilà en train de conter à l'une des sœurs de ma défunte grand-mère comment son chat Flokon a soi-disant dévoré mes câbles téléphoniques.

– Ah, je savais bien que ce chat était aussi stupide que ma sœur ! s'écrie-t-elle soudain.

Je me rends compte que par mégarde, j'ai cafouillé dans les prénoms des chats. Accuser le pauvre Flokon alors que le chat de tata Imogen se prénomme Amour ne va pas arranger la mésentente de mes grand-tantes. Je me rends d'autant plus compte qu'il ne s'est vraiment rien passé avec ces deux chats tandis que tata Imogen semble y croire plus que ma chef...

Je finis par clore le dossier *Flokon* et poursuis avec elle en lui parlant des nouveaux petits arrangements faits dans ma maison et de ceux que je vais opérer prochainement dans mes toilettes.

– Et toi ? Où en es-tu dans ton écriture ? lui demandé-je.

– Eh bien, je viens de faire mourir mon héros, si tu veux tout savoir…

– Encore un mort, ma tante ! Mais ça doit être le trentième !

– Trente-deuxième exactement, ma chérie !

– Est-ce que celui-ci va mourir dans d'horribles souffrances, comme les autres ?

– Il se peut bien ! J'avoue que ma plume apprécie cette particularité de ne pas laisser à mes héros l'opportunité de jours heureux…

– Bon, peut-être qu'un jour, l'un d'eux survivra ! déclaré-je en souriant.

– Oh, alors ça, je ne serai pas aussi affirmative que toi ! narre-t-elle avec un rire dans la gorge.

Je termine notre discussion en l'invitant pour les fêtes de Noël.

Sacrée tata Imogen ! songé-je en raccrochant.

À peine ai-je raccroché que mon téléphone sonne de nouveau.

– Allô ?

– Ma chérie !

– Tata Amélia ? supposé-je en espérant que ce n'est pas tata Imogen qui me rappelle et que je déclenche par mégarde un nouveau cafouillage.

– Eh bien, oui, mon enfant, qui veux-tu que ce soit ?

– Toi, bien sûr !

J'évite de lui annoncer que je viens de raccrocher avec sa sœur jumelle et lui demande de ses nouvelles.

– Je vais bien et j'irai encore mieux lorsque je te reverrai. Tu me manques tellement, ma chérie !

– Toi aussi, tata, tu me manques grandement !

De fil en aiguille, elle me demande comment je vais et je me rends compte qu'elle est comme sa sœur et découvre que ma voix cache quelque chose. En fait, s'il est une chose que je veux lui taire également, c'est bien cette rencontre avec le beau vendeur de chez *Hidden's Garden of the Pets*. Je m'oblige donc à lui raconter que mon travail me pèse un peu, ce qui n'est pas faux. Enfin, surtout en ce qui concerne ma chef. Et je recommence avec ma grand-tante à conter le mensonge éhonté que j'ai inventé. Je m'assure toutefois de ne pas dénigrer son pauvre chat et je constate avec stupeur qu'elle use de la même verve que sa sœur pour critiquer le chat de celle-ci. Je tente malgré tout de lui faire comprendre que ce n'est qu'une histoire inventée de toutes pièces, mais elle ne m'écoute déjà plus et se lance dans une longue tirade sur le caractère exécrable de sa sœur. Lorsqu'elle cesse enfin, je ne sais plus trop où j'en suis dans notre conversation. Ce que je constate encore une fois, c'est que mes grand-tantes ont beau être divisées, elles sont identiques à bien des égards.

– Et toi, comment vas-tu ?

– Eh bien, je suis dans la dernière ligne droite de mon histoire, et mon héroïne va enfin retrouver l'homme de son cœur.

– Oh, comme j'ai hâte de la lire !

– Ah, j'imagine bien que celles de ma sœur ne doivent pas te faire battre le cœur avec tous ces morts !

– Certes ! Mais il faut que tu saches, tata Amélia, qu'il y a toujours quelque chose de très beau au départ dans ses histoires. Un jour prochain, il faudrait vraiment que tu en lises une. Tu sais que j'ai toutes ses publications, tout comme les tiennes…

– Tu as sans doute raison…

Nous clôturons naturellement ce sujet et je l'invite bien évidemment pour les fêtes de Noël avant de raccrocher avec elle.

En regardant l'heure sur mon portable, je constate que mes conversations avec les sœurs de ma défunte grand-mère ont duré comme d'habitude plus d'une heure, mais peu importe le temps écoulé lorsque l'on est bien. Les avoir en ligne me donne toujours le sourire et même si ma bévue sur le nom du chat fautif risque de me coûter cher lors de nos retrouvailles, je préfère en rire pour l'instant. J'aurai bien le temps de trouver quelque chose pour faire passer cette bourde. D'autant plus que là aussi, lorsque ces deux petites boules de poils seront ici, il me faudra les surveiller de près pour qu'ils ne s'écorchent pas les babines. Ils sont comme leurs maîtresses, ils se détestent !

Je termine de ranger les quelques courses faites après mon passage dans cette petite animalerie tout en n'omettant pas de mettre la belle rose dans un vase. Le petit mistigri veut sortir. Je lui ouvre la porte et il se faufile dehors. Je monte changer de tenue avant de ressortir de chez moi afin de retrouver Abigail comme prévu au restaurant *Le Ledbury.*

⋆ ⋆ ⋆

– Abigail ! Je suis là ! m'écrié-je en la voyant arriver dans la rue du restaurant.

– Tess ! Comme je suis heureuse que tu aies accepté mon invitation !

– C'est moi qui suis bienheureuse que tu me l'aies demandé ! articulé-je avec un sourire que je lui destine.

Tout en échangeant sans cesse l'une après l'autre, tant nous avons de choses à nous dire, nous avançons bras dessus, bras dessous jusqu'à l'entrée de notre lieu de prédilection. Un portier nous entrouvre la porte et nous conservons notre sourire en y pénétrant. Une hôtesse, installée derrière un petit comptoir d'accueil, nous interroge aussitôt.

– Bonjour, mesdemoiselles ! À quel nom est votre réservation ?

– Euh… Je ne savais pas qu'il fallait réserver, répond Abigail, le regard surpris.

– Eh bien, si ! Les réservations sont obligatoires ! revendique clairement l'hôtesse avec la bouche pincée.

– N'est-il pas possible de grignoter sur une petite table ? demandé-je en voyant une grande déception marquer le visage d'Abigail.

– Grignoter ? Ici, mademoiselle, on ne grignote pas, on déguste !

– Bien, alors, est-il possible de déguster ? insisté-je avec des pincettes, tant je trouve l'accueil de cette femme plutôt glacial.

– Ah ! Ah ! C'est une plaisanterie ! lâche celle-ci avec un petit reniflement de dédain. Il y a au moins huit mois d'attente. Alors, si vous souhaitez dîner ici, mesdemoiselles, je vous conseille de prendre date !

– Huit mois ! répète Abigail en me regardant avant que nous ne pouffions de rire en même temps. Les plats sont en or ou quoi ? me souffle-t-elle discrètement.

Je continue de rire à cette petite remarque, mais lorsque mon regard croise de nouveau celui de l'hôtesse, je me rends compte de son manque de serviabilité.

– Alors ? Vous prenez date ou pas ?

– Euh…, ne sait que dire mon amie à cette demande faite sur un ton trop sec pour être politiquement correcte.

Je me rends compte que cette femme est imbue de sa personne et ne respecte pas vraiment la clientèle. Enfin, je présume qu'elle ne nourrit aucune considération pour nous en constatant qu'elle a déjà détourné la tête pour s'adresser à quelqu'un d'autre.

– Nicholas ! Bradley !

J'opère un déplacement de ma tête de quelques degrés pour constater qu'en fin de compte, elle préfère nettement la clientèle masculine. D'autant plus qu'elle ne cache pas sa joie en offrant un large sourire aux deux hommes qui approchent vers elle. Mais ma surprise reste grande en reconnaissant les traits du vendeur de l'animalerie accompagné de son chef à la chevelure de feu. Mon sourire s'élargit naturellement et en jetant un bref regard vers Abigail, je constate qu'elle semble être sous le charme du rouquin. Les deux hommes répondent à l'identique à notre air un peu sot.

– Gisèle ! s'exclame *mon* vendeur en lui faisant la bise.

Ce qui m'agace grandement sans que je sache véritablement pour quelle raison. Son chef l'imite avant d'interroger la détestable Gisèle.

– Bradley, je me suis arrangée avec Alfredo, lâche-t-elle dans un souffle. Votre table est prête et je vais vous y conduire…

Je me sens rougir de colère de la voir flirter sans retenue tout en nous snobant d'un regard méprisant.

– Gisèle, nous ne sommes pas pressés, tu peux terminer avant avec ces dames ! s'exclame *mon* vendeur dont je retiens mentalement le prénom.

Nicholas…

– Non, ne t'inquiète pas, Nick ! Je me charge de prendre leur réservation après m'être occupée de vous deux.

– Elles ne dînent pas ici, ce soir ? rétorque celui-ci, fort surpris.

Ce qui me surprend à mon tour. Pourquoi une telle question ? Mon esprit s'emballe et je me souviens de notre conversation à l'animalerie devant ces deux messieurs. À moins que l'un d'eux ou même les deux ne soient des psychopathes, je trouve soudain amusant qu'ils soient venus, comme par hasard, dîner ici alors que nous y sommes. Mais je n'ai pas le temps de statuer sur le sujet, car la détestable Gisèle nous règle notre compte une bonne fois pour toutes.

– Non, Nick ! Elles pensaient pouvoir le faire, mais sans réservation, impossible ! riposte-t-elle en gloussant tout en relevant l'un de ses sourcils d'un air dédaigneux.

J'ai bien envie de lui plaquer une bande collante d'épilation et de lui retirer ce sourcil peu naturel. Mais j'oublie rapidement cette idée complètement folle d'autant plus que dans ma vie, je n'ai jamais fait de mal à une mouche…

– Tu n'as vraiment pas une table de plus, Gisèle ? insiste *mon* vendeur.

– Non, Nick ! Je n'ai que la vôtre ! affirme-t-elle avec suffisance.

Je reste agacée par l'attitude de cette hôtesse tandis que les deux hommes se sont détournés de nous pour discuter à voix basse.

– Écoute, ce n'est pas grave, dis-je en m'adressant à Abigail. Il n'est pas si tard que ça. Allons manger ailleurs !

Nous nous apprêtons à quitter les lieux quand, soudain, les deux hommes nous surprennent totalement.

– Mesdemoiselles, ne partez pas ! Vous pouvez prendre notre table, on vous la laisse ! s'exclame celui qui se prénomme Bradley, si je ne fais pas erreur...

– Vous êtes sérieux ? rétorque Abigail avec un large sourire pour celui-ci en revenant sur ses pas.

– Oui... très sérieux, lâche-t-il presque dans un souffle pour mon amie.

Tous deux restent le regard rivé l'un à l'autre tandis que je ne sais que dire à Nick qui m'observe avec insistance. Tout en le regardant également, je relève étrangement mes sourcils plusieurs fois avant de me mordiller la lèvre inférieure à m'en faire presque mal, ce qui me fait cesser instantanément. Puis, je souris tout en me tordant les doigts, des mains bien sûr, en papillonnant des yeux, en me mordillant la lèvre de l'autre côté, histoire de ne pas non plus me blesser plus encore avant de sourire de nouveau. Je me rends soudain compte que je me tortille même sur place comme si une envie pressante me titillait. J'ai honte et me fige totalement tandis qu'aucun mot ne sort de ma bouche, ni de la sienne d'ailleurs. Puis, mon regard se verrouille au sien. Je me sens tout chose et rougir comme jamais. Surtout lorsqu'il se rapproche tout à coup de moi.

– Est-ce que les jouets convenaient ?

– Les jouets ? réponds-je surprise.

– Oui, les jouets pour vos chats.

– Ah ! Non ! Enfin, si ! Certainement ! Enfin, c'est pour offrir à Noël donc, je ne sais pas encore s'ils conviendront.

– Si ce n'est pas le cas, vous pourrez me les rapporter et je vous rembourserai, murmure-t-il à m'en donner d'agréables frissons dans tout le corps.

Notre conversation est plus ou moins surprenante, mais je le trouve adorable d'être si attentionné. Soudain, nous sursautons presque tous les quatre en même temps lorsque l'hôtesse referme brusquement son livre de réservations tout en grommelant pour elle-même. Nous abandonnons instantanément nos échanges, qu'ils soient parlés ou visuels. Abigail et moi-même remercions ces messieurs d'être si généreux envers nous.

– Tout le plaisir est pour moi, dit Bradley tandis que Nicholas me souffle :

– À bientôt, j'espère...

Puis tous deux quittent les lieux avec un large et identique sourire aux lèvres. Nous les regardons ressortir du restaurant, Gisèle ne se gênant pas plus que nous de les reluquer de dos avant que celle-ci ne s'adresse sèchement à nous en nous sommant de la suivre. Elle nous conduit à la table offerte si généreusement par ces deux galants avant qu'un serveur n'arrive pour nous débarrasser de nos manteaux. Bien que nous ayons des milliers de choses à nous raconter toutes deux, nous restons chacune quelques minutes plongée dans nos pensées respectives tout en prenant place. J'ai encore le cœur battant de cette rencontre et j'hésite à m'épancher sur le sujet auprès d'Abigail. Alors que je réfléchis à ce que je pourrais bien lui dire pour débuter nos grandes retrouvailles et certainement lui raconter ce qu'il s'est passé durant ces presque deux longues années où elle a été absente, c'est elle qui me surprend en me parlant directement de Bradley...

– Je craque carrément pour lui ! s'exclame-t-elle avec un large sourire contagieux.

Chapitre 4

Nicholas

Tout compte fait, hier soir, j'ai dîné avec Bradley à son hôtel. La cuisine y est excellente, mais nous apprécions de nous rendre également à l'extérieur, ne serait-ce que pour que Bradley ait le sentiment de quitter un peu le *bureau.* Notre conversation a rapidement dérivé vers les deux jeunes femmes auxquelles nous avons cédé galamment notre table.

Comme j'aurais aimé dîner avec elles.

Enfin, avec *elle*...

Tout me plaît chez elle. Sa façon de se mouvoir, sa façon de rire, sa façon de converser avec sa copine, sa façon d'essayer de m'expliquer que des chats sont bien plus difficiles que des enfants. Je la trouve très drôle et cela faisait longtemps que je n'avais pas ressenti une telle douceur dans le cœur. Même avec Jessica, mon ex-fiancée, je n'ai jamais ressenti de telles émotions. Mais je ne veux pas m'emballer trop vite. D'autant plus qu'elle est si belle qu'elle doit déjà avoir un homme qui partage sa vie. Mais même si elle me plaît plus que je ne saurais me l'avouer, je ne marcherai jamais sur les plates-bandes d'un autre. Je sais trop ce que cela fait. Pourtant, même en replongeant dans ce détestable souvenir, je ne ressens plus rien à l'égard de celle qui m'avait brisé le cœur et j'en suis presque heureux.

Il est temps pour moi de me rendre sur mon lieu de travail, qui est plus une passion qu'une corvée. Il me reste une bonne heure avant l'horaire d'ouverture du matin. J'entrouvre la porte de ma boutique et la referme à clé derrière moi. Je décide de passer par le nouveau rayon *plantes grasses* que j'ai créé dernièrement. Ce pourrait être vu comme une idée folle d'avoir fait ce rayon, mais en fin de compte, j'ai eu mon père en ligne il y a quelques jours et il était triste que l'une des vieilles plantes grasses de maman ait rendu l'âme. Cela l'a énormément chagriné. Alors, je me suis dit que lorsqu'il viendra pour Noël, il sera peut-être content de voir cet étalage floral. Enfin, cela reste un rayon discret. Il n'est pas question de faire de la concurrence aux fleuristes du coin. C'est juste un aménagement qui embellit un recoin de ma boutique et puis cela me fait penser à maman, même si mon souvenir d'elle n'est présent qu'au travers des souvenirs de mon père.

Je retiens au fond de moi ce sentiment de tristesse qui me traverse à chaque fois que je pense à maman, mais je chasse rapidement cette impression, afin de ne pas commencer ma journée par des pensées moroses. Je me dirige vers le fond du magasin. La première chose que je fais comme toujours, c'est d'aller voir si mes petits amis à poil vont bien, d'autant plus qu'hier après-midi, l'un des trois chiots était un peu patraque. Lorsque j'arrive à leur box, je suis content de constater qu'il n'a plus rien et qu'il tente même de ravir le jouet d'un autre. Soudain, ils m'aperçoivent. Ils jappent et sautent dans tous les sens, me font la fête et attendent avec impatience que je les nourrisse.

J'adore les animaux et encore plus lorsqu'ils sont tout jeunes. Je n'en ai jamais eu dans ma jeunesse et cela m'a manqué terriblement même si je jouais dès que je le pouvais avec le chien de Bradley qu'il partageait sans jalousie avec moi.

L'heure a tourné, mais comme d'habitude, j'ai eu le temps de tout faire tel que nettoyer les enclos de mes bêtes, m'assurer que tout va bien chez chacun d'eux et vérifier que mes rayons sont parfaitement approvisionnés et bien rangés. Tout est parfait ! Il est temps pour moi d'ouvrir ma boutique. Je déverrouille la porte d'entrée tout en retournant la petite plaque en bois vieilli suspendue par une ventouse afin de laisser apparaître le mot « ouvert ». Satisfait, je reviens vers le comptoir tandis que je sens vibrer mon téléphone dans la poche arrière de mon jean.

Je souris en décrochant.

– Allô, fiston ? C'est papa !

Je ris en constatant qu'il n'arrive jamais à retenir que mon téléphone affiche le nom de la personne qui m'appelle. C'est vrai que le sien est un dinosaure de mobilité et n'affiche rien. Je lui demande comment il va et il me répond qu'il profite du temps qui est au beau fixe chez lui. Je lui annonce qu'à Notting Hill, nous avons une météo semblable, même si actuellement les températures sont plutôt basses.

– Qu'est-ce que tu fais à Noël ? me demande-t-il aussitôt, ce qui me surprend.

– Eh bien, je le passe avec toi, papa ! confirmé-je sans aucune incertitude.

– Tu es sûr, fiston ? Je ne voudrais pas t'empêcher de faire la fête avec une jeune fille ! Ou même une femme plus vieille, ajoute-t-il si rapidement que j'ai du mal à saisir ce qu'il veut dire.

– Tu veux dire comme une femme cougar ? dégoisé-je en me retenant de rire.

– Oui. Enfin… est-ce le cas ? insiste-t-il, ce qui me fait exploser de rire.

– Papa, si j'avais déjà juste une copine de mon âge, cela m'irait très bien !

– D'accord, mais peut-être as-tu prévu de le passer avec des amis ?

– Tu es devenu fou ou quoi, papa ! Il n'est pas question de passer Noël sans toi ! protesté-je la gorge serrée de le savoir si enfermé sur lui-même au point d'imaginer qu'il me dérange. D'ailleurs, ajouté-je, quand as-tu prévu de venir ?

– Je ne sais pas. Quand toi tu le désires…

– Eh bien, tu pourrais venir plus tôt cette année ! Ainsi, je profiterai un peu plus de toi. En plus, tu pourrais m'aider à la boutique, si tu le souhaites ?

– Oh, voilà une proposition bien tentante ! Si cela ne te dérange pas, je peux venir demain ou après-demain.

Bon, je ne m'attendais pas à ce qu'il passe pratiquement tout le mois de décembre ici, avec moi, mais en fin de compte, cela me fait plaisir. Je lui affirme qu'il peut venir quand cela lui chante et je ressens un certain soulagement dans sa voix lorsque je raccroche avec lui.

La matinée se déroule assez calmement avec seulement trois clients. Lorsque l'heure de déjeuner arrive, je vois Bradley débouler dans la boutique, avec quelques rougeurs sur ses joues taillées à la scandinave.

– Elle est venue ce matin !

– Qui ça ? demandé-je surpris qu'il ne me dise même pas bonjour avant et surtout, inquiet par son attitude.

– La belle Abigail !

– Ma cliente d'hier ?

– Oui, enfin, je te signale que c'est la mienne, car elle croit que je travaille également ici, lâche-t-il en se frottant le visage.

– Bon, l'ami ! Je crois que tu es trop émotif ce matin, dis-je en me retenant de rire afin de ne pas le vexer. Laisse-moi te servir un verre d'eau et tu m'expliques tout ça.

Bradley retire son long manteau classique et d'un beau noir profond. Je constate, bien qu'il soit toujours tiré à quatre épingles, que ce matin, il est apprêté comme pour un mariage. Je ne peux m'empêcher de lâcher un long sifflement d'admiration avant de lui dire :

– Ai-je raté quelque chose ?

– Ah oui, ça ! lance-t-il en relevant d'un air gêné ses sourcils aussi roux que sa chevelure. Je sais, j'ai peut-être un peu trop forcé sur le costume trois-pièces.

Je pouffe de rire avant de rire plus encore avec lui.

– Et dire que le dicton d'être prêt, c'est de se trouver devant une boutique de robes de mariée. Je crois que toi, tu as choisi l'option rendez-vous directement à l'autel !

– L'hôtel ? Absolument pas ! Je ne voudrais pas qu'elle pense que...

– Stop, l'ami ! Je parlais de l'autel d'une église.

Je me rends compte que Bradley est trop à fleur de peau ce matin pour faire des jeux de mots. Je lui sers un verre d'eau et le laisse finir avant de lui demander de me raconter sa matinée. Plus il parle et plus j'ai l'impression qu'il en revit chaque minute.

– Je ne sais que te dire de plus à part qu'elle me tourneboule la tête.

– Tourneboule la tête ? répété-je avec un petit sourire moqueur, malgré moi.

– Ne te moque pas de moi, Nick ! Je te jure que cela ne m'est jamais arrivé. Je suis complètement décontenancé et dès qu'elle apparaît, je me mets à m'imaginer des choses.

– Des choses ? répété-je à nouveau.

– Vas-tu arrêter de répéter la fin de mes phrases ? lâche-t-il, le regard froncé. Tu ne comprends pas ! Elle est... Elle est... Elle est unique avec ses cheveux bouclés, sa peau dorée et ses yeux bleu-vert, narre-t-il le regard lointain comme s'il était ailleurs. Je suis... Je suis...

– Tu es mordu, l'ami !

Bradley souffle en se frottant le menton.

– Je crois que je suis plutôt complètement amoureux !

– Ah oui, quand même ! prononcé-je d'une voix haut perchée, surpris d'un tel aveu de sa part. Et que comptes-tu faire ?

– Je n'en sais rien !

– Bon, tu devrais peut-être commencer par changer de tenue. Non pas que tu sois mal habillé, à moins que tu n'aies décidé de la demander en mariage aujourd'hui ! Sinon, j'opterai plus pour une tenue passe-partout.

– C'est trop ? Je m'en doutais. OK, je vais me changer ! On se retrouve au *Portobello Garden* pour un plat de spaghettis ? prononce-t-il en s'éloignant déjà de moi.

– OK, alors évite la chemise blanche, l'ami, tu sais que tu te taches toujours...

– Ce n'est pas faux ! rétorque-t-il en continuant de marcher à reculons. Je fonce ! À tout à l'heure !

Bradley repart de ma boutique en coup de vent. Je ris intérieurement de le voir gérer si mal ses émotions. Je me demande bien comment il va s'en sortir avec l'exotique Abigail...

Vingt minutes plus tard, je le retrouve au restaurant.

– Tu es vraiment sérieux ? déclaré-je en balayant du regard toute son apparence.

– Quoi ? Ma tenue ne te plaît pas ?

– Eh bien, disons que tu viens de passer d'un mariage à un enterrement !

– Tu trouves qu'il y a trop de noir ?

– Tu plaisantes ! Tu es tout vêtu de noir ! Écoute, l'ami, la prochaine fois, habille-toi devant un miroir, ce sera mieux, crois-moi !

– Oh non ! Mais qu'est-ce qu'il m'arrive ? Je sens que je perds complètement pied. Mes pensées se bousculent et je ne sais pas comment les calmer.

– Effectivement, elle te fait de l'effet ! Passons commande ! Pour l'instant, faute de te remplir le cœur, on va te remplir la panse...

Nous patientons devant un verre de pinot noir français.

– Je n'ai pas encore eu le temps de te dire que mon père arrivait demain.

– Déjà ?

– Ouep !

– C'est plutôt une bonne nouvelle, non ? Il a peut-être trouvé chaussure à son pied et vient te prévenir qu'il ne passera pas Noël avec toi.

– C'est drôle que tu me dises ça. En effet, pour la première fois, il a laissé entendre qu'il ne voulait pas me déranger en venant passer Noël à mes côtés. Sur l'instant, j'ai plutôt pensé qu'il ne voulait pas me gêner. Mais, maintenant que tu sous-entends ça, j'ai un doute ! J'ai peut-être mal compris tant je m'inquiète toujours pour lui.

– Avoue que ce serait génial en tout cas qu'il refasse sa vie.

– Oui, c'est mon plus grand souhait !

Nous nous emparons de nos serviettes dès lors que le serveur nous apporte à tous deux une belle assiette de spaghettis. Chez *Portobello Garden*, aucune mauvaise surprise d'être déçu par ce plat. C'est l'une des spécialités du restaurant. J'ai le temps d'enrouler deux fois mes spaghettis sur ma fourchette que Bradley n'en a porté encore aucune à sa bouche et pourtant, je ne suis pas reconnu pour manger rapidement. Au bout de plusieurs longues secondes, cela m'inquiète.

– Ton assiette ne te plaît pas ? m'exprimé-je avec un air surpris.

– Je ne sais pas, je n'ai pas très faim. Mon esprit est ailleurs. Je m'en excuse, d'ailleurs…

– Oh, toi, tu ne me couverais pas une maladie d'amour ? le taquiné-je avec un large sourire.

– Tu crois ? m'interroge-t-il avant de sourire à son tour.

Et d'un seul coup de fourchette, il enfourne dans sa bouche plusieurs spaghettis. Je crois bien que même si ses pensées l'assaillent, il n'a toutefois pas l'intention de se laisser mourir de faim.

– Alors ? Qu'as-tu prévu pour la suite ?

– Je crois que je vais apporter moi-même le linge à la blanchisserie !

– Et ?

– Et je vais tenter de la revoir ainsi.

– Et après ?

– Tu m'en poses de ces questions ! Je n'en sais rien, j'improviserai !

– Tu as raison, les plans sur la comète sont parfois décevants.

– Pourquoi dis-tu ça ? s'inquiète-t-il.

– Non, ne t'en fais pas, je dis n'importe quoi ! Tu sais que les histoires d'amour et moi, ça fait deux !

– Pourtant, la copine d'Abigail, elle a l'air de te plaire.

– Ouep ! Mais belle comme elle est, elle doit avoir un petit ami qui n'appréciera pas, sans nul doute, que l'on marche sur ses plates-bandes.

– Ça, tu n'en sais rien !

– Qu'il n'appréciera pas ?

– Non, qu'elle ait déjà un petit ami !

J'écarquille les yeux comme pour lui dire qu'effectivement, je n'en sais rien.

– Oh, ben zut, alors ! débite-t-il l'air inquiet.

– Quoi ?

– Je n'y avais pas pensé. Si ça se trouve, Abigail a déjà aussi un petit ami !

– Ce n'est pas faux ! Mais bon ! Croisons les doigts et si jamais tu avais dans l'idée d'allumer un cierge, tu sauras quelle prière faire…

– Idiot !

– Écoute ! Sur ce coup-là, je suis prêt à me rendre avec toi dans une église pour le faire, car moi aussi j'aimerais qu'il n'y ait pas de petit ami dans le coin, si tu vois ce que je veux dire...

– *Ouiche*, je *voiche*, rétorque Bradley la bouche pleine.

J'enfourche une nouvelle portion de spaghettis en espérant que si jamais Dieu ou n'importe quelle autre Puissance existe, qu'Ils entendent nos souhaits, voire les exaucent...

Nous échangeons un regard amical tandis que nous dégustons le reste de nos plats. Il termine avant moi comme toujours. En fin de compte, même si je suis gourmand, Bradley l'est encore plus que moi.

– C'était un délice ! lâche-t-il, repu.

– Je constate que pour une fois, je n'aperçois aucune tache sur ta chemise. Serais-tu devenu plus habile avec ta fourchette pour trouver ta bouche ? me moqué-je tout en lui faisant un clin d'œil.

– J'en ai bien l'intention surtout si je compte plaire à une certaine femme...

Nous rions de bon cœur tandis que le serveur nous propose la carte des desserts. Mais aujourd'hui, les délices que nous convoitons sont ailleurs. Nous commandons juste un café et la note, car l'heure file à grande vitesse, avant que je n'enchaîne sur un autre sujet.

– Cet après-midi, il faut que je fasse imprimer des affichettes pour annoncer la disparition de mon mistigri.

– Je peux t'en faire si tu veux. J'ai justement reçu une nouvelle imprimante pour la comptabilité de l'hôtel.

– Oh, je comptais aller à l'autre bout de la ville, dans la nouvelle boutique, *Printer's* ou quelque chose dans le genre, je crois. Mais si ça ne te dérange pas, cela me permettrait de ne pas avoir à fermer boutique.

– Alors c'est dit !

– Merci, mon ami, répliqué-je avec un large sourire. J'espère que ça servira à quelque chose, ces affiches. Je l'aimais vraiment bien ce chaton !

– C'est parce qu'il te rappelle ton roux préféré ! lâche Bradley en passant sa main dans ses cheveux couleur feu.

– C'est évident ! Qui d'autre que toi pourrait concurrencer ce petit poilu ?

Nous rions de nouveau de bon cœur. C'est ce que j'aime avec Bradley. On ne se prend que rarement la tête et nous nous apprécions grandement sans concession. Depuis aussi loin que je me souvienne, nous nous sommes toujours rendu service dès que nous le pouvions. Encore une fois, il me prouve que je peux compter sur lui. Le serveur s'approche de notre table avec nos cafés et la note. Je la kidnappe aussitôt.

– C'est pour moi ! certifié-je en dégainant ma carte de crédit.

Chapitre 5

Tess

Lors de mon dîner avec Abigail, j'ai appris qu'elle tenait une blanchisserie. Cela m'a impressionnée qu'elle ait le cran de devenir sa propre chef, même si le petit pécule hérité de sa grand-mère l'a fortement aidée. Vraiment, je l'admire, car elle aurait pu tout aussi bien le dépenser autrement. Comme j'aimerais être mon propre chef, moi aussi ! Mais ce n'est pas demain la veille que cela m'arrivera. Surtout, alors que je comptais prendre une pause ce midi pour déjeuner avec ma collègue Abirami qui va se marier prochainement, je reçois à l'instant un courriel de ma chef qui me désarçonne profondément.

Tess,

Vous avez rendez-vous cet après-midi à trois heures à l'hostellerie Le Blueberry *avec l'acteur Rob Harington. Il vous attend pour une interview d'une heure. Ce ne sera pas du direct, mais je vous conseille toutefois de bien préparer cet entretien ! Il n'est pas question que vous me déceviez. Vous savez que votre cas est déjà limite…*

Isabelle

Comme d'habitude, Isabelle et les formules de politesse, ça fait deux ! Néanmoins, ce n'est pas tant cela qui me dérange. Je devrais d'ailleurs être heureuse de faire une interview sur le terrain avec une vraie personne, plutôt que de rechercher des potins sur le Net pour écrire mes chroniques, car dernièrement, c'est plutôt ça mon job et c'est loin d'être plaisant. Non, ce qui me choque, c'est de devoir interviewer Rob Harington, une pseudo-star du petit écran, que je déteste du plus profond de mon âme. Et dire qu'à un prénom près, cela aurait pu être le bellissime Kit Harington ! Mais je peux toujours rêver ! Rob Harington est à des années-lumière de ressembler au beau Jon Snow de *Game of Thrones* ! Il est vieux, laid, grassouillet et ses mains sont baladeuses comme jamais, à en croire les potins des journaux comme le mien. J'ai déjà croisé sa route par deux fois lors de commémorations ou autres soirées organisées par mon journal, et cela n'a pas été des plus agréables pour moi. Il n'a eu de cesse de me reluquer sans vergogne, l'œil salace, et ses mains ont essayé maintes fois de me frôler les fesses dès que je lui tournais le dos. Il me terrorise autant qu'il me dégoûte.

– Tu viens, Tess ? me demande Abirami.

– Désolée, il va falloir que l'on remette ça ! Isabelle m'envoie faire l'interview de Rob Harington cet après-midi.

– Oh, la garce ! Ce mec est un gros porc notoire !

– Ouais et elle le sait ! Si monsieur avait eu un beau faciès et un corps d'Apollon, elle s'y serait rendue elle-même à cette interview, mais bon ! Elle ne me laisse pas le choix ! Je suis dépitée. Il va me falloir préparer l'entretien si je ne veux pas qu'Isabelle me vire ! Du coup, je préfère rester ici pour travailler.

– OK, je comprends ! Écoute, on remet ça à demain, si tu veux ?

– Je te remercie pour ta compréhension, Abi.

– Tu veux que je te rapporte quelque chose ?

– Je veux bien un menu 6 de chez *Nobu*. Tiens, voilà un billet de vingt, cela devrait suffire…

– OK ! Je reviens d'ici trois quarts d'heure.

– C'est adorable à toi ! Bon app, les filles !

– Bon courage à toi !

Je regarde Abirami partir avec deux autres collègues qui l'ont rejointe tandis que je retombe sur ma chaise. Je soupire longuement. Je me rends compte que je me suis mise en robe aujourd'hui. Si j'avais su que j'allais me retrouver dans la même pièce que Rob Harington, je me serai vêtue d'un jean, enfilé deux pulls, puis j'aurais mis par-dessus tout ça une combinaison intégrale et que sais-je encore, histoire de ne pas laisser apparaître la moindre partie de mon corps. Mais cette robe ! Quelle idée ! Je regarde l'heure en me demandant si j'ai le temps de repasser me changer chez moi avant l'interview. Il est déjà une heure de l'après-midi et j'ai rendez-vous dans deux heures. Cela risque d'être un peu juste. Je décide de commencer à travailler sur l'entretien à venir, tout en me disant que si je fais vite, je pourrais faire un arrêt chez moi sur le chemin en me rendant à l'hostellerie, puisque *Le Blueberry* ne s'en trouve pas trop éloigné. Enfin, j'espère de tout cœur en avoir vraiment le temps…

Je m'active à prendre des renseignements sur Rob Harington, à tout le moins de ce qui lui est arrivé dernièrement. Je glane quelques informations sur le Net journalistique.

Hum… *Divorce en cours*, j'espère que c'est madame qui en a fait la demande… Eh bien ! eh bien ! *Amende pour état d'ivresse sur la voie publique*, ce qui ne m'étonne que moyennement. Et ça, qu'est-ce que… Oh non ! *Un procès étouffé pour harcèlement sur mineure !* Quelle horreur, cet homme ! J'en suis abasourdie. Et dire que je vais devoir me retrouver avec lui. J'espère qu'il y aura bien une équipe de caméramans avec nous. De toute façon, Isabelle sera sûrement là aussi…

– Tess ! s'écrie justement Isabelle de son bureau.

– Oui, Isabelle, réponds-je à voix haute en hésitant à me relever de ma chaise.

– Tess ! s'écrie-t-elle plus fort.

Je comprends qu'elle désire que je me déplace jusqu'à elle. Je soupire de nouveau en abandonnant mon bureau pour me rendre dans le sien.

– Tu ne connais pas le téléphone ! marmonné-je tandis que je marche d'un pas résigné vers elle.

– Tess, qu'est-ce que vous ne comprenez pas dans « Je vous appelle et vous *rappliquez* vos fesses ici, immédiatement » ?

Dans ma tête, j'ai le sentiment que c'est ce que j'ai fait.

– Euh..., ne sais-je toutefois que lui répondre.

– Combien de fois dois-je m'égosiller pour que vous vous exécutiez finalement ?

– Oui, certes ! Certes ! Je vous prie de m'excuser, Isabelle, vous avez totalement raison, dis-je en me sentant minable de m'écraser ainsi devant elle.

– Voilà qui est mieux ! Où en êtes-vous avec Harington ?

– Eh bien, je viens de faire un point sur son actualité et celle-ci n'est pas très folichonne.

– Folichonne ? Je me demande toujours où vous trouvez de tels mots ! Bref, voici ce dont vous devez parler.

Je compare mes notes avec elle et je m'aperçois que nous n'avons rien d'annoté en commun.

– Alors, je ne dois pas parler de ce harcèlement, ni de son état d'ivresse sur la voie...

– Non ! Vous prenez ceci et vous oubliez tout le reste, c'est bien clair ? Et ne me décevez pas, sinon, inutile de revenir ici ! Vous êtes déjà à ça que je vous vire..., m'annonce-t-elle en portant au niveau de son visage, son pouce et son index à peine écartés l'un de l'autre.

J'ai bien envie de lui dire que je m'en fiche comme de l'an quarante et que, si elle me vire, on verra bien qui lui écrira ses chroniques ! Mais comme d'habitude, je n'en fais rien.

Elle me terrorise trop.

Je retourne à ma table qui me sert de bureau. Je relis brièvement mes notes prises avec Isabelle, tout en barrant celles que j'avais annotées toute seule sur le compte de Rob Harington.

– OK ! me dis-je en essayant de me rassurer.

Mais je n'en mène pas large. Je regarde l'heure et je sens un malaise me saisir. Il est clair que l'heure file à une vitesse incroyable et je pense que je ne vais pas avoir le temps de repasser chez moi pour me changer.

– Tiens, ma belle ! s'exclame Abirami qui revient de son déjeuner avec les filles.

Avec un sourire, elle me tend mon repas qu'elle a acheté chez *Nobu* comme je le lui avais demandé.

– Oh, je meurs de faim ! réponds-je les yeux brillants. Tu es une mère pour moi ! affirmé-je avec un large sourire.

Je m'empare du sachet et j'en sors une boîte transparente contenant des nems, une sauce et du riz blanc. Je laisse pour l'instant de côté celle du petit dessert. Je n'ai plus qu'à prendre les baguettes en bambou et, enfin, me régaler.

Hum… J'en salive d'avance…

– Tess ! Tu ne devineras jamais qui j'ai vu au *Nobu* ! Taylor Swift ! déclare Abirami sans me laisser le temps de lui répondre.

Je partage sa joie avant de lui demander si elle a réussi à lui tirer une petite dédicace.

– Non, je n'ai pas osé. Mais la prochaine fois, je prendrai mon courage à deux mains ! m'assure-t-elle.

Je conserve mon sourire en salivant de plus belle. J'ai vraiment faim !

Au bout de quelques secondes, je réussis l'exploit d'attraper un nem entre mes baguettes. Je ferme les yeux de bonheur tout en l'approchant de ma bouche.

– Tess ! s'exclame derrière mon dos Isabelle, ce qui a le don de me faire lâcher le nem qui prend vie dans les airs avant de venir s'écraser sur mon bureau.

Comme d'habitude, je ne l'ai pas entendue arriver. Malgré ses talons hauts qui font un bruit de claquettes dans le hall de l'accueil, ce n'est pas le cas sur notre plateau. Saleté de moquette !

– Vous êtes prête, j'espère ? ajoute-t-elle d'un ton sévère.

– Oui, bien sûr ! Je grignote juste en vitesse un morceau, dis-je en ramassant avec une serviette le nem qui gît toujours sur mon bureau, et ensuite je m'y rends à pied, poursuis-je.

– Pas le temps, j'ai besoin de vous ! Vous allez...

– Mais...

– ... passer par l'atelier de Mme Jane Delacroix qui vient de m'appeler pour me dire que la tenue que j'ai prévu de porter ce soir pour le vernissage de Patrick Mazlo est bien prête. Vous irez ensuite la déposer chez moi. Ma bonne, Irène, vous y attend au plus tôt !

– Mais...

– Je n'ai pas fini, Tess ! Vous passerez chez *Biscuiteers* pour commander des petits-déjeuners à faire livrer chez moi demain matin. Tout est marqué là-dessus, ajoute-t-elle en me tendant un morceau de papier que je daigne prendre, car j'ai toujours mes baguettes en bambou dans une main et le nem que je me dois de *sacrifier* dans l'autre. Surtout, prenez votre temps, pas de souci ! s'exclame-t-elle la bouche pincée tout en secouant ledit papier au niveau de mon visage.

Je fixe toujours la liste en me résignant à jeter mon nem dans la poubelle. Je m'empare du long morceau de papier et commence à lire brièvement ce qui est annoté dessus : café, chocolat, jus d'orange frais, croissants, scones...

Ce n'est pas un petit-déjeuner, ça, mais un brunch ! songé-je en continuant de déchiffrer la longue liste écrite en pattes de mouche.

– Si j'étais vous, je partirais maintenant ! me signale-t-elle en opérant déjà un demi-tour sans rien attendre de moi, tandis que je me relève de mon siège.

– Mais je suis à pied, je vous rappelle, m'indigné-je d'avoir à faire de nombreux kilomètres sans rien avoir avalé en plus auparavant.

Isabelle fait volte-face avec un léger reniflement tout en balayant ma silhouette de haut en bas.

– Eh bien, cela ne vous fera pas de mal, croyez-moi ! me crache-t-elle au visage avec un sourire moqueur.

Je manque presque de m'étouffer en entendant ses paroles. *Certes, j'ai quelques petites rondeurs ici et là, mais pas de quoi me plonger dans un régime quelconque*, protesté-je en silence, tout en la regardant repartir d'un pas nonchalant. J'attends qu'elle s'éloigne plus encore avant de souffler. J'avale tout de même un nem avant de remettre le reste dans le sachet où se trouve mon dessert qui devra également attendre. Je lui ferai sa fête plus tard…

– Tu sais, Tess, elle n'a pas le droit de te dénigrer ainsi, me dit Abirami.

– Je sais, mais je n'ai pas les moyens de la contrer. Allez, je fonce si je veux pouvoir me changer avant mon rendez-vous !

– Tu es certaine d'en avoir le temps ?

– Oui, j'irai chez Mme Delacroix après mon interview.

– Attention à ce qu'elle ne ferme pas tôt.

– Tu crois ? Mais je ne peux pas aller voir Harington dans cette tenue !

– OK ! Alors, cours *Forrest* ! s'exclame Abirami, ce qui a le don de me faire rire malgré la boule que j'ai au ventre depuis que j'ai reçu le courriel d'Isabelle.

Quinze minutes plus tard, je me retrouve devant ma porte d'entrée.

– Coucou, *le chat*, dis-je en voyant le petit matou tout roux qui m'attend sur mon perron. Tu traînes encore là, mon coquin ?

Je le caresse et il rentre dans ma demeure aussitôt que j'entrouvre la porte. Je me débarrasse de toutes mes affaires sur la table de cuisine avant de me diriger vers mon frigo. J'en ressors une bouteille en verre.

– Tiens mon beau, dis-je en déposant une coupelle remplie de lait frais.

Pendant que *le chat* s'en délecte, je grimpe à l'étage pour me changer.

Plus les minutes passent, plus mon armoire se vide de linge, et plus un monticule pousse sur mon lit. Je me regarde dans mon miroir sur pied et je finis par avoir l'impression d'être une SDF qui a enfilé tout le linge qu'elle possède pour partir au ski. Je me déshabille, continuant de rechercher le vêtement idéal pour cette interview. Je regarde néanmoins l'heure afin de savoir si j'ai encore le temps d'un essayage.

– Zut ! Cela fait déjà quinze minutes que je cherche cette maudite tenue ! m'écrié-je en secouant la tête.

Je finis par enfiler un tailleur-pantalon noir et une chemise blanche que j'avais mis à l'enterrement d'une collègue en préretraite. Mais il y a déjà au moins deux ans que ces vêtements sont emballés dans une poche de protection en plastique. Lorsque je fais glisser la fermeture éclair de celle-ci pour l'ouvrir, une petite odeur de renfermé s'en échappe, mais ce n'est pas si horrible que ça. Avec un ou deux pschitt de parfum et le tour sera joué ! Je m'en vêts et m'admire dans ma psyché. Flûte, j'ai l'impression d'être une avocate.

– Allez, m'encouragé-je en enfilant une paire de talons noirs afin de me donner un peu plus d'assurance.

Je me dis que si Rob Harington me cherche, il risque de prendre un coup de talons !

Je dévale les escaliers intérieurs en essayant de ne pas me crêper au passage. Arrivée dans la cuisine, je réussis tant bien que mal à faire ressortir de chez moi le petit roux qui semble avoir plutôt envie de s'affaler sur mon canapé. Je regarde l'heure. Mme Delacroix ou *Biscuiteers* ? Pas le temps d'aller chercher la tenue d'Isabelle, car je ne pourrais pas la déposer chez elle et je ne préfère pas avoir à l'emporter avec moi au Blueberry. Je décide donc de passer en priorité chez *Biscuiteers* qui se trouve tout près de chez moi. Arrivée devant la porte de la boutique, je m'aperçois que le propriétaire a fermé exceptionnellement ce midi. Je peux toutefois lire sur une petite affiche collée sur la vitrine que l'ouverture est prévue à deux heures quarante-cinq. Je regarde l'heure sur mon téléphone puisque je ne porte pas de montre. Je déteste ça. Deux heures quarante-deux.

– OK, trois minutes à attendre, ce n'est pas la mort, essayé-je de me persuader.

Finalement, cinq minutes plus tard, je réussis à passer la commande pour Isabelle.

– Vous ne m'avez pas dit pour combien de personnes désirez-vous ce petit-déjeuner, me questionne la vendeuse derrière le comptoir en verre.

J'avoue ne pas avoir posé la question à ma chef, mais il me semble évident que ce doit être pour deux personnes. Chose que je ne manque pas de confirmer à la vendeuse tout en lui faisant mettre sur le compte d'Isabelle le montant de cette commande. Il est hors de question que je lui avance l'argent, bien que je l'aie déjà fait par le passé. Mais Isabelle prend toujours un malin plaisir à ne pas me rembourser tout de suite. Alors, j'ai dit non et depuis, je mets ses achats sur des comptes qu'elle a ouverts à son nom dans tous les meilleurs endroits qui existent à Notting Hill. Je ressors de la boutique soulagée d'avoir déjà réussi un point sur ma *to do list* du jour. L'heure tourne et il ne me reste que quelques minutes pour me rendre à mon interview. Je repars aussitôt d'un pas que je veux rapide. Cependant, Ce n'est pas le cas ! Entre mes chaussures à talons et les pavés au sol, l'union ne fait pas la force et ma démarche est loin d'être harmonieuse.

Je n'ai pas mal, je n'ai pas mal, je n'ai pas mal ! me sommé-je en pensées bien que je souffre le martyre dans mes chaussures.

Quelle idée stupide d'avoir voulu jouer les grandes ! J'aurais mieux fait de garder mes bottines. Lorsque je m'arrête enfin devant le comptoir de l'hostellerie, j'ai l'impression d'avoir un cœur dans chaque pied. Mais je n'ai pas le temps de m'apitoyer sur mon sort...

– Bonjour, je suis Tess Harper du *Daily's March* et j'ai rendez-vous avec Rob Harington.

– Bonjour, mademoiselle Harper. Votre rendez-vous est déjà là, m'informe le concierge d'un bel âge. Veuillez me suivre, je vais vous y conduire.

– Je vous remercie, réponds-je à mon tour en lui emboîtant le pas, l'esprit pas trop serein.

Tout le temps que je passe pour me rendre dans la salle prévue pour l'interview, et ce temps est plutôt long étant donné que le concierge marche très lentement, je me pose mille et une questions sur ce qu'il va se passer, tant un sentiment d'insécurité m'enrobe. En pénétrant dans la salle, je suis soulagée de voir que l'équipe pour l'interview est en nombre. Au moins, je ne me retrouve pas toute seule avec Harington. Qui plus est, je connais deux personnes en plus du caméraman. Cela me rassure quelque peu. Je m'installe sur une chaise et aussitôt, deux femmes me prennent en charge. Maquillage, ajustement de mes vêtements, je me retrouve même avec les cheveux dénoués. À croire que ma queue-de-cheval ne convenait pas à cette coiffeuse que je vois pour la première fois. « Mais on ne peut pas plaire à tout le monde », me dirait ma grand-tante Imogen si elle se trouvait à mes côtés. Tout en buvant une gorgée du verre d'eau qu'une des assistantes vient de me servir, je m'interroge toutefois sur Rob Harington en me demandant bien où il se trouve. C'est alors qu'il fait son entrée en ressortant des toilettes situées au fond de la salle. Il se dirige vers moi et me serre la main. J'ai aussitôt un affreux doute que celle-ci ait été passée sous l'eau claire après qu'il a... enfin, je préfère ne pas trop y penser...

– On va y aller ! nous précise le cadreur.

J'inspire et expire trois fois à fond tout en m'installant sur le fauteuil situé face à celui de Rob Harington. L'interview débute et se passe plutôt bien. Évidemment, je n'ai rien d'autre à faire que d'aller dans son sens tel que l'a exigé Isabelle. Je continue et enchaîne les questions. Rob Harington prend de grands airs lorsqu'il m'annonce qu'il sera la prochaine star d'une série en jouant un grand avocat. Je songe immédiatement que cet avocat sera sans nul doute véreux. Je ris intérieurement de ma déduction tandis que Rob Harington poursuit sa tirade sur lui-même. C'est drôle, à cet instant précis, il me fait penser à mon ex-copain. Moi, moi, moi ! Égocentrique comme jamais ! Je continue l'interview. Rob Harington répond longuement avec détails à chacune de mes questions. Peut-être un peu trop d'ailleurs. J'avoue que mon intérêt pour lui se trouve au ras des pâquerettes, mais je dois rester pro. Il ne me reste plus que deux questions à lui poser.

Allez, Tess, tu peux le faire..., m'insufflé-je en silence, bien que je n'en mène pas large, car je ressens qu'il se contient.

Mais sur quoi, j'avoue ne pas trop savoir et préfère même balayer rapidement cette pensée de mon esprit.

– Monsieur Harington...

– Appelez-moi Rob, me dit-il en m'interrompant.

Eh bien, nous y voilà ! Néanmoins, je souris bêtement, coupée dans mon élan, tout en recherchant sur ma fiche la question que je souhaitais lui poser. Mes yeux balaient le papier, mais je ne m'y retrouve absolument pas tellement mon pouls pulse dans mes tempes.

– J'ai tout mon temps, alors, pas d'inquiétude..., lâche-t-il dans un murmure tout en se penchant vers moi, qui suis toujours installée bien en face de lui.

Un peu trop près d'ailleurs. Même si je peux accepter cette confession de sa part, je ne peux que m'offusquer lorsqu'il s'autorise dans un même temps à poser une main sur mon genou d'une façon assez familière.

– C'est juste pour vous rassurer, déclare-t-il aussitôt avant de retirer sa main.

À mon avis, il vient de se rendre compte que la caméra tourne toujours.

– Je crois bien que l'on en a fini, décidé-je en jetant un œil vers le caméraman. Merci, monsieur Harington.

– Hum... Le plaisir est pour moi ! revendique-t-il, l'œil brillant.

Je sens que les ennuis vont commencer... Je déglutis tout en essayant de rester professionnelle, mais mes pensées s'embrouillent et je reste silencieuse deux ou trois longues secondes, le temps de m'éclaircir les idées. Il faut absolument que je clôture l'interview. Je déglutis de nouveau en essayant de sourire. Mais je suis certaine que je grimace tant la panique s'empare de moi.

– Voilà, c'était Tess Daily's pour Harp... Tess Harper pour le *Daily's March* en direct de l'hostellerie *Le Blueberry* avec Rob Harington, réussis-je à dire complètement désemparée par cette star de bas étage qui semble me déshabiller du regard tout en ayant un sourire baveux en coin, ce qui me terrorise et me paralyse presque le corps.

– Et... coupez ! s'exclame l'assistant du caméraman.

Je soupire tout en réussissant à me relever de mon assise. Afin de ne laisser aucune ouverture à Rob Harington, je m'adresse aussitôt au responsable de l'équipe en place.

– Pas d'inquiétude, Tess, on fait le montage dans la soirée et ta boss aura l'interview d'ici deux ou trois jours maximum.

– Et ensuite ? continué-je à parler avec lui de peur que Rob Harington n'en fasse autant avec moi.

– Je crois que le sujet est déjà placé dans le planning d'une chaîne locale, pour une diffusion prochainement.

– Oui, je crois que c'est pour *TV Show*. Ils achètent la plupart de nos sujets.

– OK, Tess ! Ne t'inquiète pas, je te tiens au courant, ajoute-t-il avec un sourire. Je suis désolé, mais il faut que l'on file comme des voleurs ! On couvre un autre sujet en direct dans une heure avec un politique ! Tu sais ce que c'est !

Je lui souris avec compassion, car les hommes politiques sont pis que les stars. Ils ont des exigences qui dépassent l'entendement. Je me dirige aussitôt vers l'une des assistantes présentes pour qu'elle me retire rapidement le micro accroché discrètement sur le revers de ma veste et que je puisse partir aussi loin que possible de Rob Harington.

– Ce serait mieux de la retirer, me dit-elle.

Je m'exécute et me défais de ma veste tandis qu'elle détache le fil qui est scotché dans mon dos.

– Voilà ! Tout est OK ! finit-elle par me dire avec un sourire en enroulant sur l'une de ses mains le long fil noir.

– Attendez, je vous aide…, entends-je derrière moi.

C'est alors que je sens les mains de Rob Harington se poser sur mes épaules lorsqu'il décide de m'aider à enfiler ma veste. Je suis tétanisée tandis que ses mains glissent sur mes bras. Ils m'encerclent presque avec force et j'ai soudain envie de hurler.

– C'est bon pour nous ! s'exclame l'équipe avant de déguerpir comme des fourmis en cavale.

Je crois qu'ils viennent de battre un record dans le remballage de matériel high-tech. Ce qui ne m'arrange guère. La pièce est soudain vide et je me retrouve seule avec Rob Harington.

Pourtant, même si j'ai réussi à me dégager de ses bras, il se positionne devant moi, m'empêchant de quitter les lieux, à mon tour.

– Je suis certain que vous avez le temps de prendre un verre avec moi, ma jolie, dit-il en attrapant l'une de mes mains qu'il serre dans les siennes.

– Non, je... je dois partir...

– Hum... Ce n'est pas un vrai *non*, ça, je sens bien que je vous trouble et je connais bien les femmes pour savoir que vous avez envie que j'insiste, petite coqu...

– Non veut dire non ! protesté-je en me dégageant de son emprise.

Je le repousse une nouvelle fois lorsqu'il me colle de trop près et, à cause de son embonpoint, il manque presque de chuter. Mais je n'en ai cure. J'attrape mon sac à main et mon manteau et je ressors de la pièce comme si je venais de commettre le casse du siècle. Je cours à perdre haleine et je traverse un premier long corridor tout en me retournant de peur de le voir arriver derrière moi. Je cours, la tête toujours tournée à son maximum, tandis que j'atteins pratiquement les portes de l'entrée principale. J'ai l'impression de tourner dans *L'Exorciste* !

– Aïe !

Je suis stoppée net dans mon élan en percutant de plein fouet quelqu'un. Je me serais étalée sur le sol comme mon sac à main si des bras forts ne m'avaient pas retenue.

– Tout va bien ?

Cette voix, je l'ai déjà entendue quelque part. Je relève la tête vers l'homme qui vient de laisser échapper ces mots d'une voix grave et sensuelle. C'est alors que je reconnais les traits du vendeur de l'animalerie, *Nicholas*, qui m'enlace toujours contre lui. Je n'aime pas habituellement les familiarités avec ma petite personne, mais je ne sais pas. Avec lui, je me sens en sécurité. J'ai presque envie de me blottir dans ses bras réconfortants tandis qu'il se détache légèrement de moi. Je m'agrippe à lui comme une moule à son rocher, car j'ai toujours la peur au ventre de ce qui vient de m'arriver avec Rob Harington. Je tremble encore trop de mon altercation avec lui et j'ai besoin d'être rassurée. Nicholas doit le ressentir, car il resserre soudain son étreinte avec tendresse. J'avoue ne plus trop savoir ce qu'il se passe. Mon horrible trouble se transforme instantanément en une myriade de papillons dans le ventre. Une alchimie indéniable s'empare de moi. De nous.

– Merci... de... m'avoir... sauvée..., réussis-je à dire.

Je soupire d'aise et il me sourit. Je souris à mon tour, tout en sentant ma lèvre inférieure trembler légèrement. Mon cœur bat si vite que ma respiration s'accélère sans que je puisse rien y faire. D'ailleurs, j'ai envie de ne rien faire. Ni de bouger ni de parler, de peur que cet instant magique ne s'évapore à jamais. C'est alors qu'il penche la tête vers moi, avec douceur et naturel. Je me mets presque à rêver qu'il va m'embrasser. Je ferme les yeux et...

– Ah, je vous ai retrouvée ! s'exclame au loin dans le couloir Rob Harington.

– Flûte ! Il faut que je me sauve ! lancé-je à mon beau vendeur que je délaisse à regret, tout en ramassant mon sac à main et les affaires éparses qui s'en sont échappées.

Je cours malgré la douleur qui assaille mes pieds, mais je n'ai pas le choix. Il me faut fuir Rob Harington...

Chapitre 6

Nicholas

– Où est-elle ? Où est-elle ? s'écrie furibard l'homme qui semble courir après Tess.

Je ne sais pas si cette demande s'adresse à moi puisqu'il poursuit sa route sans s'arrêter à ma hauteur. Cependant, je ne m'inquiète pas pour Tess. Non seulement elle a pris une bonne longueur d'avance, mais, qui plus est, l'homme vient de cesser son pas à tout juste cinq mètres de l'entrée afin d'essayer de reprendre son souffle qu'il a fort court. Avec un large sourire, je m'apprête à rejoindre Bradley, mais mon pied gauche bute légèrement dans quelque chose qui émet un petit bruit. Je dirige aussitôt mon regard vers le sol avant de me baisser pour ramasser un trousseau de clés. Je peux lire sur le porte-clés le prénom *Tess*. J'ai l'impression d'avoir trouvé un trésor, mais un trésor qui va fortement lui faire défaut si, comme je le pense, ce sont les clés de chez elle. Je ressors précipitamment de l'hostellerie de mon ami en espérant voir de quel côté elle a fui. Mais en vain. Je retourne à l'intérieur tandis que l'homme qui la poursuivait me bouscule pour y pénétrer de nouveau. Il ne prend absolument pas la peine de s'excuser, mais je décide pour une fois d'être magnanime. Après tout, elle m'a percuté de plein fouet à cause ou plutôt grâce à lui en le fuyant, il me semble. Je délaisse l'inconnu qui retourne dans la direction de laquelle il venait, tandis que je retrouve Bradley en train de discuter avec son chef étoilé. Je le laisse terminer sa conversation avant que lui-même ne m'entraperçoive.

– Hey, salut !

– Salut, Brad ! réponds-je avec un large sourire.

– Puis-je savoir pourquoi tu souris à t'en déchirer les lèvres ? m'interroge-t-il tandis que je secoue le trousseau de clés devant ses yeux. C'est quoi ? demande-t-il aussitôt.

– Ce sont les clés de chez Tess, dis-je en lui montrant le médaillon où se trouve inscrit le prénom de celle-ci.

– Tu as déjà les clés de chez elle ?

– Mais non, idiot ! Elle les a fait tomber à mes pieds.

– Eh ben, c'est un peu pareil, non ?

– Absolument pas, bien que je préférerais que tu aies raison ! Non, en fait, elle a renversé son sac par mégarde et les a oubliées au sol, expliqué-je, le cœur gorgé d'une joie difficilement maîtrisable.

– Je serai bien curieux de savoir pourquoi c'est toi qui les as retrouvées.

Devant mon silence, bien que je continue de sourire, Bradley ajoute :

– Tu me racontes ou bien il faut que je devine !

– Eh bien, figure-toi que…

Et je lui raconte en détail ce qu'il m'est arrivé il y a environ une quinzaine de minutes. Je m'abstiens toutefois de lui dire que j'ai failli l'embrasser.

– Bon, et que comptes-tu faire de ce trousseau de clés ?

– Eh bien, je crois que je n'ai absolument pas le choix. Il me faut retrouver séance tenante la propriétaire !

Bradley semble plus excité que moi de savoir que j'ai les clés de chez Tess. Non pas que nous ayons l'intention d'aller la cambrioler, mais plutôt parce que cela veut dire que nous allons la revoir très rapidement. Pour peu qu'Abigail se trouve avec elle, il n'y a pas à chercher plus loin pour rendre tout simplement Bradley heureux. Moi, je le suis déjà…

– On annule la soirée de ce soir ! J'attrape une veste et je te rejoins à l'entrée, ajoute Bradley en filant vers son bureau comme si une mouche l'avait piqué.

Le pas léger, je m'en retourne vers le hall d'entrée afin de l'attendre comme prévu. C'est alors que sans m'en rendre compte, je porte le trousseau de clés à mon visage. Je suis surpris d'y sentir le parfum de Tess, le même que j'avais humé dans mon magasin la première fois que je l'ai vue.

– Je suis là ! s'exclame Bradley, ce qui me fait sursauter.

– OK, on est partis !

En nous dirigeant vers Portobello Road, lieu où se trouve la blanchisserie de la belle Abigail, nous croisons la route de l'homme qui avait tenté de rattraper Tess. Bradley m'informe qu'il s'agit d'un acteur du petit écran. Alors que lui-même le salue, Rob Harington se détourne de nous sans prendre la peine de répondre à sa politesse. Tandis que nous passons à ses côtés, je ne peux m'empêcher de tendre l'oreille après l'avoir vu composer un numéro sur son téléphone portable.

– Mademoiselle Springmann ! s'égosille-t-il dans son combiné.

Je songe alors que je ne serai pas le seul à entendre ce qu'il dit.

– C'est une honte ! poursuit-il. Cette fille ! Cette fille ! répète-t-il en même temps que son visage prend une teinte rubiconde.

Je ne sais pas avec qui il épilogue, ni s'il parle de Tess. Mais j'ai la nette impression que cela n'annonce rien de bon. Avec Bradley, nous poursuivons néanmoins notre chemin en silence, comme enfermés chacun dans nos pensées. Cependant, nos réflexions silencieuses sont plutôt agréables, car d'ici une quinzaine de minutes, nous avons l'espoir de revoir les deux jeunes femmes qui agitent nos cœurs. C'est alors que mon téléphone sonne et je décroche aussitôt en voyant que c'est mon père qui m'appelle.

– Allô, Nicholas ? C'est ton vieux père ! lâche-t-il dans le combiné, ce qui m'occasionne un large sourire comme à chaque fois.

Il ne se fera jamais à l'idée que je sais pratiquement toujours qui m'appelle, sauf si le numéro est masqué. Ce qui n'a jamais été le cas le concernant.

– Papa ! Comment vas-tu ?

– Je suis là !

– Comment ça ? répliqué-je surpris.

– Je suis devant ta boutique puisque personne ne répond chez toi, m'informe-t-il.

Ce qui me surprend plus encore de le savoir devant ma boutique. Quant à chez moi, il ne risquait pas d'y avoir quelqu'un qui lui ouvre la porte en mon absence puisque ma dernière conquête date d'il y a un mois…

– Tu es déjà là ?

– Oh, je savais que je n'aurais jamais dû venir si tôt ! s'exclame-t-il, la gorge serrée.

– Mais non, papa ! C'est super, je t'assure ! Donne-moi une quinzaine de minutes et je te rejoins à la boutique !

Je raccroche avec lui et alors que je veux expliquer à Bradley ce qui m'arrive, il a déjà tout compris.

– Bon ! On se divise, l'ami ! Je vais à la blanchisserie et si je retrouve la belle Abigail, je lui explique que tu as les clés de son amie. Elle l'appellera sans nul doute pour la prévenir et je n'aurai plus qu'à l'informer que tu l'attendras chez toi pour lui rendre ses clés. Dans le meilleur des cas, elle s'y rendra, sinon elle pourra toujours te fixer un rendez-vous ailleurs, ajoute-t-il avec un sourire mutin.

– Je vois que tout est bordé, Brad, et je t'en remercie. Mais dis-lui plutôt que je l'attends à l'animalerie. Mon père y est et je ne veux pas le faire marcher dans les rues à cette heure-ci d'autant plus qu'il doit avoir quelques bagages, avec lui.

– Ah zut, c'est vrai qu'il ne conduit pas ! J'avais oublié ce détail.

On se sépare sur cette entente et j'active le pas pour rejoindre mon père. Je ne souhaite pas qu'il tombe malade à m'attendre dans ce froid hivernal. Le ciel est bas aujourd'hui et il ne fait pas bien chaud en cette fin de journée. Après tout, nous sommes en Angleterre, pays qui est loin d'être connu pour ses températures tropicales. Tout en parcourant le chemin qui me sépare de lui, je ne cesse de songer à Tess en serrant dans ma main gauche, tel un trésor unique, son jeu de clés. Je me demande bien ce que je vais pouvoir lui dire lorsque je la reverrai. Je ne cesse de penser que j'ai bien failli l'embrasser et qu'elle semblait ne pas dire non à...

– Fiston !

– Papa !

– Comme je suis heureux de te voir !

– Moi aussi ! annoncé-je avec enthousiasme en le serrant dans mes bras, bien qu'il ait interrompu le fil de mes pensées.

Nous restons ainsi quelques longues secondes avant que je ne lui propose d'entrer.

– On ne va pas chez toi ?

– Si, si, mais j'attends un appel de Bradley, dis-je en rentrant ses deux valises à l'intérieur de la boutique.

– Effectivement, tu as bien aménagé les lieux, mon fils ! s'exclame-t-il aussitôt en balayant du regard le magasin tout en émettant un petit sifflement d'admiration.

– Regarde au bout du rayon ! Non, celui-là, objecté-je en le lui montrant du doigt. Tu vois les petites plantes sur l'étal rose poudré ?

– Comment pourrais-je les rater ? rétorque-t-il d'une voix chargée d'émotions en songeant certainement aux plantes grasses de maman. Elles sont magnifiques et ta mère les aurait adorées, continue-t-il de parler en souriant, bien que des larmes montent aux premières loges de ses yeux.

Je le rejoins et lui presse l'épaule avec une grande tendresse.

– Elle me manque toujours autant…

Sa voix se brise soudain sur ces dernières paroles et il se met à pleurer. Je me sens complètement démuni devant son chagrin qui n'a pas pris une ride depuis la mort de maman. Je ne sais vraiment que faire pour que son souvenir s'efface quelque peu de sa mémoire et qu'il la laisse enfin partir. J'ai tellement envie de le voir un jour heureux et qu'il vive une nouvelle vie emplie d'amour et de partages. Je reste certain, même si maman était son âme sœur, qu'une autre femme pourrait le rendre heureux. Il est si bon que Dieu ne peut pas le laisser dans une si grande tristesse et un tel désarroi. Je ne prie jamais, mais là, en voyant mon père de nouveau si abattu, je ne peux m'empêcher de vouloir faire une prière silencieuse pour lui. Je serre fortement dans ma main le trousseau de clés de Tess comme si j'étais déjà en train de perdre quelque chose. Je demande à Dieu, sans même trop y réfléchir, que s'Il a prévu quelques bonheurs à ma porte, je suis prêt à m'en priver si cela peut rasséréner le cœur de mon père et qu'il vive enfin sa vie paisiblement.

– Oh, je suis désolé, fiston, mais je vais me reprendre, je te le promets !

Je suis surpris et heureux qu'il me dise si soudainement ces paroles. C'est la première fois que je l'entends parler ainsi si promptement. Je me demande si ma prière n'est pas déjà en train de s'exaucer en songeant que je viens de sacrifier sans nul doute mon bonheur prochain auquel je crois pourtant fortement au plus profond de mon âme.

– Je suis sûr que tu vas y arriver, papa ! lui assuré-je en le serrant de nouveau dans mes bras, résigné à passer à côté de mon bonheur pour celui de mon père…

– Tu es un bon garçon, le meilleur qu'un père puisse espérer.

Je sens ma gorge se serrer plus encore d'entendre ces mots.

– Veux-tu que je te présente mes nouveaux petits copains ? dis-je pour changer de sujet.

– Ont-ils plus de pattes que moi ?

– Exactement, mais ils sont moins poilus que toi ! dis-je en plaisantant.

Ce qui a le don de le faire rire aussi. Je lui présente donc mes petits animaux et en profite pour lui dire que l'un d'eux, mon petit chat roux, s'est échappé dernièrement.

– As-tu mis une annonce ? me demande-t-il aussitôt.

– J'ai prévu de placarder les rues alentour avec des affichettes.

– Oh, eh bien, j'ai bien fait de venir plus tôt ! Ainsi, je pourrai t'aider à le faire.

J'acquiesce avec un large sourire de le voir si joyeux tout à coup.

– Alors, que faisons-nous, maintenant, car il est un peu tard pour les affichettes, non ?

– Tu as raison, d'autant plus que je les ai oubliées à l'hostellerie de Bradley. On les récupérera demain si tu veux. Pour l'instant, j'attends un appel d'une jeune femme qui a égaré ses clés.

Je vois bien que papa ne saisit pas vraiment mes paroles. Je tente de lui expliquer comment ces clés ont atterri dans ma poche, mais je m'embrouille en me sentant rougir comme un ado.

– Oh, toi, mon garçon, je sens bien qu'il y a quelque chose que tu me caches…

Je déglutis en me demandant comment je vais pouvoir tenir jusqu'à Noël sans trop me dévoiler sur ce qui m'anime, car rien qu'en songeant à Tess, je me sens de nouveau complètement envahi par un incontrôlable tourbillon émotionnel…

Chapitre 7

Tess

Mes sentiments sont totalement contradictoires. J'ai encore du dégoût en repensant aux mains de Rob Harington qui m'agrippaient les bras, puis m'empoignaient les mains pour arriver à ses fins. Mais je repense également à mon vendeur au charme mortel qui m'aurait certainement embrassée si ce vieux pourceau ne m'avait pas retrouvée dans le hall d'entrée. J'essaie de ne plus y penser, tout en me dirigeant d'un pas hâtif vers l'atelier de Mme Delacroix. Avec toutes ces émotions, j'ai complètement oublié la robe d'Isabelle. J'aimerais m'activer un peu plus pour aller la récupérer, mais ma démarche est tellement déjà si mal assurée que je risque la chute à tout moment. La prochaine fois que je devrai faire une interview, je prendrai avec moi un sac à dos dans lequel je glisserai une paire de ballerines. Quelle erreur d'avoir enfilé ces talons ! C'est une torture ! Une chance pour moi si je ne me retrouve pas avec une amputation des pieds tant je souffre ! Je regarde l'heure tout en continuant de me hâter.

– Oh non ! protesté-je contre moi seule en arrivant cinq minutes plus tard devant l'atelier de Mme Delacroix.

Le rideau de fer est baissé et, même si je n'aperçois aucun trait de lumière qui traverse celui-ci, je tambourine dessus sans délicatesse. Bien évidemment, personne ne répond à l'intérieur, mais les passants qui croisent ma route me regardent bizarrement. Je cesse aussitôt mon combat vain contre ce rideau de fer.

– Isabelle va me tuer, marmonné-je.

C'est clair qu'elle va me virer ! J'ai presque envie de pleurer, mais je me contiens. Je me trouve tout de même dans la rue. Je repars vers mon chez-moi, le visage en berne. C'est alors que mon téléphone sonne. J'interromps mon pas et ferme fortement les yeux. Nul besoin de regarder mon écran pour savoir qui m'appelle. Je sais qu'il s'agit d'Isabelle, car je lui ai octroyé une sonnerie de charge de cavalerie. Que vais-je bien pouvoir lui dire ? Je ne peux pas encore lui mentir, ce n'est pas dans ma nature même si j'ai dû le faire dernièrement pour sauver ma peau.

– Tess ! m'interpelle quelqu'un dans mon dos.

– Oh, Abigail ! réponds-je en lui faisant volte-face, tout en refusant l'appel d'Isabelle.

– Ça ne va pas, ma douce ? me demande-t-elle lorsque je me jette dans ses bras.

– Je vais me faire virer, lui dis-je en constatant qu'Isabelle me rappelle une deuxième fois.

Mais je ne décroche pas plus à ce nouvel appel.

– Tu me racontes ? m'interroge Abigail en relevant ses sourcils que la nature lui a si bien dessinés.

Je déglutis en entendant le troisième appel d'Isabelle.

– Tu devrais changer de sonnerie, elle est affreuse.

– Oui, tout comme ma chef ! Attends, il faut que je décroche… Allô, Isabelle, je…

– Tess ! Mais qu'est-ce que vous fichez ? Je suis chez moi et ma robe n'y est pas ! braille-t-elle.

Je reste sans voix tandis que le regard que me jette Abigail me fait comprendre qu'elle vient d'entendre les paroles de ma chef.

– Isabelle, réussis-je à dire, la gorge nouée, je... je... j'ai...

Je bégaie, ne sachant en fait que lui répondre.

– L'interview s'est fort bien passée, décidé-je de lui dire sans lui parler de Rob Harington qui m'a poursuivie dans les couloirs, tandis qu'elle m'envoie promener en me demandant de nouveau où se trouve sa robe.

Abigail m'interroge aussitôt à voix basse et j'appose promptement mon téléphone au niveau de mon ventre pour qu'Isabelle n'entende rien de notre échange.

– Je devais aller chercher sa robe chez Mme Delacroix, mais son atelier est fermé et...

– Ne t'inquiète pas !

– Comment veux-tu que je ne m'inquiète pas alors que je ne sais pas comment faire ? continué-je à essayer de murmurer d'une voix haut perchée, les yeux apeurés comme si j'étais dans la ligne de mire d'un chasseur.

Ce qui sera le cas dès lors que je me retrouverai face à Isabelle...

– Ah, ah, mais ce qui compte, ma toute douce, ce n'est pas de te morfondre ainsi, mais de *qui* tu as dans ta manche pour t'aider ! s'esclaffe-t-elle avec un large sourire.

– Que veux-tu dire par là ?

– Je veux dire que je connais bien Mme Delacroix, car je blanchis son linge, m'informe Abigail en composant aussitôt un numéro sur son téléphone tandis que j'entends toujours dans le mien Isabelle s'égosiller toute seule.

– Tess ? Tess ! Vous m'entendez !

Je baisse le son de mon portable sans prendre la peine de répondre à Isabelle. De toute façon, je ne saurai pas quoi lui dire hormis que j'ai failli... Je regarde Abigail qui me fait signe avec son index d'attendre une seconde.

– Madame Delacroix ! C'est Abigail… Je vais bien, merci. Et vous, tout va bien ?… Dites-moi, madame Delacroix, j'aurais un grand service à vous demander…

À vrai dire, je suis tellement surprise d'entendre Abigail parler avec la créatrice que mes yeux s'écarquillent d'eux-mêmes comme s'ils étaient autonomes et absolument pas commandés par mon cerveau. Je réponds à l'identique au large sourire d'Abigail tant sa joie est communicative, même si je ne comprends pas tout de ce qui se trame entre elle et la couturière. En parallèle, je décide de porter de nouveau à l'oreille mon téléphone…

– Isabelle, oui, oui, je vous entends, mais la ligne est mauvaise, lui mens-je en portant mes doigts à ma bouche, tant je me sens de nouveau mal de l'entendre me crier dessus comme si j'étais une petite fille qui aurait fait une énorme bêtise.

Quoique j'aie tout de même échoué dans le retrait de sa robe, ce qui justifie sans doute sa colère. Je tente de noyer le poisson le temps pour Abigail, qui vient de raccrocher avec Mme Delacroix, de m'expliquer ce qu'elle a réussi à faire pour moi.

– Ma robe ! Où est-elle ?

– Dis-lui que tu es en chemin pour…, me souffle Abigail.

– Votre robe ? Mais je l'ai bien sûr ! réponds-je à Isabelle en ne laissant pas finir Abigail.

– Non ! Non ! rétorque Abigail. Dis-lui que tu vas la récupérer dans quelques minutes, car il faut que j'aille chercher les clés de l'atelier de Mme Delacroix qui sont à la blanchisserie.

– Alors, quand comptez-vous me l'apporter ? s'écrie Isabelle à s'en étouffer.

– J'arrive dans… dix…

– Dis-lui plutôt vingt minutes ! me chuchote Abigail.

– J'arrive dans vingt minutes exactement, Isabelle !

– Vous avez intérêt ! s'exclame-t-elle avant de me raccrocher au nez.

– Pfiou… Elle va me rendre dingue ! dis-je en ayant le regard inquiet malgré un sourire qui s'imprime sur mes lèvres.

– Allez ! Viens ! me dit Abigail en s'emparant de mon bras avant que nous ne nous dirigions vers sa blanchisserie.

– Je ne vais pas me faire virer, et c'est grâce à toi !

– Allons, tu es mon amie, c'est normal !

– Je reste ta débitrice à jamais ! Tu pourras me demander ce que tu veux…

– Ce que je veux, émet Abigail, c'est savoir pourquoi c'est à toi d'aller récupérer sa robe et non à ta chef de le faire elle-même ?

– Eh bien, parce qu'elle me l'a demandé !

– Et alors ? Cela ne rentre pas dans tes fonctions que je sache ! Donc si tu n'y vas pas, je ne vois pas comment elle pourrait te virer !

– C'est clair que tu ne connais pas Isabelle Springmann. Isabelle Springmann veut, Isabelle Springmann exige et Isabelle Springmann coupe les têtes de ceux qui ne s'exécutent pas !

– Eh bien ! Il est temps de te trouver un nouvel employeur, ma douce amie, clôture Abigail tandis que nous arrivons à sa blanchisserie.

Tout en récupérant comme prévu les clés de l'atelier de Mme Delacroix, j'en profite pour raconter à Abigail ce qu'il m'est arrivé après mon interview. Je lui conte comment Rob Harington a failli se jeter sur moi et comment j'ai réussi à lui échapper. Je meurs d'envie de lui raconter également que je me suis retrouvée dans les bras de mon beau vendeur, mais je m'en abstiens. Si Abigail se doute de quoi que ce soit sur les sentiments qui m'animent, je suis fichue ! En moins de temps qu'il n'en faut pour le dire, elle aura déjà planifié une rencontre, réservé un restaurant et peut-être même réservé le *Savoy* pour mon mariage ! Je me retiens donc de m'épancher auprès d'elle sur le sujet…

Dix minutes plus tard, nous avons récupéré la robe d'Isabelle. Je délaisse Abigail devant l'atelier de Mme Delacroix et je prends la route, enfin plutôt je m'en vais à pied, pour me rendre chez ma boss. Grâce à Abigail qui a pu me remettre la robe de cette dernière, je me sens moins anxieuse lorsque je sonne à sa porte.

– Isabelle, voici votre…

Je n'ai pas le temps de finir ma phrase qu'elle m'arrache des mains la housse contenant sa robe de soirée.

– Vous êtes virée !

– …

Je reste sans voix, hagarde, les yeux écarquillés à trois centimètres de la porte qui vient de m'être claquée au nez. Toutefois, je ne me démonte pas. Je sonne de nouveau, il n'est pas question de me faire virer alors que j'ai fait le job !

– Isabelle, vous ne pouvez pas me…

– Si, je peux et je l'ai fait !

– Mais pourquoi ? Vous avez votre robe et…

– J'espère bien, mais il ne s'agit pas de cela ! Il y a une demi-heure environ, j'ai eu en ligne Rob Harington et il était outré par votre attitude. Impolitesse à son égard, bégaiement durant l'interview, des questions peu travaillées et j'en passe ! Enfin, j'en ai assez pour vous congédier sur-le-champ !

Je reste coite devant cette tirade qui m'en aurait fait tomber les bras du corps si j'avais été un Playmobil. Les yeux toujours fixés sur la porte close qu'Isabelle m'a claquée au nez pour la seconde fois, je déglutis et m'en retourne chez moi.

– Virée, répété-je à voix basse pour moi-même tandis qu'une boule me serre la gorge.

Je n'ai plus de job et avec Noël qui approche, je vais me retrouver face à mes grand-tantes qui vont m'assaillir de questions, car elles sauront tout de suite que je leur cache quelque chose…

En arrivant chez moi, je constate une fois de plus que le petit chat roux y est avant moi. Je m'apprête à le faire entrer, mais j'ai beau fouiller puis retourner tout ce qui se trouve dans mon sac à main, je ne retrouve pas mes clés.

– Ce n'est pas possible ! m'écrié-je contre moi-même. Où les ai-je mises ?

Je regarde sur le sol autour de moi. Rien ! J'ai presque envie de pleurer. Non seulement je me retrouve à la porte, mais en plus, j'ai perdu le porte-clés sur lequel mon prénom avait été gravé par mes parents. C'était un cadeau de grande valeur sentimentale. Ma plaque de naissance. Je ne pourrai plus jamais l'avoir. J'explose en pleurs. La journée a été trop difficile. Depuis qu'Isabelle m'a envoyé ce courriel pour l'interview de Rob Harington, rien ne s'est passé comme prévu. Je m'en voulais déjà, mais je m'en veux plus encore d'avoir égaré mes clés. Il est déjà si tard. Je me demande si je ne devrai pas aller chez Abigail. Au moins, je pourrai réfléchir à ce que je peux faire. Je m'interroge également sur l'intérêt d'appeler à la rescousse un serrurier. Réflexion faite ! À cette heure-ci, il va me prendre un bras pour ce dépannage et j'ai déjà failli les perdre devant la porte close d'Isabelle… Attendre demain pour faire changer la serrure de ma porte d'entrée me paraît plus raisonnable. Je décide de rebrousser chemin en m'excusant auprès du petit chat roux, car je ne pourrai pas le nourrir ce soir. Il semble comprendre et s'enfuit vers une autre maison.

Quel petit coquin !

Chapitre 8

Nicholas

Je me trouve toujours avec mon père à l'animalerie. En attendant de recevoir un appel de Bradley qui m'informerait qu'il a retrouvé Abigail, afin qu'elle prévienne Tess que je détiens ses clés de maison, nous en profitons pour nous occuper les mains. Pendant que je nourris mes petits amis, papa s'empare d'un brumisateur à eau. Je constate avec joie que cela lui tient à cœur de prendre soin de mes nouvelles plantes grasses. Et à voir le nuage qui s'élève juste au-dessus de cette forêt miniature, je pense qu'elles ne sont pas près de manquer d'eau !

Elles ont été brumées pour au moins les trois mois à venir, songé-je en riant discrètement.

Je suis heureux de voir un léger sourire sur son visage. Du moins, il ne l'a pas perdu depuis qu'il m'a questionné à propos des clés qui se trouvent toujours dans ma poche. C'est clair que je n'en mène pas large de ce côté. D'ailleurs, je me sens impatient de savoir si mon ami a retrouvé Abigail…

– Allô, Brad ? m'exclamé-je en décrochant à son appel qui n'a pratiquement pas eu le temps de sonner.

Il faut dire que je guette mon écran depuis cinq bonnes minutes, car j'en ai déduit que Bradley devait se trouver maintenant avec Abigail.

– Oui, c'est moi ! J'ai retrouvé Abigail comme prévu à sa blanchisserie et elle est en train de prévenir Tess que tu as ses clés. Es-tu toujours à la boutique ?

– Oui, bien sûr, je l'attends.

– Oui, il est à l'animalerie, l'entends-je répondre à Abigail qui a sans doute dû lui poser la question. Tu as retrouvé ton père ? demande-t-il en reprenant la conversation avec moi.

– Oui, il est là.

– Et alors ? Comment va-t-il ?

– Il a un peu déversé son chagrin, mais ça va mieux, murmuré-je. Il s'est occupé des plantes et, maintenant, il joue avec un chiot, complété-je avec un sourire mélancolique en le voyant essayer de se faire obéir du petit animal.

– Attends, Abigail vient de raccrocher ! Alors ?

– Vous ne pouvez pas vous imaginer combien Tess est soulagée. Elle se voyait déjà devoir appeler demain un serrurier pour faire changer sa serrure. Elle part de chez elle pour se rendre à votre animalerie.

J'entends soudain Bradley prendre sa voix grave.

– Abigail, il faut que je vous dise que l'animalerie n'est pas à moi.

– Mais je croyais la dernière fois que nous nous y sommes vus que…

– Je sais, mais c'était stupide de ma part de ne pas avoir démenti ce fait, l'interrompt-il. Elle appartient à Nicholas, mon ami de toujours.

Je serais bien tenté de raccrocher pour les laisser s'expliquer, mais j'aimerais savoir si Tess va bien venir me rejoindre ici au plus tôt. Je ne suis pas certain d'avoir tout bien entendu. Je tente de dire plusieurs fois *allô*, mais Bradley semble plongé dans une discussion plutôt intime. Je finis par l'entendre lui demander si elle accepterait de dîner avec lui ce soir.

Je toussote de mon côté, un peu gêné. J'ai l'impression d'être un voyeur… C'est alors que Bradley reprend le fil de notre conversation.

– Écoute, Tess va te rejoindre et… et nous aussi !

Je raccroche avec un sourire. Soudain, mon visage se décompose quelque peu. Je songe que je vais revoir Tess et je ne sais même pas quelle allure j'ai. Je fonce aussitôt vers ma salle d'eau, à l'arrière du magasin.

– Ça va, fiston ?

– Oui, papa ! Ne t'inquiète pas, je vais juste me rafraîchir ! répliqué-je sans m'arrêter.

– Oh, tu n'as pas besoin de te mettre en mode play-boy pour moi, lâche-t-il avec un petit rire de gorge.

Mal à l'aise, je détale plus rapidement encore à ses propos tandis qu'une rougeur me monte aux joues. Arrivé devant le miroir du lavabo, je me rince la bouche, ajuste le col de mon polo noir, remonte mon jean afin de me sentir au mieux de ma personne. Je regarde ma coiffure. Hum… J'ai connu mieux. Je passe les doigts dans mes cheveux afin de les dompter un peu. J'admire mon reflet. Je crois que je ne pourrai rien faire de plus. En sortant, je constate que mon père a déjà accueilli Tess, arrivée plus rapidement que je ne l'aurais cru…

– Il est adorable ! Comment se nomme-t-il ? l'entends-je demander à mon père qui lui remet entre les mains le chiot indompté qui n'a pas voulu s'asseoir.

– Je n'en ai aucune idée, mademoiselle, mais attendez que mon fils arrive et… Ah, le voilà ! s'exclame-t-il, tandis que je me dirige vers eux. Fiston, cette jolie jeune femme me demandait comment tu appelles ce petit chenapan ?

– Euh… je ne leur donne pas de petits noms, sinon cela sera trop difficile de m'en séparer.

Tess me regarde avec un sourire et mon regard s'accroche au sien. Ses prunelles brillent étonnamment et j'y déchiffre une certaine admiration à mes paroles.

– J'avoue que je n'y aurais jamais songé et je trouve ça plutôt bienveillant. Enfin, je n'ai jamais eu d'animal à moi, donc je ne sais pas ce que c'est que de s'attacher ainsi à un petit coquin tel que celui-ci, dit-elle sans me lâcher du regard.

Elle s'empourpre et décroche son regard du mien, tandis que nous constatons soudainement que mon père nous regarde bizarrement. Mon petit beagle profite de l'inattention de Tess pour lui lécher le visage. Le rire qui s'échappe de sa jolie bouche me donne quelques sueurs. Son sourire est encore plus beau que dans mon souvenir. Je sens une chaleur s'accentuer plus encore sur mes joues, ce qui a pour effet de donner un petit sourire malicieux à mon père lorsque je croise son regard.

– Je vais remettre ce petit coquin dans son box, lâche-t-il en récupérant le chiot des mains de Tess.

Je suis seul avec elle et je ne sais pas vraiment quoi dire. J'ai l'impression d'être un ado prépubère qui se retrouve à une boum et ne sait comment s'adresser à la fille qu'il aime. Je me répète ces derniers mots et leur résonance dans mon esprit me donne une étrange tension dans le corps.

Aimer.

Est-ce que cela me sera-t-il encore donné ? Je pensais aimer pour toujours Jessica, mais j'en suis revenu. Pourtant, ce que je ressens pour Tess, je ne l'ai jamais ressenti pour aucune autre femme. Elle s'éclaircit la gorge et cela me fait sortir de mes pensées.

– Mon amie Abigail m'a informée que vous aviez retrouvé mes clés.

– Ah, oui ! Je les ai là, ici, dis-je en fouillant dans la poche avant de mon jean.

Je les récupère et, soudain, je me sens gêné. Le métal s'est réchauffé et cela me fait bizarre de devoir les lui rendre ainsi. Tess me tend sa main et, malgré mon hésitation première, je dépose le jeu de clés dans le creux de sa main qui entre en contact avec mes doigts. Je ne saurais dire combien de temps nous restons ainsi, immobiles, nos regards plongés l'un dans l'autre.

– Hey ! On est là ! s'exclame Bradley en ouvrant la porte d'entrée derrière laquelle nous nous trouvons.

Je retire aussitôt ma main de la sienne pour la passer dans mes cheveux, tellement je me sens pris en flagrant délit d'admiration par Bradley et Abigail qui le précède.

– Merci, lâche Tess dans un murmure.

J'admire toujours autant la petite coquetterie dans son sourire. Ce petit défaut de dents me foudroie de nouveau le cœur...

Mon père arrive du fond du magasin et donne aussitôt une accolade à Bradley, qu'il considère comme son fils. Bradley lui présente Abigail et je me trouve stupide de n'avoir pas présenté Tess à mon père. Ce que je m'empresse de faire...

– Hum... Vous êtes donc la jeune fille au trousseau de clés égaré, dit-il en serrant la main de Tess. Je suis ravi de faire votre rencontre, de nouveau, lâche-t-il avec un clin d'œil pour elle seule.

Je pourrais en vouloir à mon père de se conduire ainsi, mais cela a le don de la faire sourire plus encore. Je continue de l'admirer tandis qu'elle discute avec son amie. De nouveau, Bradley et moi restons sans voix devant leur échange à propos d'une robe de soirée pour un vernissage... Je constate que mon père n'en mène pas large non plus de ce côté-là. Leur conversation à la note si féminine nous a largués. Puis, j'entends Tess dire à Abigail qu'elle a été virée. Je me sens soudain l'instinct protecteur et je veux en savoir plus sur le sujet. Mais au moment où j'envisage de la questionner, je me sens illégitime de le faire. Je suis bienheureux de voir mon père s'en charger.

– Ma journée avait si bien commencé, débute-t-elle. Ma collègue Abirami m'a annoncé ce matin que son fiancé l'avait demandée en mariage la veille. Nous devions déjeuner ensemble, car il fallait qu'elle trouve un moyen d'annoncer à ses parents qu'elle n'épouserait pas l'homme qu'ils lui destinent. Puis, ma boss m'a envoyée faire une interview à l'hostellerie...

– *Le Blueberry*, ne puis-je m'empêcher de dire, comme pour lui rappeler que nous nous y sommes croisés d'une certaine façon.

– Oui... tout à fait, me dit-elle, comme si elle se replongeait dans la scène qui nous a unis.

Abigail toussote, comme pour nous faire redescendre sur terre, tandis que Bradley s'exclame qu'il s'agit de son hôtel, tout en fixant celle-ci. L'échange de regards qu'ils ont à cet instant n'échappe à personne.

– Et alors ? demande mon père en regardant Tess, ce qui la pousse à poursuivre son histoire.

– J'ai fait l'interview de Rob Harington et...

– Rob Harington ? Mais quel horrible personnage ! s'exclame mon père.

– Tu le connais ? lui demandé-je.

– Bien sûr ! Nous étions au collège ensemble. Il était déjà malhonnête et soulevait les jupons des filles sans leur consentement.

– C'est exactement ça ! s'écrie Tess. À peine l'interview terminée, il a tenté de me... de m'inviter à boire un verre, et lorsque j'ai refusé, il a été plus qu'entreprenant. J'ai dû le repousser, avant de me sauver comme une voleuse, et je suis tombée..., s'interrompt-elle en rougissant comme une pivoine.

– Tu es tombée par terre ? Tu es blessée et tu ne me l'as pas dit ? la questionne Abigail, inquiète.

– Non, non ! Je ne suis pas à proprement tombée, je voulais dire que j'ai laissé tomber mon sac à main et égaré de fait mes clés et... voilà, l'histoire est finie, clôture-t-elle les joues en feu.

Je n'en mène pas plus large qu'elle, surtout avec autant de spectateurs autour de nous. Cependant, la voir rougir également me donne quelques belles émotions au cœur.

– Tu oublies la robe ? Alors ? Est-ce qu'elle a comblé ta chef ?

– Ah oui, la robe ! Non ! Pas du tout ! Elle m'a virée !

– Virée ! nous exclamons-nous tous en chœur.

– Oui, parce que Rob Harington s'est plaint de moi, car je n'aurais soi-disant pas préparé correctement mon interview.

– Ce type est vraiment un gros... Enfin, je m'abstiendrai de le dire devant ces demoiselles, mais vous m'aurez compris, lâche mon père avec un signe affirmatif du chef.

– Mais alors, que vas-tu faire ? lui demande Abigail.

– Eh bien, dès demain matin, j'irai au bureau débarrasser mes affaires, puis je me chercherai un nouveau job.

– Bradley m'a invitée à dîner, mais si tu veux, je peux rester avec toi, si cela ne te dérange pas, Bradley ? demande-t-elle à mon ami qui, bien qu'un peu déçu, accepte aussitôt.

– Vous pourriez aussi venir avec nous, hein, Nick ? propose-t-il promptement.

J'hésite à accepter même si je brûle d'envie de passer encore un moment auprès de Tess. Mais je ne veux pas laisser mon père tout seul. Il a fait le voyage pour me voir, pas pour rester seul chez moi.

– Si tu hésites à cause de moi, fiston, c'est réglé ! À mon âge, lorsque neuf heures sonnent, je peux t'assurer que je ne suis pas loin de me retrouver dans les bras de Morphée !

Je sais qu'il me dit ça pour que je sorte, mais je me sens tout de même gêné. C'est alors que Tess tranche pour moi.

– C'est vraiment aimable à vous tous ! Mais je vais devoir décliner. Je ne serai pas de bonne compagnie, ajoute-t-elle. Nicholas, je vous remercie pour mes clés. Passez tous une belle soirée.

J'ai envie de la retenir, mais je comprends qu'elle ait besoin de se retrouver seule. Nous la saluons et je la regarde partir. Son allure est quelque peu voûtée, certainement due à toutes les contrariétés qu'elle a subies aujourd'hui. Je me fais la promesse de tout faire pour lui rendre prochainement sa bonne humeur.

– Passez une bonne soirée, dis-je à l'intention de Bradley et d'Abigail, lesquels se satisfont de ma réponse.

Mon père aussi, même si je sais qu'il était heureux pour moi en me faisant comprendre que je pouvais sortir. Mais je suis également content de passer cette soirée avec lui. Je me dis qu'il y aura bien d'autres occasions de revoir et même de dîner avec Tess.

– On va à la maison ? dis-je à mon père qui, avec un large sourire, me serre de nouveau tendrement dans ses bras en acquiesçant.

Chapitre 9

Tess

Même si je me suis sentie émoustillée en repensant, en compagnie de Nicholas, au moment où il m'a retenue dans ses bras, je ne me sentais pas l'âme festive pour passer toute une soirée à ses côtés, en présence de nos amis respectifs. Et converser, encore moins. Déjà que de me replonger dans chaque événement de cette journée en racontant à tous ce qu'il m'est arrivé fut une épreuve difficile, faire bonne mine durant toute une soirée aurait été compliqué. Je ne peux omettre que j'ai été virée, même si je trouve cela injuste. J'arrive finalement devant mon entrée, tout en serrant dans ma main les clés. Je ne compte pas les perdre de nouveau ! C'est alors qu'apparaît de nulle part mon chaton tout roux. Il miaule à s'en décrocher les mâchoires.

– J'arrive ! J'arrive ! m'écrié-je pour lui seul, en montant les marches du perron.

J'ai à peine entrouvert ma porte qu'il se faufile à l'intérieur et se place aussitôt devant mon réfrigérateur. Il miaule de nouveau à tout-va. Je lui sers une coupelle de lait et me dis qu'il faudra vraiment que j'aille lui acheter des croquettes s'il a décidé de venir squatter quotidiennement mon perron. Je regrette de ne pas l'avoir fait une heure plus tôt, alors que je me trouvais dans une animalerie. Enfin, ce n'était pas n'importe quelle animalerie. C'était celle d'un homme pour lequel il se passe un sacré remue-ménage dans ma tête. Je le revois encore expliquer simplement qu'il ne donnait pas de prénom à ses petits animaux pour ne pas s'y attacher. Je reste certaine que malgré cela, il doit avoir quelques peines lorsque l'un d'eux se fait adopter…

Quelques minutes plus tard, j'avale les restes de mon déjeuner, à tout le moins les nems qui ont survécu au passage d'Isabelle et qui se trouvaient encore dans mon frigo. J'hésite à garder pour la nuit le petit roux. C'est alors qu'il monte à l'étage et se met à gratter le bord de ma couette. Je me demande bien ce qu'il veut. Au bout de quelques minutes, je finis par comprendre qu'il veut sortir. Je décide de lui rendre sa liberté en ouvrant la fenêtre de ma chambre. Il se sauve par les toits, comme beaucoup d'autres félins. Je suis soudainement très lasse. J'ai un sentiment d'injustice qui ne cesse de me harceler depuis que j'ai quitté la demeure d'Isabelle. J'espère trouver rapidement le sommeil pour ne pas avoir à cogiter sur ma journée passée.

Au petit matin, lorsque l'alerte de mon téléphone me réveille, j'ai l'impression que je viens seulement de me coucher. Je l'éteins, en songeant que j'ai oublié de l'annuler la veille. Je n'avais pas l'intention de me lever aux aurores pour aller récupérer le peu d'affaires que j'ai dans mon bureau.

– Six heures trente ! m'exclamé-je. Eh bien, non ! Je me lèverai lorsque je me lèverai, me sommé-je en éteignant la lumière que je viens d'allumer.

Je tente de fermer les yeux, mais mon esprit est surchargé de pensées. Déjà qu'en temps normal, je ne cesse de penser à mille et une choses, là, c'est encore pire !

– Dors ! me dis-je impérativement.

Je tourne et me retourne sous la couette. Mon esprit est en pleine effervescence. Je repense à ma chef, puis à Rob Harington, puis au charmant Nicholas, puis de nouveau à ma chef, puis au mariage d'Abirami, puis à Abigail qui est sortie avec Bradley hier soir. Puis je pense à mes grand-tantes qui vont venir d'ici une dizaine de jours et auxquelles je ne pourrai pas mentir même si je le voulais, puis je repense à mon petit chat roux, que j'adopterais bien maintenant que je n'ai plus de travail, puis de nouveau à mon beau vendeur, puis…

– Stop ! hurlé-je soudain, alors que je suis seule chez moi. Bon, très bien ! Puisque c'est ainsi, je me lève ! grogné-je tout en repoussant ma couette à mes pieds.

Je me lève indéniablement du pied gauche. Je me prépare toutefois lentement. Il n'est pas question de me rendre à l'heure à mon travail, pour en repartir deux minutes plus tard avec toutes mes affaires. Lorsque je me sens finalement prête, je sors de chez moi et, avec une habitude coutumière, je me rends chez *Biscuiteers*. Je m'apprête à passer la commande habituelle quand, soudain, je songe que je m'en fiche comme de l'an quarante. Après tout, je ne vais pas encore apporter un café *latte* à ma chef. Qu'elle aille au diable ! Pfiou…

Je souffle en me rendant à mon travail. J'ai une boule au ventre et je crains de défaillir en entrant sur le plateau. Mais personne ne me questionne. Ni sur mon retard éventuel dans le cas où personne ne saurait encore que j'ai été virée la veille, ni sur le fait que j'arrive sans aucun *latte* dans les mains. Chose plutôt rarissime pour ce dernier point. Enfin, mon amie Abirami s'inquiète tout de même lorsqu'elle s'en revient des toilettes.

– C'est la première fois que tu arrives si tard, Tess. Tout va bien ?

– Tu n'es donc pas au courant ! Isabelle m'a virée hier soir…

– Quoi ? Tu me fais une plaisanterie, j'espère, car toi, on ne peut pas te virer ! Tu es excellente dans tout ce que tu fais !

– Je t'assure que si, Abi.

– Non, je ne te crois pas ! Je sais très bien que les chroniques signées par Isabelle ont pratiquement toutes été écrites par toi ! Elle serait complètement débile de se priver ainsi de ta plume !

– Tu es au courant de ça ? l'interrogé-je surprise de l'apprendre, car je ne m'en suis jamais plainte à personne.

– Bien sûr que je le suis ! On l'est tous, d'ailleurs, que crois-tu !

– Tess ! Tess ! entends-je Isabelle s'écrier de son bureau, ce qui met un terme à mon échange avec Abirami.

– Je crois bien que c'est toi qu'elle appelle, m'informe Kévin, un autre de mes collègues qui passe à ce moment-là devant nous.

Résignée, je me dirige d'un pas lent vers cette voix qui ne cesse de brailler mon prénom.

– Oui, Isabelle ! dis-je d'un ton excédé.

– Eh bien ! Bravo pour le petit-déjeuner ! Tout a été parfait ! s'exclame-t-elle.

Je reste coite devant le sourire qu'elle m'adresse. J'ai encore en souvenir son visage et sa bouche tordue lorsqu'elle m'a virée hier sans prendre de pincettes. Je ne sais que dire devant son enthousiasme que je ne partage absolument pas.

– Eh bien, vous avez de la chance d'avoir réussi cela, car à l'heure où vous arrivez aujourd'hui, pour moins que ça, d'autres se seraient fait virer ! narre-t-elle comme si elle parlait de choses futiles.

– Je ne comprends pas, Isabelle ! Je ne suis plus virée ?

– Virée ? Certainement pas ! Vous savez très bien que lorsque je suis déçue, je m'emporte quelque peu. Mais j'ai besoin de vous cet après-midi.

– Pour quoi faire ? m'inquiété-je.

– Un micro-trottoir ! Anna est malade et ne pourra pas venir aujourd'hui. Il faut que vous la remplaciez au pied levé !

– Mais je ne fais plus de micro-trottoir !

– Allons, Tess ! Vous n'êtes pas encore une journaliste aguerrie ! Je vous rappelle que vous n'êtes qu'une chroniqueuse de potins pour le moment. De toute façon, il n'est pas question que vous me disiez non ! Et qu'est-ce qu'une petite interview au débotté pour une future journaliste telle que vous ? Hein ? Ce n'est que du pain béni, bien au contraire ! Cela ne vous apportera que plus de compétences, ajoute-t-elle comme si cela était une évidence que moi seule refuse de voir.

Je me demande si je ne suis pas encore couchée et en train de faire un cauchemar… Isabelle qui me complimente d'une main et me gifle de l'autre. J'aurai tout vu !

Je repars de son bureau comme j'en étais venue : désappointée ! Je suis déconcertée, même si, par ailleurs, je suis soulagée de ne pas avoir perdu mon job. Mais bon, un micro-trottoir, ce n'est pas ce que je préfère…

– Alors ? me demande Abirami lorsque je reviens à ma table.

– Eh bien, je ne suis plus virée ! lâché-je avec une moue certainement rigolote, car Abirami éclate de rire.

– Je savais bien que tu me faisais marcher ! ajoute-t-elle entre deux rires. Bon, tu es toutefois libre pour ce midi ?

– Non. Anna est absente et il faut que je la remplace pour un micro-trottoir cet après-midi.

– Oh non, tu n'as pas de chance, décidément ! Bon, on remet ça à demain ?

J'acquiesce à sa proposition tandis que je m'installe à mon bureau. J'allume mon ordinateur avec un drôle de sentiment dans le corps. Avec du recul, je me demande si cela n'aurait pas été mieux de ne plus travailler ici. Mais je n'ai pas le temps de m'apitoyer sur mon sort. Isabelle rapplique derrière moi et me fait désagréablement sursauter comme elle seule sait le faire.

– Tess, on annule le micro-trottoir ! Chandra, c'est vous qui allez vous y coller !

– Comment ? nous exclamons-nous en chœur.

– Mais je n'ai jamais fait de micro-trottoir ! ajoute Abirami.

– Eh bien, mieux vaut tard que jamais ! Quant à vous, Tess, les plans changent ! Je vous veux dans une heure sur le plateau de Max Tobler ! Je veux une interview de lui et d'une jeune mannequin, Flore Appleton.

– Flore Appleton ? répète Abirami avec un large sourire, tandis que je me demande bien qui peut être cette personne.

– Oui, Flore Appleton, répète à son tour Isabelle. Elle est plutôt précieuse, donc allez-y mollo avec elle, Tess ! Je ne veux surtout aucun retour négatif sur votre job ! Je viens de vous envoyer un courriel avec toutes les données. Bon, je file, j'ai un rendez-vous chez le coiffeur, ajoute-t-elle en quittant les lieux.

Encore une fois, j'en resterais sans voix si Abirami ne dégageait pas autant d'enthousiasme.

– Tu te rends compte, Tess, je vais faire un micro-trottoir pour la première fois !

– C'est super pour toi, Abi, mais cela ne te gêne pas qu'elle ne te prénomme jamais et écorche ton nom de famille ?

– Je m'en fiche puisque j'adore autant mon nom que mon prénom ! Et puis, je crois bien qu'elle n'a toujours pas compris lequel des deux était mon prénom, s'esclaffe Abirami.

– Tu as sans doute raison.

– Ne t'inquiète pas, Tess ! Lorsque je serai mariée, elle ne pourra pas m'appeler Coughlin !

– Ce n'est pas faux !

– Bon, puisque ma défense te tient toujours à cœur, est-ce que tu accepterais de me briefer pour le job ? lâche-t-elle avec une moue tout en papillonnant des paupières.

J'ai soudain l'impression de voir deux papillons prêts à prendre leur envol, tandis que ses longs cils d'un noir de jais naturel balaient l'air. Abirami déborde d'une telle joie que je lui souris en lui accordant toute mon aide.

– Hey ! Tu entends ça, Mark ! s'exclame-t-elle auprès de notre collègue le plus gay que je connaisse et qui adore toutes les couleurs chatoyantes que porte Abirami. Je vais faire un micro-trottoir et c'est Tess qui va m'aider ! s'écrie-t-elle presque hystérique avec des « youhou » et des « youpi ».

Mark se relève aussitôt de sa chaise pour venir la prendre affectueusement dans ses bras tandis qu'une flopée de collègues l'applaudissent.

Dans une réflexion silencieuse, je me dis que cela aurait pu être pis, même si je ne sais toujours pas qui est Flore Appleton !

Deux heures plus tard, je me retrouve sur le plateau de Max Tobler. C'est alors que je me rends compte que rien ne va. La mannequin, Flore Appleton, dont je ne sais toujours pas qui elle est vraiment hormis qu'elle soit mannequin, est terrifiée à l'idée de tenir entre ses bras un chiot. De fait, celui-ci n'arrête pas de vomir, certainement de contrariété.

Pauvre petite bête, songé-je en regardant Flore Appleton.

Bien entendu, je me soucie bien plus du chiot. Alors que je me demande ce que je peux bien faire, Max Tobler m'ordonne sans aucune politesse de trouver un autre animal qui ne rendrait pas sa pâtée sur la tenue de la créatrice, Mme Delacroix. Ce nom me plonge instantanément dans ma journée de la veille. J'essaie de ne pas y penser en composant le numéro d'Isabelle afin que je sache quoi faire.

– Eh bien, Tess ! Trouver un chiot ne doit pas être si difficile que ça, enfin ! s'écrie-t-elle dans le combiné.

– Mais, Isabelle, je ne sais pas comment faire !

– Débrouillez-vous, sinon, ce n'est pas la peine de remettre les pieds au journal !

Décidément, elle veut ma mort…

Je cherche instantanément comment je peux procéder pour trouver si rapidement un chiot. C'est alors que je repense au petit beagle que m'a présenté hier le père de Nicholas. Je suis quelque peu gênée d'appeler ce dernier. Je raccroche avant qu'il ne décroche à mon appel. C'est décidé ! Je préfère passer le voir directement afin de négocier avec lui le prêt de ce chiot, même si je pense à l'avance qu'il va refuser. Enfin, si j'étais à sa place, c'est ce que je ferais...

– Bonjour.

– Bonjour, me répond avec douceur Nicholas lorsque je me présente à son comptoir.

Je remarque que sa bouche ne cesse de sourire, même s'il ne veut pas me le montrer. Mon cœur s'emballe de nouveau et mon regard s'accroche au sien. Nous restons ainsi, yeux dans les yeux, sans rien dire. Puis, tout à coup, j'entends un chiot japper au fond du magasin. Ce qui me ramène aussitôt à ma présence ici.

– Vous n'êtes donc plus renvoyée ? m'interroge Nicholas lorsque je lui annonce que c'est une demande de ma boss de louer un chiot.

– Non. Mais je ne vais pas vraiment avoir le temps de discuter plus avant avec vous. À tout le moins, pour le moment, ajouté-je afin de lui faire comprendre que ce n'est pas sa compagnie qui me gêne, mais mon timing hyper serré pour trouver un chiot.

– J'avoue que l'on ne m'a jamais fait cette demande, dit-il un peu confus.

– Je vous avoue qu'à moi non plus. C'est une première et je comprendrais complètement que vous la refusiez.

– Non, ce n'est pas ça, mais je... j'avoue ne pas savoir comment faire.

– Oh, ne vous inquiétez pas, nous signerons un contrat de service, plus tard, car je ne l'ai pas encore rédigé, qui spécifiera que je vous loue votre chiot pour l'après-midi. Votre prix sera le mien !

– Oh non ! Je ne fais pas ça pour l'argent.

– Vous avez tort, car celui qui va régler la note finale, c'est Max Tobler.

– Max Tobler ? Mais il peut s'acheter des milliers de chiots, pourquoi voudrait-il me louer le mien ?

– Parce que j'ai décidé que ce petit beagle avait toutes ses chances de faire de l'ombre à la mannequin Flore Appleton.

– Je ne sais pas qui c'est.

– Moi non plus ! rétorqué-je en riant.

Ce qui fait élargir le sourire de Nicholas. Nos regards s'accrochent de nouveau et je sens mon cœur battre à tout rompre dans ma poitrine. Je ressens même mon sang traverser mes membres comme si quelqu'un s'amusait avec la pression de mon corps. C'est enivrant et à la fois terrorisant. Il ne manquerait plus que je défaille maintenant, devant lui.

– Bien. Vous m'avez convaincu, dit-il tout simplement. Je vous le prépare et vous n'aurez plus qu'à l'emporter.

– Pourquoi n'irais-tu pas avec Tess ? demande son père en arrivant à notre hauteur avec le petit beagle. Après tout, je peux très bien garder la boutique quelques heures…

– Tu es sûr ?

– Certain !

Satisfaite du résultat de ce drôle de marché, je repars au côté de Nicholas, tandis qu'il tient en laisse le chiot. Heureusement, les studios de Max Tobler ne se trouvent pas loin de Portobello Road.

Vingt minutes plus tard, nous y pénétrons, tandis que le petit beagle tire sur sa laisse afin de quitter les lieux. Je me dis qu'il n'a pas tort, surtout avec l'accueil que nous réserve l'équipe du shooting…

Chapitre 10

Nicholas

Waouh ! J'ai l'impression de pénétrer dans une fourmilière. Des assistants, des maquilleuses, des coiffeuses et j'en passe s'activent autour d'une très jolie jeune femme, quoiqu'un peu trop maigre à mon goût. Je présume aussitôt qu'il s'agit de Flore Appleton.

– Ce n'est pas trop tôt ! s'exclame un homme en essayant de prendre mon chiot.

– Hey ! Vous permettez ! m'écrié-je aussitôt. Ce n'est pas un objet, alors je vous prie de le respecter !

Je délaisse néanmoins mon petit animal avec quelques regrets, mais je ne le lâche pas du regard. Je reste prêt à bondir pour aller le sauver si nécessaire. Tess me remercie en pressant ma main dans la sienne. Je ne touche plus le sol.

– Je reviens, ne bougez pas, m'informe-t-elle, le regard quelque peu soucieux en allant récupérer mon chiot des bras de l'homme qui me l'a pris. Vous ne savez pas y faire avec ce chiot. Laissez-moi faire.

Elle se détourne de lui et me fait signe de venir jusqu'à elle. Ce que je m'empresse de faire.

– Nicholas, je vous présente Flore Appleton. Flore, voici Nicholas, le propriétaire du chiot. Il va vous dire comment le tenir. N'ayez pas peur, c'est un animal très affectueux.

Flore acquiesce avec un sourire. Elle me fixe comme si elle avait jeté son dévolu sur moi. Je décide de m'en servir pour qu'elle ne blesse pas mon petit beagle. Après quelques poses, elle comprend comment faire et je lui laisse mon chiot entre les mains.

– On s'écarte du plateau ! s'exclame le photographe. OK ! C'est parti !

Tess et moi restons côte à côte tout le temps où Max Tobler joue de son instrument. Une déferlante de clac-clac-clac inonde le plateau tandis qu'il demande à la mannequin différentes poses. Je suis rassuré de voir que le chiot se sent assez à l'aise entre les bras de la jeune femme pour faire ce qu'elle lui demande. Mon père en serait le premier surpris, lui qui a tenté de lui donner l'ordre de s'asseoir sans aucune réussite. Cette pensée me fait sourire et lorsque mon regard croise celui de Tess et qu'elle me répond à l'identique, je la trouve plus belle que jamais. Nos doigts se frôlent et j'enveloppe instinctivement sa main dans la mienne. Tess ne se dégage pas de cette emprise et m'étreint plus encore la main. Mon cœur se met à battre la chamade comme une demoiselle en détresse. Décidément, je me demande si je suis véritablement un homme de flancher ainsi. Mais mon corps se tend assez pour m'en convaincre. Elle est si belle et ce contact si plaisant !

– C'est dans la boîte ! s'exclame le photographe.

Néanmoins, Tess et moi restons debout, nos mains enlacées. Flore Appleton se laisse lécher le visage par mon petit beagle et je décide d'attendre qu'elle me fasse signe pour aller le récupérer. C'est alors qu'une femme pénètre sur le plateau. Elle est plutôt jolie, mais les traits de son visage semblent toutefois un peu durs.

– Tess ! Vous voilà ! s'écrie-t-elle en arrivant sur Tess comme un oiseau de proie.

Tess s'écarte aussitôt de moi en relâchant ma main. J'en déduis avant même qu'elle ne la prénomme qu'il s'agit de sa chef, Isabelle Springmann.

– Et à qui ai-je l'honneur ? lâche-t-elle en m'admirant, tel un plaisir gourmand qui la met aussitôt en appétit.

– Isabelle, je vous présente Nicholas, le propriétaire du chiot.

– Hum… Je dois dire que pour une fois, Tess, vous avez effectué un travail d'exception, lâche-t-elle d'une voix doucereuse qu'elle me destine avec le regard brillant.

Je la salue tout en me demandant ce qu'elle compte faire en m'attrapant la main ainsi. Elle s'accroche à mon bras tout en faisant un signe de tête à Tess afin qu'elle nous laisse seuls.

– Je dois récupérer mon chiot, lui dis-je aussitôt.

– Allons, allons, Nicholas ! Laissez Tess s'en occuper, elle en est tout à fait capable. Et si vous me parliez plutôt de vous, Nicholas… Nicholas comment d'ailleurs ? lance-t-elle d'une telle voix que j'ai l'impression qu'elle va me manger tout cru.

– Nicholas de Monderlay, lui annoncé-je.

– Oh, ne me dites pas que vous êtes un de Monderlay d'Ascot ?

– Si, réponds-je tout simplement, car je ne m'en flagorne pas.

– Et qui est Albert de Monderlay pour vous ?

– C'est mon oncle paternel.

– Et l'une des plus grosses fortunes du pays, mon cher !

– Si vous le dites ! prétends-je, bien que je sache parfaitement que le frère unique de papa pèse fort lourd à la bourse.

D'ailleurs, la chef de Tess a l'air d'en savoir plus sur lui que moi. Pour ma part, le peu que j'en sais, c'est papa qui me l'a raconté et plutôt tardivement pour mon âge. Mon oncle et mon père s'entendaient plutôt bien depuis leur naissance. Mais deux jours après le décès de maman, ils se sont fortement fâchés. Il s'est avéré que mon oncle avait refusé de venir aux funérailles de maman, car il était en pourparlers avec des Qataris à propos de futures acquisitions pour son troisième haras. Papa est encore aujourd'hui certain que son frère aurait pu repousser la signature d'un contrat, aussi énorme fût-il, s'il avait bien voulu se trouver à ses côtés pour le soutenir dans sa douleur et son chagrin. Mais mon oncle est un homme égoïste qui en était déjà à son cinquième mariage et n'a vu dans la peine de papa que de la faiblesse. Alors, la signature de ce contrat, dans lequel étaient inscrits de nombreux noms victorieux d'étalons arabes, était passée devant la douleur que portait son propre frère. Papa n'a jamais pu le lui pardonner. Et moi non plus, d'une certaine manière... D'autant plus que mon oncle n'a rien fait par la suite pour se racheter ni me rencontrer. Alors, je ne sais rien de lui et lui, sans nul doute, rien de moi, et cela va à ma préférence. Cependant, le fait que la chef de Tess mette le sujet sur le tapis, cela me donne un sentiment désagréable dans le cœur. Comme si j'arrivais à me souvenir de la peine que mon père a eue lorsque son frère a décliné de venir le soutenir dans la douleur qui ne l'a jamais quitté depuis. Pourtant, je n'avais pas cinq ans, mais cette sensation est toujours aussi vive en moi...

– Eh bien ? Je ne sais pas où vous étiez, mais vous y étiez ! s'exclame Isabelle en m'attrapant par le bras, ce qui a le don de m'extraire de mes souvenirs. Je souhaite vous inviter à déjeuner ou à dîner et peut-être même plus si vous en avez le souhait, ajoute-t-elle avec un petit sourire mutin.

Cela devrait me gorger d'un certain plaisir d'être apprécié par une femme telle qu'Isabelle Springmann, pourtant, elle ne m'occasionne aucun effet. Elle n'est pourtant pas vilaine, mais je sens que son « moi intérieur » est loin d'être comme il faut.

Et puis de toute façon, il n'y a que Tess dans ma tête...

– Je ne peux pas, je suis navré, dis-je afin qu'elle ne s'en prenne pas à Tess plus tard.

– Bon, eh bien, ce n'est que partie remise ! De toute façon, nous allons nous revoir, car je compte bien vous louer tous les chiots que vous avez !

Je m'apprête à me détacher de son emprise et lui répondre que je n'acquiescerai jamais à sa requête quand soudain, elle prend les devants.

– Max ! Max ! s'écrie-t-elle.

Je vois alors Max Tobler se diriger instantanément vers nous.

– Hum... Bonjour, Max ! l'embrasse-t-elle presque en gémissant.

– Isabelle, ma belle ! Tu es resplendissante !

Cette dernière rit à gorge déployée, le regard brillant, tandis que leur embrassade me donne un sourire moqueur. Je me demande comment ils font pour faire tellement semblant de s'apprécier dans ce milieu. J'ai l'impression d'assister à une saynète entre deux acteurs.

– Tu as pu te libérer, ma chérie !

– Pour toi ! Toujours...

Je déchiffre un sous-entendu, mais décide de ne pas le montrer.

– Max, sais-tu qui est ce beau jeune homme ?

– Absolument pas ! s'écrie-t-il d'une vérité presque blessante.

Mais je n'ai pas l'intention de me sentir froissé par un homme qui me semble si factice.

– Eh bien, c'est le neveu d'Albert de Monderlay !

– Oh, surprenant, en effet ! Je suis ravi de faire votre rencontre, ajoute-t-il aussitôt avec un enthousiasme hors du commun, comme si je venais de lui signer un chèque en blanc.

J'en déduis que le nom de mon oncle suffit à faire cet effet. C'est vrai que c'est la première fois que j'en parle et les seules choses que je connais de mon oncle sont celles que mon père m'a racontées sur lui. Comme je l'ai dit, je ne sais rien de plus sur lui, mais, *a priori*, ces deux individus creux qui me font front ont l'air d'en savoir long comme le bras à son sujet. Ce qui me démontre que j'ai bien eu raison de ne pas m'intéresser davantage à mon égoïste d'oncle.

– Mais que faites-vous sur mon plateau ? me demande soudainement Max Tobler, me faisant ressortir de mes réflexions silencieuses. Êtes-vous le petit ami de Flore ?

– Pas du tout ! Je suis la personne à qui vous avez loué le chiot qui se trouve encore sur votre plateau, rétorqué-je avec une certaine fierté en le montrant du chef, car je préfère toutefois mon chiot à cette jeune mannequin au corps trop sec pour moi. Et puis de toute façon, il n'y a que Tess dans mon cœur…

Je crois que je peux me le répéter autant de fois qu'il le faut, car il n'y a qu'elle qui compte pour moi. Je sens que Max Tobler est surpris par ma réponse, mais il n'en dit rien. Il me salue toutefois aimablement, en me faisant savoir qu'il compte avoir recours à mes services très prochainement.

Je m'apprête à refuser cet *honneur* qui m'est fait, mais mon regard se pose sur Tess, qui se trouve toujours avec mon petit beagle entre les mains. Je ne compte pas lui faire avoir des ennuis, car je reste certain qu'Isabelle se vengerait sur elle si je refusais la proposition de Max Tobler.

– À votre service ! dis-je avec un sourire, tandis que celui-ci me donne une poignée de main.

– Vous allez devenir une personne riche, me murmure dans l'oreille Isabelle tandis que Max Tobler s'éloigne déjà de nous deux.

– Je ne cours pas après l'argent, donc, cela me…

– Allons, Nick, se permet-elle familièrement. Tout le monde court après l'argent ! On se voit très vite, ajoute-t-elle en déposant un baiser sur ma joue.

J'en suis le premier surpris, mais en voyant la tête de Tess, je pense qu'elle n'apprécie que peu que je me sois laissé embrasser ainsi par sa boss. Je suis fort gêné lorsqu'elle arrive vers moi avec, toujours, le petit beagle dans les bras. Je reste néanmoins soulagé de voir Isabelle s'éloigner de nous. Avec Tess, nous restons sans mot dire, mais nous observons Isabelle qui salue de nouveau Max avant de repartir. Elle s'écrie toutefois sèchement avant d'entrouvrir la porte du plateau :

– Tess, je vous attends au bureau dans vingt minutes !

Je vois Tess opiner du chef, le regard toutefois soucieux. Je me demande si cela est toujours dû à la vision de sa chef me donnant un baiser ou bien si elle est contrariée par les paroles de celle-ci. Je plonge mon regard dans le sien, car j'ai besoin de la rassurer et sans doute que moi aussi, j'ai besoin de me rassurer. Je constate avec désarroi que quelque chose est rompu entre nous. Son regard est fuyant et empreint de déception. J'espère néanmoins que ce n'est rien d'irréparable…

Chapitre 11

Tess

J'essaie de ne pas fixer la trace de rouge à lèvres qu'Isabelle a laissée non loin de la commissure gauche de Nicholas. J'ai envie de la lui effacer, mais je n'en fais rien. Après tout, il a sans doute apprécié l'attention qu'elle lui porte. Je ronge mon frein en attendant de pouvoir le fuir. Je vois en boucle dans ma tête Isabelle l'embrasser et lui qui ne bouge pas d'un iota. Bien qu'il converse avec moi, cette scène m'assaille les neurones et me plonge dans une certaine perplexité. Je ne peux plus rester si près de lui. Il me faut vraiment le fuir…

– Bon, eh bien, voilà ! Je crois bien que nous en avons terminé, Nicholas, dis-je en lui remettant précautionneusement le petit beagle. Tu es un bon chien, ajouté-je pour le petit animal en le caressant une dernière fois.

– Est-ce que vous avez le temps de boire un café ou un thé ? me propose Nicholas.

– Je ne préfère pas, dis-je promptement avant d'ajouter : Et puis, Isabelle m'attend au bureau et j'ai l'impression qu'il vaut mieux que je m'y rende à l'heure si je ne veux pas qu'elle me vire de nouveau.

Même si je précise ce dernier point sur le ton de la plaisanterie, je pense réellement que c'est la pure vérité.

– Je vous comprends. Alors, peut-être une prochaine fois.

– Peut-être, ne puis-je m'empêcher de répondre même si je meurs d'envie de me retrouver à ses côtés, quelle que soit la tasse qui me fera front.

Mais je préfère ne pas m'attacher à un homme aussi attrayant soit-il même si je vois bien qu'il n'en a pas conscience. Je repense à Flore qui le dévorait des yeux puis à Isabelle qui l'a embrassé sans mal. C'est vrai qu'il dégage un petit quelque chose de naturel, un charisme qui envoûte celle qui le regarde. Moi-même, je suis tombée sous son charme, mais il ne faut pas que je me laisse aller avec lui. Ce serait trop dangereux pour mon petit cœur, qui risquerait de ne pas le supporter. Je préfère me dire que j'ai tout de même passé de bons instants à ses côtés, même s'il ne se passera rien de plus entre nous.

– Je vous remercie encore d'avoir accepté ce deal, mais je dois vraiment y aller.

– À bientôt, j'espère, lâche Nicholas en ne pouvant s'empêcher de toucher de ses doigts les miens.

Je sens une brûlure m'assaillir et j'ai envie de contrer mon esprit pour rester auprès de lui. Mais je n'en fais rien.

– Oui, à bientôt, dis-je toutefois avec un léger sourire qui s'échappe de ma bouche malgré moi.

Je retourne à mon travail, les idées pas toutes en place. À peine installée derrière ma table, j'avance toutefois rapidement sur la préparation de ma chronique à venir de ce shooting passé. Bien évidemment, Isabelle n'est toujours pas revenue au bureau et je reste certaine qu'elle ne pointera plus son nez ici aujourd'hui. L'après-midi est presque écoulé lorsque Abirami rentre de son micro-trottoir. Elle est tout excitée en me faisant savoir qu'elle a adoré le job et que son futur mari va être fier d'elle.

– J'espère que mes parents le seront tout autant ! ajoute-t-elle, pas tout à fait convaincue.

– Mais bien sûr qu'ils le seront ! essayé-je de la rassurer comme je le peux.

– Oh, et puis tu as raison ! C'était tellement génial que je ne veux pas me pourrir la soirée avec des interrogations inutiles !

– Voilà qui est bien dit ! rétorqué-je, tandis que je range mon bureau en vue de le quitter.

Après tout, il est déjà six heures trente du soir…

– Tu pars déjà ? m'interroge Abirami.

– Euh… Eh bien, il est déjà tard et le temps de tout fermer, ranger et rincer mon service à thé, il sera plus que l'heure, non ?

– Ah, OK. C'est que je voulais te demander ton aide, mais bon, si tu dois partir…

Abirami ne termine pas sa phrase, mais je comprends qu'elle a besoin de moi. Encore une fois. Mais j'aime tellement la douceur de cette fille que je me rassois derrière ma table de bureau.

– OK ! Que puis-je faire pour toi ?

Abirami me raconte donc tout son micro-trottoir en détail et je prends des notes au fur et à mesure qu'elle fait une relecture des siennes. Ce qui est clair, c'est que la rédaction, ce n'est pas son truc ! Chose incroyable en travaillant pour la rédaction d'un journal. Mais elle met tellement d'enthousiasme à me raconter son après-midi que l'écrire en détail me semble facile. Je lui envoie aussitôt par courriel le document rédigé en lui faisant savoir que je suis épuisée de ma journée et que je préfère rentrer chez moi, malgré son invitation à dîner ce soir au restaurant avec elle et son fiancé pour me remercier de mon aide.

De retour devant mon perron, je m'attends à revoir mon petit chat roux. Mais non, il n'est pas là. Il a dû trouver quelqu'un d'autre à déranger, bien que je commence fortement à l'apprécier, cette petite boule de poils, même s'il s'est sauvé à chaque fois que j'ai voulu le prendre dans mes bras. Je rentre donc chez moi toute seule et en profite pour me délasser sous une douche bien chaude. Puis, je m'apprête à me cuisiner quelques spaghettis avec une sauce tomate toute prête. Alors que je me prépare à allumer ma plaque pour mettre à chauffer une casserole d'eau, j'entends soudain dans ma rue un klaxon retentir fortement, puis un autre, d'une tonalité différente qui résonne longuement.

Deux voitures ? me fais-je la réflexion silencieuse.

Puis, des voix éclatent. Inquiète, je m'interroge, un sentiment étrange dans le ventre. Bon, j'exclus que cela puisse être un potentiel fiancé, car je n'en ai pas ! Les seules personnes qui peuvent donc arriver ainsi en fanfare et à cette heure avancée de la soirée, ce sont mes grand-tantes. Mais il est prévu qu'elles n'arrivent pas avant une bonne dizaine de jours. Je m'apprête à entrouvrir discrètement ma porte d'entrée pour jouer les voyeuses, au cas où ce ne serait pas elles, mais quelqu'un sonne concomitamment de plusieurs à-coups sur ma sonnette.

Plus aucun doute ! Ça, c'est tata Imogen !

J'entrouvre la porte pour l'accueillir, en songeant qu'elle a dû se disputer avec le chauffeur de taxi. Elle ne supporte pas que certains allument leur compteur bien longtemps avant de venir la chercher et c'est ainsi qu'elle se retrouve avec une note salée à l'arrivée. D'autant plus qu'elle ne vient pas d'à côté, mais de Saint Mary's Bay. Cependant, le spectacle qui se joue sous mes yeux me fiche la honte. Je ne me trouve pas devant ma grand-tante, mais devant mes deux grand-tantes, et j'ai soudain un doute de qui a sonné en premier.

Il s'agissait peut-être en fait de tata Amélia…

Qui plus est, elles remettent toutes deux leur querelle sur le tapis. Cela ne cessera donc jamais. Mais si mes grand-tantes se disputent, elles ne sont pas les seules. Les chauffeurs qui les ont emmenées jusqu'ici échangent des paroles bien garnies.

– Je te dis que c'est toi qui as reculé, espèce de tocard !

– Non, c'est toi qui as avancé, abruti !

Leur désaccord semble compliqué. Je constate qu'ils sont garés l'un derrière l'autre et qu'ils ont dû manœuvrer en même temps, ce qui les a fait se rentrer dedans. Mais je ne compte pas prendre part à leur dispute. Un ouragan de catégorie 4 vient d'arriver chez moi et celui-ci me suffit amplement.

– Non, elle m'a invitée avant toi, je te signale, ma chère sœur ! s'exclame l'une de mes grand-tantes.

– Tu déraillles bien plus qu'un train, ma pauvre sœur ! lui rétorque sa sœur jumelle.

– Absolument pas ! Mais comme d'habitude, tu radotes jusqu'à ce que l'on croie qu'elle te préfère, alors que nous savons très bien toutes deux qu'il s'agit de moi ! Il serait temps, ma chère sœur, que tu l'acceptes enfin ! lâche-t-elle tout en la dépassant, bagages en main, afin d'escalader les trois petites marches extérieures de ma demeure.

– Jamais je ne te donnerai ce plaisir ! réplique sa sœur tout en tentant de la dépasser.

Mais elles se retrouvent toutes deux coincées sur le pas de la porte, bien que cela ne les empêche pas de poursuivre leur dispute.

– C'est vers moi que s'est toujours portée sa préférence et cela, ma chère sœur, tu n'arrives pas à le supporter !

– Taratata ! Cette enfant me ressemble plus qu'elle ne te ressemblera jamais, tant ses manières et sa voix sont posées comme les miennes ! Ce que l'on ne peut absolument pas dire de toi !

– Tututute ! Ni de toi en ce moment ! De toute façon, déjà toute petite, elle s'endormait dans mes bras, mais jamais dans les tiens ! Alors, qu'as-tu à redire à cela, ma chère sœur ?

C'est alors qu'elles reculent toutes deux d'un pas afin de se retrouver de nouveau sur le perron dans un face-à-face quelque peu inquiétant. J'ai beau essayer de les interrompre depuis quelques minutes, elles ne me voient même pas.

– Eh bien, tout simplement, ma chère, que tu es un être ronflant et pompeux, et que s'endormir à tes côtés est préférable !

– Tu n'es qu'une... tu n'es qu'une bécasse ! s'écrie sa sœur en réponse à son attaque.

– Et toi, qu'une gourde !

– C'est moi qu'elle préfère et tu n'as jamais pu le supporter !

– Tu te fourvoies totalement, ma chère sœur ! C'est à moi qu'elle le dit tout le temps ! s'écrie de nouveau l'une d'elles.

– Tu mens comme un arracheur de dents !

– Non, c'est plutôt toi qui mens et qui essaies de me voler ce que j'ai de plus cher, et ce ne serait pas la première fois, n'est-ce pas ! s'écrie-t-elle avec une moue de colère.

– Qu'insinues-tu par là ? se défend mon autre grand-tante.

– Tu le sais fort bien, ma sœur, alors n'insiste pas ou je te fais ressortir par la bouche le balai que tu as de coincé dans ton arrière-tr...

– Mes tantes ! Mes tantes ! m'écrié-je à presque m'en faire claquer les cordes vocales. Eh bien dis donc ! Vous êtes en forme !

– Oh, bonjour, ma chérie ! s'exclame la première en déposant ses valises devant le perron avant de m'étreindre dans ses bras affectueux. Comme tu m'as manqué, ma toute douce !

– Bon ! Tu as fini ! s'exclame mon autre grand-tante qui s'impatiente déjà derrière elle. Allez, bouge ton gros popotin que j'embrasse mon petit ange !

– Tu sais ce qu'il te dit mon popotin ? lui rétorque-t-elle en attrapant sèchement entre ses mains ses effets personnels avant de pénétrer dans mon chez-moi.

– Non, mais je sais ce que tu pourrais faire avec : boucher tout Portobello Road ! s'esclaffe-t-elle dans un murmure tandis qu'elle me prend à son tour dans ses bras. Comme tu m'as manqué, mon petit cœur !

Elle m'embrasse aussi affectueusement que sa sœur jumelle et cela me réchauffe le cœur. Je les aime grandement toutes les deux. Je m'empresse d'entrer à mon tour et tandis que je referme la porte à clé, mes grand-tantes ont déjà remis leur dispute sur le tapis.

– Non, c'est moi qu'elle préfère, te dis-je !

Je reste sans voix devant leur crêpage de chignon.

– Tess ! s'exclament-elles d'une seule voix, ce qui me fait déglutir bruyamment.

– Allez, mon enfant ! Dis à ma sœur que c'est moi que tu préfères !

– Elle ne le dira pas puisque c'est moi qu'elle préfère !

– Non !

– Si !

– Non !

– Si !

– Arrêtez toutes les deux ! Vous allez me rendre dingue. Cela ne fait pas plus de cinq minutes que vous êtes arrivées et voilà que vous remettez ça comme tous les ans !

– Oh, ma chérie ! Tu sais très bien que ce n'est pas ma faute, mais plutôt celle de cette femme cruelle…

– N'écoute pas cette odieuse femme qui me sert de sœur, ma chérie ! Elle ment comme elle respire, s'exclame celle-ci, interrompant ainsi sa sœur jumelle tout en se frayant une place contre moi.

Je tente un sourire à l'égard de ma grand-tante repoussée par sa propre sœur. Mais sa bouche pincée me soucie quelque peu. Je prends un léger recul et les regarde tour à tour, cherchant en vain ce qui pouvait véritablement les différencier.

Rien.

Rien de rien…

Elles ont beau se détester depuis des années, elles se vêtent d'une façon identique, ce qui me rend la tâche plus ardue. Qui plus est, elles se ressemblent comme deux gouttes d'eau. Ce qui n'arrange rien à mon problème présent, d'autant plus que le seul moyen d'être certaine à qui ai-je affaire, c'est lorsqu'elles ont chacune leur chat à leur côté. Celui de ma grand-tante Amélia est tout blanc et porte le petit nom de Flokon, quant à celui de ma grand-tante Imogen, il est tout noir et répond au doux petit nom d'Amour. Mais les deux petites boules de poils se trouvent encore dans l'entrée, enfermées dans leur cage de transport, aux côtés des valises de mes grand-tantes, attendant sagement tous deux d'être enfin libérées.

Ce qui ne me laisse aucun moyen de savoir laquelle est Imogen et laquelle est Amélia.

Il va me falloir la jouer fine si je veux éviter de déclencher une troisième guerre mondiale entre elles. D'autant qu'elles font cela très bien toutes seules !

– Mes tantes, essayez de vous calmer un peu ! Vous savez très bien que je vous aime autant l'une que l'autre.

– Oh, je vois bien que tu dis cela, mon enfant, pour ne pas froisser le vieil âge de ma sœur !

– Je te signale que je ne suis née que deux minutes après toi, alors, mon vieil âge…

Voilà finalement une réponse qui me permet enfin de les différencier. Ma grand-tante Imogen est effectivement née deux minutes plus tard, ce qui se traduit en langage de gémellité qu'elle est la plus âgée. Celle qui me fait face est donc ma grand-tante Amélia. Je n'ai jamais vraiment su ce qui les avait autant divisées dans leur jeunesse, mais elles se détestent grandement au point que lorsque j'ai perdu mes parents il y a quelques années, elles se sont battues pour avoir ma garde. Cependant, de me voir malheureuse, elles avaient réussi à s'entendre et c'est ainsi que je me suis retrouvée à être élevée chez l'une à Southampton et chez l'autre à Saint Mary's Bay, jusqu'à ce que je prenne seule mon envol à Notting Hill.

Je me demande comment ça se fait qu'elles soient déjà là en espérant que ce n'est pas moi-même qui les ai invitées si tôt. Ou alors, je déraille grandement ! D'habitude, elles arrivent après le 15 décembre et cela me laisse assez de temps pour tout préparer. Mais là ! Je me demande bien ce qu'il m'est passé par la tête si cette invitation à venir si tôt est de moi. D'autant plus que cela se pourrait bien puisqu'elles sont arrivées en même temps ici. Cela étant, je sais que même si elles ne se parlent jamais, elles font de nombreuses choses à l'identique. Elles sont bien toutes deux romancières ! Certes ! dans des genres toutefois différents. Alors, il se pourrait bien qu'elles aient décidé sans le savoir de venir chez moi le même jour, voire d'arriver dans la même minute…

Nous ne sommes que début décembre et je vais devoir les supporter tout un mois, même si je les aime profondément. Enfin, je les aime surtout lorsqu'elles ne se trouvent pas en même temps sous le même toit !

– Bon, est-ce que des spaghettis en sauce tomate vous plairaient ? proposé-je.

– Oui, bien sûr ! As-tu cuisiné toi-même la sauce ? me demande tata Imogen.

– Non. C'est du tout prêt !

– Bon, alors, je vais en cuisine, propose aussitôt tata Amélia, et je vais nous préparer une bonne sauce tomate maison.

– Certainement pas ! rétorque tata Imogen. Je cuisine bien mieux que toi !

– Sûrement que non !

Et voilà que leur dispute reprend de plus belle. L'ouragan vient de passer en catégorie 5 et il ne semble pas prêt à s'essouffler… Eh bien, si je ressors vivante de ce combat, je pourrai me dire que je suis fort chanceuse !

Chapitre 12

Nicholas

Cinq minutes à peine après l'ouverture de ma boutique, Mme Coughlin était déjà là. Elle s'est longuement promenée dans mes rayons avant qu'elle ne s'adresse à moi pour que je la serve. Comme d'habitude, elle me fait du rentre-dedans. Elle est si drôle que je ne peux le lui en vouloir. Mais aujourd'hui, elle traîne un peu plus la *patte* que d'habitude. J'espère que c'est seulement pour passer plus de temps avec moi. Cela me ferait énormément de peine de la perdre d'une quelconque façon…

– Je voudrais bien ce jouet-là, mais je ne suis pas assez grande pour l'atteindre. Oui, le bleu tout là-haut, me précise-t-elle tandis que je lui montre chacun des jouets placés tout en haut.

Effectivement, le jouet est accroché bien trop haut pour elle. Je repense aussitôt aux paroles de Tess, la toute première fois que je l'ai vue, lorsqu'elle m'avait dit de signaler à mon patron que les articles étaient mis trop haut. Je me rends compte qu'elle avait tout à fait raison. Je note mentalement ce point dans ma tête pour en parler avec papa plus tard et voir comment réagencer tous les rayons pour faciliter la prise d'articles par mes clientes de petite taille…

– Merci, Ni*cho*las, lâche-t-elle tandis que je glisse dans sa main ledit petit jouet.

– De rien, madame Coughlin.

Elle range l'article dans son panier à roulettes, puis me sourit à nouveau.

– Madame Coughlin, puis-je vous dire quelque chose ? osé-je lui demander.

– Oh, serait-ce une proposition pour un rendez-vous à minuit ? murmure-t-elle en mettant sa main sur le côté de sa bouche, afin de conserver le secret.

Je m'esclaffe de sa réponse.

– Non, c'est encore trop tôt entre nous pour un rendez-vous, nous ne nous connaissons pas encore assez, rétorqué-je.

– Oh, alors, il va falloir que je vienne plus souvent ! dit-elle avec un signe ferme de la tête, comme pour se convaincre elle-même, avant de rire aux éclats.

Elle glisse aussitôt la main devant sa bouche, comme le faisaient les femmes d'antan.

Elle doit avoir peur de perdre son dentier, songé-je avec un tendre sourire pour elle.

– Vous savez que vous pouvez venir quand vous le voulez, madame Coughlin, lui réponds-je, mais ce que je voulais vous dire, c'est que la deuxième syllabe de mon prénom se prononce *co* et non *cho*, ajouté-je avec toujours un tendre sourire que je ne destine qu'à elle.

– Oh, pensez donc, mon petit, je le sais très bien ! Mais cela m'amuse bien trop à chaque fois que je vois la tête que vous faites !

Je reste surpris d'une telle réponse et me rends compte que cette mamie a plus d'un tour dans son sac et une franchise décapante. Elle se met à rire plus encore de sa propre réponse et certainement en se moquant de ma trombine, puis elle poursuit notre échange avec un large sourire qui lui fait plisser les yeux, tant et si bien que je n'en vois plus leur couleur d'un bleu passé. C'est alors que je suis surpris de voir autant de dents dans sa bouche. Certes, elle n'en a pas plus que la normale, mais je reste certain que ce sont véritablement les siennes et non pas un dentier, comme je me l'étais imaginé deux minutes plus tôt. Pourtant, je crois qu'elle frôle les quatre-vingt-six printemps !

– Vous savez que si j'avais cinquante ans de moins, je ne vous dirais pas non, mon petit Ni*cho*las.

Elle s'amuse de nouveau à prononcer « cho », la deuxième syllabe, en rallongeant longuement le « s » final, tout en soulevant plusieurs fois ses sourcils blancs d'un air équivoque. Puis elle m'abandonne pour se diriger vers le comptoir de ma caisse, tandis que j'écarquille les yeux avec malgré tout un sourire, et surtout en me retenant de rire de me faire draguer de la sorte par une super mamie !

– Papa ! m'écrié-je. Papa ! réitéré-je.

– Oui, fiston ! répond-il depuis un rayon.

– Puis-je te laisser encaisser Mme Coughlin ? demandé-je avec une idée derrière la tête.

Je me dis que si cette vieille mamie réussit à me faire rire tout en me faisant du gringue, je suis curieux de voir si elle agit de même avec mon père, et comment il va s'en sortir. Ce qui, je pense, devrait être assez drôle.

– Oui, bien sûr ! répond-il en me souriant et en se dirigeant aussitôt derrière le comptoir.

– Madame Coughlin, c'est mon père qui va vous encaisser aujourd'hui, annoncé-je à cette mamie à l'esprit plutôt taquin.

– Rhoolala ! Deux garçons pour moi toute seule ! ose-t-elle dire en faisant un clin d'œil à papa, lequel lève ses sourcils dans un grand étonnement, tout en me jetant un coup d'œil impressionné.

Ce qui a le don de me faire pouffer de rire.

– Eh bien, jeune fille ! s'exclame papa avec un sourire pour elle et un clin d'œil pour moi. Venez par ici que je vous encaisse !

– Oh, il y a bien longtemps que l'on ne m'a pas appelée ainsi, mon bon monsieur ! rétorque-t-elle en rougissant.

Sans perdre mon sourire, je me rends compte que c'est papa qui a pris le dessus. J'en reste surpris, moi qui ne l'avais jamais vu ainsi plaisanter avec une personne du sexe opposé. Je décide de les laisser à leur conversation et repars dans l'arrière-boutique afin de terminer d'enregistrer dans mes stocks les arrivages du jour. J'y passe facilement plus d'une vingtaine de minutes. Lorsque j'en ressors, je m'attends toutefois à ce que Mme Coughlin soit encore en grande conversation avec papa, voire qu'elle lui ait proposé un dîner en tête à tête… C'est alors que je le surprends en pleine conversation avec une cliente que je n'ai jamais vue. Leur façon d'échanger emporte ma curiosité et je stoppe mon pas dans le rayon le plus près afin de rester à l'abri de leur vue. Je tends plus encore l'oreille tout en écarquillant les yeux, surpris par leur drôle d'échange.

– Pensez-vous, cher monsieur, que ce plaid plaira à mon chat ? Il est très fragile, vous savez.

– Oh, je suis certain, chère madame, que la douceur de cette laine angora ne lui fera plus quitter son lit.

Je tente un regard discret vers eux et je vois mon père tenir le plaid entre ses mains, tandis que la femme s'en empare. Je me demande si leurs mains n'entrent pas en contact, tellement un long silence s'installe entre eux. Leurs regards se verrouillent et, gêné, je me recule pour ne pas les déranger. Mais je me sens très heureux de la scène que je viens de surprendre.

– Alors, qu'en pensez-vous, chère madame ? poursuit papa.

– Il est vrai que celui-ci me paraît fort doux ! De l'angora, dites-vous ?

– Oui, tout à fait, chère madame, de l'angora.

– Hum… Vous m'avez convaincue, cher monsieur. Je le prends !

– De toute façon, si vous avez le moindre souci avec, chère madame, vous me le ramenez et je vous rembourserai aussitôt.

– Voilà une plaisante proposition, cher monsieur, je vous en remercie !

– C'est moi qui vous remercie de me faire confiance, chère madame.

– Je trouve délicieux que vous ayez pris autant de temps pour me renseigner, cher monsieur.

– Tout le plaisir est pour moi, croyez-moi, ma chère…

Je reste silencieux, surpris par tant de politesse de l'un comme de l'autre.

Cher monsieur par-ci, chère madame par-là…

Leur conversation semble ne pas en finir, comme s'ils n'avaient pas l'intention de se quitter. Je me demande bien ce que cela veut dire. Mon cœur bat soudain la chamade comme un enfant heureux. Et si cette femme était celle qui raviverait le cœur de papa ? Je me sens heureux pour lui comme jamais je ne l'ai été auparavant. Je croise les doigts pour moi seul, en fermant les yeux très fort. Ce souhait, je me l'imprime jusqu'au fond de mes tripes tant je veux qu'il se réalise. Je reste caché à leur vue, tandis que mon père encaisse l'achat de cette nouvelle cliente. Je souris niaisement et plus encore en distinguant mon père passer devant le rayon où je me trouve sans qu'il me voie. Il la raccompagne jusqu'à la porte d'entrée avant de l'entrouvrir galamment. Elle passe au-devant de lui et il lui présente sa main pour l'aider à descendre les trois petites marches. Waouh ! Je ne l'avais jamais vu agir ainsi. Je ne suis pas certain d'avoir un jour à faire le même geste de politesse, mais je me dis que c'est une belle leçon de courtoisie qu'il vient de me donner. Je continue de le regarder discrètement au travers de la vitre de la façade et je le vois admirer la femme s'éloignant de lui. Elle doit à un moment donné se retourner, car papa agite doucement dans les airs sa main droite pour la saluer de nouveau. Lorsqu'il revient, je ne peux m'empêcher de sourire, car lui aussi a un sourire jusqu'aux oreilles.

– Pourquoi souris-tu ainsi ? me demande-t-il en me surprenant totalement.

– Eh bien... pourquoi toi, plutôt, tu souris ainsi ? rétorqué-je.

– Eh bien... pourquoi pas !

Je me rends compte qu'il ne souhaite pas s'étendre sur la question, mais je suis heureux de le voir garder ce sourire qui lui fend le visage.

– Bon, je crois que je vais t'embaucher plusieurs fois dans l'année si tu arrives à augmenter ainsi ma clientèle ! m'exclamé-je en le pensant fortement.

– C'est une nouvelle cliente ? s'étonne-t-il. Tu ne la connais pas, alors...

– Non, pourquoi ?

– Oh, rien, c'est juste une question comme ça, lâche-t-il d'un air penaud, le regard pensif et plutôt lointain.

Dans ma tête, je songe que la question est plus profonde, mais loin de moi l'idée ou l'envie de le gêner. C'est tout de même mon père et je ne me sens pas l'envie de discuter de ces choses-là avec lui...

– Je suppose donc que tu ne lui as pas fait remplir une fiche pour lui créer une carte de fidélité..., dis-je avec un petit air de désolation pour lui.

– Non. À vrai dire, je n'y ai même pas pensé, répond-il d'un air confus.

– Crois-tu qu'elle va revenir ?

– Je l'espère ! s'exclame-t-il en me pressant l'épaule sur son passage, tandis que son sourire s'élargit de nouveau.

D'un pas lent et léger, il se rend devant l'étal de plantes grasses, dont il s'attribue tout le mérite de les voir si vertes. Ce que je ne peux pas lui reprocher. Je m'attends à tout moment à un changement d'humeur de sa part. Mais ce n'est pas le cas. Son sourire continue d'éclairer son regard, tandis qu'il hoche la tête comme s'il se parlait à lui-même, tout en débarrassant les petites plantes de quelques fleurs fanées.

Je retourne à mon stock en me disant que cette année peut-être je verrai mon père sourire à Noël. Alors que je me mets déjà des idées en tête sur ce repas festif, je reçois un SMS de Bradley.

« Suis amoureux ! »

Surpris par ces deux uniques mots émanant de lui, je m'apprête à lui répondre. Mais je reçois aussitôt un deuxième message de sa part. Enfin, si tant est que l'on puisse parler de message...

« T'es là ? »

Cette demande ne m'en dit pas plus long, mais je prends toutefois la peine de lui répondre.

« Oui, je suis au magasin avec mon père. Passe si tu veux... »

« J'arrive ! »

Je me demande bien ce qu'il va me raconter. Avec Bradley, c'est tous les jours une nouvelle histoire. Quoique dernièrement, il ne me parle que d'Abigail. Il en pince pour elle et elle aussi semble avoir quelque attirance pour lui. Je me demande bien comment ils vont finir.

Ensemble, sans doute...

Mais alors qu'il arrive au magasin, je le sens complètement bouleversé.

– Ça ne va pas, mon Brad ?

– Je suis dépité, dégoûté, je veux mourir !

– Hein ? Veux-tu bien m'expliquer comment, en quinze minutes, tu passes de *je suis amoureux* à *je suis à l'article de la mort* ?

– C'est Abigail ! Elle a un petit copain et je n'ai rien vu venir !

– En es-tu certain ?

– Si tu l'avais vue se jeter dans les bras de ce grand gaillard et se serrer contre lui, tu dirais la même chose, je t'assure !

Je reste muet devant une telle déclaration. Je prends Bradley dans une accolade et essaie de le consoler. Mais en vrai, j'avoue ne pas savoir que faire ou lui dire pour le rassurer.

– Veux-tu déjeuner avec mon père et moi ? proposé-je toutefois, ne préférant pas le laisser seul avec des pensées noires.

– Hum… Ça me tente, mais non ! Je préfère rentrer au Blueberry.

– Reste un peu, tu viens juste d'arriver !

– Eh bien, au départ, avant de tomber sur Abigail et son Apollon, je pensais t'apporter les affichettes. Tiens, avant que je n'oublie ! dit-il en me remettant entre les mains une enveloppe bien épaisse !

– Je te remercie, mon Brad !

– C'est Cassandra qu'il faut remercier. C'est elle qui te les a imprimées.

– Tu la remercieras pour moi. Tu es certain de ne pas vouloir rester ? insisté-je.

– Non. J'ai encore la scène horrible qui passe en boucle dans ma tête.

– Tu es vraiment certain que tu ne fais pas erreur ? C'est étonnant quand même ! Elle paraissait si attirée par toi.

– Je sais bien et c'est ça qui me tue ! L'autre soir, lorsque nous avons dîné ensemble, elle me parlait avec entrain, m'a raconté sa vie durant les deux années précédentes où elle les a passées aux Caraïbes au chevet de sa grand-mère jusqu'à sa mort. Elle m'a raconté comment elle a monté son entreprise, enfin plein de choses personnelles, et j'ai adoré l'écouter sans avoir à me mettre en avant comme je le fais d'habitude. C'était fort intime, sans qu'il y ait une once d'allusion au sexe. On semblait plutôt bien s'entendre et lorsqu'en nous quittant j'ai déposé un long baiser sur sa joue, elle n'a pas tiqué, ne s'est pas reculée ou que sais-je encore. Elle semblait même en attendre plus de moi, mais je voulais prendre mon temps avec elle.

– Effectivement, c'est assez contradictoire tout ça.

– C'est horrible tu veux dire ! J'en viens presque à me dire : heureusement que je ne l'ai pas embrassée, sinon, je serais passé pour un imbécile !

– Tu es tout sauf un imbécile, Bradley ! s'écrie mon père en arrivant derrière nous.

– Monsieur de Monderlay ! Vous allez bien ? demande aussitôt Bradley à mon père, car ils se sont toujours fortement appréciés.

– On ne peut mieux ! répond-il en le serrant dans ses bras.

La réponse de mon père a le don de me faire sourire, tandis que Bradley écarquille au maximum son beau regard vert, étonné lui aussi de le voir si enjoué. D'autant plus que cela modifie considérablement l'humeur de Bradley.

– Eh bien ! Ça a l'air d'aller, vous au moins ! s'exclame ce dernier en faisant une grimace.

Bon, peut-être que son humeur n'est pas aussi joyeuse que je l'espérais ! Bradley a de nouveau son regard de chien battu et mon père tente de le rassurer. J'en suis alors tout ouïe moi aussi.

– Tu sais, mon garçon, lorsque l'on veut quelque chose, il faut parfois le prendre. Enfin, ne pas le voler, bien sûr, mais se battre si l'on considère que cela doit être ainsi.

– On voit bien que vous n'avez pas vu le beau gosse qui encerclait de ses bras de *bodybuilder* le corps svelte d'Abigail ! s'écrie Bradley d'une voix presque chétive.

– Certes, mon garçon ! Mais cela ne veut pas dire que tu as perdu la bataille ! Alors, ressaisis-toi et fais en sorte qu'elle te remarque ! Pas besoin d'avoir des bras de molosse pour sortir avec une fille. Je peux te dire que ma Jane, alors que je la désirais comme un fou, ne me trouvait pas plus attirant que ça. Mais j'ai fait en sorte d'être le seul qui s'imprime dans son regard, et j'ai vécu les plus belles années de ma vie à ses côtés, car elle m'aimait autant que je l'aimais.

Je m'inquiète d'entendre papa parler ainsi de sa relation avec maman. Un rien pourrait tout faire dérailler et le replonger dans une tristesse sans fin. Cependant, je m'aperçois qu'il n'en est rien. Il semble serein et, malgré une légère mélancolie qui marque son regard, il reste fort dans ses propos pour remonter le moral de mon ami.

– Eh bien ! Vous avez sans doute raison, monsieur de Monderlay !

– Dis donc, Bradley, tu ne crois pas qu'il serait temps que tu m'appelles par mon prénom ?

– C'est que…

– Il n'y a pas à redire ! C'est Charles, un point c'est tout !

– OK, Charles ! rétorque Bradley avec un sourire.

– Bon, maintenant que l'on a résolu quelques-uns de tes soucis, veux-tu bien déjeuner avec nous ? demande papa.

– C'est très gentil, monsieur de Monder… Charles, se reprend Bradley, mais je préfère rentrer et mettre de l'ordre dans mes papiers, faute d'en mettre dans mon cœur pour l'instant. De toute façon, je crois bien qu'Abigail a réglé ce problème toute seule… Enfin, je retiens la leçon, se reprend-il de nouveau, et je vais voir ce que je peux faire. Mais pour l'instant, il vaut mieux que je rentre. Bon déjeuner ! nous souhaite-t-il avec un sourire contrit.

Je le regarde quitter ma boutique, les épaules affaissées. Je suis vraiment triste pour lui, mais en même temps, lorsque je vois mon père repartir vers ses petites affaires, une joie me surprend le cœur. C'est étonnant ces émotions contradictoires qui m'assaillent. Je me mets alors à penser à la belle Tess et j'espère vraiment qu'aucun homme ne fait partie de sa vie. À tout le moins, pas plus qu'un père ou un frère…

Chapitre 13

Tess

Je me suis réveillée très tôt ce matin, me demandant comment j'allais faire avec mes grand-tantes, arrivées chez moi beaucoup plus tôt que prévu. J'ai du mal à me dire qu'il faut que je les laisse seules sous le même toit. Je crains d'avoir une mauvaise surprise en rentrant du travail ce soir. Pourtant, il faut bien que j'aille travailler, sinon Isabelle aura une véritable occasion de me virer. Néanmoins, je passe un bref coup de fil à Abirami afin de lui dire que je ne viendrai au bureau que cet après-midi. Tout en raccrochant, je songe qu'il va me falloir jouer d'imagination pour que je puisse laisser mes grand-tantes toutes seules sans qu'elles s'étripent. Les minutes s'écoulent, jusqu'à se transformer en heures, et j'ai beau cogiter ainsi, allongée dans mon lit, rien ne me vient à l'esprit. Mes pensées s'emmêlent alors que j'aimerais ne penser en vérité qu'à un homme. Nicholas. Je reste indécise à son encontre. D'un côté, je suis certaine que c'est Isabelle qui lui a fait du rentre-dedans. D'un autre côté, je me dis que s'il nourrissait le moindre intérêt pour moi, il aurait dû se dégager d'elle afin de ne pas se laisser embrasser. Je cogite encore et encore avant de constater sur mon téléphone qu'il est déjà dix heures passées. Et moi qui pensais sortir plus tôt de mon lit ! À dire vrai, je pensais même le faire uniquement après avoir entendu mes grand-tantes se chamailler. Mais en fait, il n'en est rien. Aucun bruit ne s'est fait entendre chez moi depuis que je me suis couchée hier soir. Se seraient-elles déjà entretuées cette nuit ? Je chasse cette stupide pensée qui me fait toutefois pouffer de rire. Je me vêts rapidement d'une sortie de lit et descends du deuxième étage où se trouve ma chambre pour me rendre dans le salon.

Et dire que Noël n'est que dans dix-sept jours ! songé-je en dévalant les marches.

Arrivée dans le salon, j'ai la surprise de n'y voir personne. Ni chats ni grand-tantes. Ce qui m'étonne grandement.

– Tata Amélia ? Tata Imogen ? osé-je appeler d'une voix pas du tout assurée.

Mais aucune d'elles ne répond à mon appel. C'est alors que j'entends la porte d'entrée s'ouvrir avant de voir l'une de mes grand-tantes entrer. Celle-ci est vêtue d'un long manteau noir qui lui sied à merveille et d'une toque à la russe. Elle est vraiment très élégante. Je la vois retirer avec adresse ses gants en tirant sur chacun des bouts de ses doigts. Elle le fait délicatement plusieurs fois pour ne pas les déformer tel qu'elles me l'ont toutes deux enseigné dans ma jeunesse lorsque j'en portais moi aussi. Ce que je fais toujours même si, parfois, je tire un peu plus fort dessus, histoire de les retirer beaucoup plus rapidement. Mais mes grand-tantes ont toutes deux cette élégance d'antan tant dans leur façon de se vêtir que dans leur allure ou leur façon d'être. Même dans leurs chamailleries, elles conservent leur grâce naturelle.

Tout en tenant dans l'une de ses mains un petit sac blanc, elle empoigne sa paire de gant. Je l'admire silencieusement alors qu'elle se baisse pour attraper de son autre main Flokon. J'ai donc affaire à tata Amélia. Flokon miaule plusieurs fois comme pour lui faire savoir qu'il l'attend depuis un bon moment derrière la porte d'entrée.

– Mon bébé, j'ai quelque chose pour toi, murmure-t-elle en regardant son chat dans les yeux, lequel s'empresse de frotter sa petite truffe rose contre sa joue.

Je la regarde faire tout en pensant soudainement à mon petit chat roux que je n'ai pas revu depuis hier. J'espère que s'il n'est pas revenu miauler à ma porte, c'est seulement dû à l'arrivée de mes grand-tantes ou du moins à la présence de leurs chats et non pas parce qu'il lui est arrivé quelque chose de désastreux. Je préfère chasser aussitôt cette triste pensée en m'adressant à tata Amélia.

– Bonjour, ma tante !

– Bonjour, ma chérie ! Comment vas-tu ?

– Très bien et toi ?

– Fort bien, mon enfant.

– As-tu bien dormi ?

– Oui, comme un loir. Et toi, comment se fait-il que tu ne sois pas au travail ?

– J'ai préféré prendre ma matinée. Dis donc, tu es partie bien tôt, ce matin ? lui demandé-je en la voyant se défaire de son manteau avec autant d'élégance qu'elle en a eu pour ses gants.

– Oui, j'avais envie d'aller faire un tour pour visiter les lieux.

– As-tu vu quelque chose de beau ?

– Eh bien, je me suis d'abord rendue à l'église pour allumer deux cierges pour tes parents, comme je le fais souvent, ajoute-t-elle en m'étreignant les mains, puis, enchaîne-t-elle, j'ai effectivement vu un bel objet qui me plaît assez pour que je me l'offre un peu plus tard.

– Pourquoi attendre ?

– Parce que, ma chérie, rien ne sert de se précipiter. Si un objet est fait pour toi, tu l'auras, sinon il sera pour quelqu'un d'autre et c'est aussi bien.

– Tu veux dire que c'est l'objet qui te choisit et non toi ?

– C'est un peu cela, surtout lorsque l'objet en question a un prix plutôt élevé.

– C'était chez qui ? demandé-je en la débarrassant de ses affaires.

– Merci, ma chérie, rétorque-t-elle avant de poursuivre : C'était un étal d'objets anciens qui se situe au bout de Portobello Road.

– Je vois, c'est l'étal du vieil antiquaire, M. Brandson. Je comprends pourquoi tu as trouvé ton bonheur chez lui. Il n'y a pas un objet qui ne vaille pas le coup d'œil !

C'est alors que je surprends quelques rougeurs qui apparaissent violemment sur ses joues et je me demande bien pourquoi.

Tata et M. Brandson ? songé-je.

Il est beaucoup plus vieux qu'elle, mais pourquoi pas ? Mes réflexions m'emportent vers l'idée que si ma grand-tante n'a pas acquis l'objet en question, c'est peut-être pour mieux revoir M. Brandson. Je ressors de mes réflexions silencieuses tandis qu'elle semble encore plongée dans les siennes.

– Ça va, tata ?

– Oui, oui, bien évidemment, ma chérie ! Savais-tu qu'il y a une animalerie à trois encablures d'ici ?

– Oui, bien sûr ! réponds-je, inquiète qu'elle connaisse déjà l'endroit.

À mon avis, si elle ne me parle pas encore de Nicholas, j'aurai de la chance…

– Ah ! Vous êtes là ! s'exclame tata Imogen, nous interrompant dans notre échange, ce qui me soulage grandement.

– Tout va bien ? lui demandé-je.

– Oui, oui ! Enfin, oui et non, ma puce. J'ai pris des croquettes pour Amour, mais je pense que je n'en aurai pas assez pour tout notre séjour ici.

Dans ma tête, je n'ose imaginer ce qu'il va se passer si tata Imogen se rend également à l'animalerie. Pourquoi fallait-il que j'apprécie le vendeur de cet établissement ? Je n'ai pas le temps de m'apitoyer sur mon sort, car tata Imogen se chamaille de nouveau avec sa sœur.

– Oui, bien évidemment, toi, ma chère, tu n'oublies jamais rien !

– Non, ma chère, car je suis une personne fort prévoyante ! rétorque tata Amélia.

– Comme toujours, ta tante et ses nombreuses notes ! s'exclame tata Imogen en s'adressant à moi, tout en levant les yeux au ciel.

– Allons, mes tantes, il n'est même pas encore midi que vous vous disputez déjà !

– Tu as raison ! s'exclament-elles en chœur.

Je les regarde en soupirant. Impossible de les différencier, encore plus lorsqu'elles parlent d'une seule voix. Je les aime de tout mon cœur et j'aimerais qu'un jour prochain elles se portent autant d'amour l'une pour l'autre, car je ne sais toujours pas quel différend les a si tristement divisées dans leur jeunesse. Plus d'une fois, j'ai eu envie de leur poser la question, mais je crains trop de raviver plus encore leur colère. Peut-être ne connaîtrai-je jamais le sujet d'une telle discorde ?

– Bon, puisque notre petite-nièce estime que nous ne sommes pas raisonnables à nous disputer ainsi, je te propose, ma chère sœur, d'enterrer la hache de guerre pour le moment.

– Je suis d'accord, répond avec douceur tata Amélia.

Ce qui me fait espérer des jours meilleurs entre elles.

– Bon, je vais aller préparer à manger, puisque c'est toi qui t'es mise aux fourneaux hier soir, lâche avec un timbre de voix posé ma grand-tante Imogen.

Je reste surprise que tata Amélia acquiesce à sa requête. Mais quinze minutes plus tard, lorsque je les surprends dans une vive discussion sur la façon dont on fait revenir une crème dans une casserole, je me dis que rien n'est gagné !

Je décide de les laisser dans leur brouillerie et m'installe dans mon petit canapé, mon ordinateur portable sur les genoux. Je l'allume afin de voir ce qu'il s'est passé cette matinée au bureau, espérant qu'Isabelle n'ait pas déjà d'autres demandes plus folles que celles qu'elle m'a déjà faites.

– Bon sang ! m'écrié-je en constatant que c'est déjà le cas.

– Que se passe-t-il ? me demandent mes grand-tantes, toujours d'une seule voix.

– Rien de grave, mes tantes ! Ce n'est qu'un courriel de ma chef Isabelle qui me demande encore une chose farfelue. Ne vous inquiétez pas.

Mes grand-tantes retournent à leurs fourneaux et surtout à leurs chamailleries, tandis que je relis pour la seconde fois la demande d'Isabelle.

Tess,

Chandra m'a dit que vous aviez une urgence ce matin, mais je vous conseille d'être là cet après-midi. Je veux que vous rédigiez un contrat de prêts d'animaux entre Nicholas de Monderlay, notre journal et Max Tobler. Je veux que vous le lui fassiez signer demain au plus tard, bien qu'aujourd'hui soit préférable. J'attends une proposition de contrat de votre part d'ici deux heures.

Isabelle

Comme toujours, aucune politesse ne transpire dans ce courriel. Je suis même surprise qu'elle utilise mon prénom, puisqu'elle n'arrive toujours pas à le faire avec Abirami, qu'elle appelle toujours par le début de son nom de famille ! Ce qui ne sera plus le cas lorsque Abirami prendra le nom de son mari ! Quoique rien ne soit moins sûr avec Isabelle !

Je finis de prendre mon déjeuner avec mes grand-tantes, surprise de ne pas les entendre se disputer à table comme elles seules ont le don de le faire. Il faut dire que depuis son retour, tata Amélia semble ailleurs. Elle a constamment les joues roses. Je reste persuadée que c'est sa rencontre avec M. Brandson. Elle propose même à sa sœur de prendre des croquettes de Flokon, car elle en a apporté assez pour deux chats. Tata Imogen accepte avec bienveillance. Je suis donc fortement rassurée en les délaissant toutes les deux pour me rendre à mon travail.

Aussitôt derrière mon bureau, je regarde les points nécessaires à mettre au contrat qu'Isabelle a exigé de recevoir au plus tôt, avant de m'adresser au service juridique externe que nous utilisons fréquemment pour la rédaction de ce genre de documents et pour d'autres dossiers. Il faut dire que, parfois, certains de mes collègues se lâchent dans l'écriture de portraits. Il arrive donc souvent que nous soyons poursuivis pour publications mensongères ou informations sorties de leur contexte. Mais Isabelle réussit toujours à s'en sortir. Je ne sais pas comment elle agit véritablement, mais ce que je sais, c'est qu'elle a un carnet d'adresses avec de beaux noms.

– Est-ce que tu crois que tu auras un peu de temps pour m'aider à écrire un message que je lirai par téléphone à mes parents ? me demande aussitôt Abirami, soucieuse, en revenant de déjeuner.

– Qu'y a-t-il ?

– Ma mère m'a annoncé hier soir que mon père m'avait trouvé un époux. Il m'attend à Jaipur et il a le double de mon âge…, lâche-t-elle avec un sanglot dans la gorge.

Je me lève aussitôt de mon assise pour la prendre dans mes bras.

– Et que dit Ryan ? l'interrogé-je tout en lui caressant le dos.

– Il dit qu'il ne me laissera jamais me marier avec un autre homme que lui !

– Bon, eh bien, c'est un bon début ! dis-je avec un sourire forcé, en me détachant d'elle. Ne t'inquiète pas, je vais te tourner une lettre dont tes parents n'en reviendront pas !

– Oui, mais s'ils décident de s'opposer à mon mariage, que vais-je faire ?

– Il faudrait déjà qu'ils reviennent d'Inde pour te l'interdire et je ne crois pas que ce soit à l'ordre du jour, à moins qu'il n'y ait du changement dans ce que tu m'avais dit.

– Non, tu as raison, il n'est pas prévu qu'ils viennent en Angleterre. Mais j'ai si peur…

Je comprends Abirami à mille pour cent. Devoir épouser un homme que l'on ne connaît pas, alors que l'on a déjà le cœur pris par un autre, ce doit être affreux à vivre. Je regarde l'heure et je me dis que je n'aurai jamais le temps de faire signer le contrat à Nicholas, ou alors, je n'aurai pas de temps pour Abirami. Je décide de modifier mes règles de vie et propose à Abirami de venir chez moi ce soir pour que je l'aide à rédiger sa lettre.

– Tu es adorable, comme toujours ! s'exclame-t-elle le regard de nouveau heureux.

– Oui, je sais, je sais, dis-je avec un petit air hautain.

– À quelle heure veux-tu que je vienne ?

– Disons… Oh, zut ! J'avais oublié mes grand-tantes !

– Et alors ? Cela ne me dérange pas de les rencontrer.

– Oh, ce n'est pas tant toi qui me fais du souci. Ce sont plutôt elles qui se chamaillent tout le temps.

– Si cela te dérange, on peut repousser à plus tard, s'exprime-t-elle en déglutissant, le regard de nouveau triste.

Je reste silencieuse quelques secondes, le temps de me dire que mes grand-tantes n'aiment pas être dérangées dans leur petit train-train, mais après tout, il est temps pour elles aussi d'opérer quelques modifications les concernant.

– Non ! Viens pour huit heures ! Tu dîneras avec nous trois, ajouté-je en espérant que je ne commets pas d'impair.

Chapitre 14

Nicholas

Mon déjeuner avec papa s'est plutôt bien déroulé. Il me semblait plus ouvert, plus attentionné à ce qui l'entoure. Ce que j'ai apprécié et trouvé plutôt agréable. Il s'est même mis en tête de repeindre l'arrière-boutique au printemps prochain ! Il est vrai que depuis le temps que je veux le faire, je ne me suis jamais accordé quelques jours pour y procéder. Il m'a aussi questionné au niveau pécuniaire. Il ne veut pas que je sois dans le rouge et il a eu la bonne nouvelle d'apprendre que ce n'est pas le cas. Je tiens mes comptes au centime près, sauf lorsque je fais quelques remises à certaines clientes comme Mme Coughlin, et je m'endette uniquement à hauteur de ce que je peux rembourser. De fait, mes comptes sont la plupart du temp à l'équilibre. Papa était ravi et fier que je m'en sorte sans son aide, depuis qu'il m'a pris l'idée d'ouvrir cette animalerie. C'est la première fois que je sors d'un repas avec lui sans qu'il ait le regard larmoyant et cela me fait du bien. Je ne sais pas si c'est dû à sa rencontre avec la charmante cliente de ce matin, mais quoi qu'il arrive, j'ai le cœur heureux pour lui.

– Fiston, veux-tu que j'aille coller les affichettes pour ton chat roux un peu partout dans les rues alentour ?

– Oh, ce serait super, mais je ne peux pas venir avec toi. On m'a réservé très tôt ce matin le petit beagle et le client doit venir le chercher en début d'après-midi.

– Ne t'inquiète pas ! Je peux faire ça tout seul ! ajoute-t-il en mettant son manteau et ses gants.

– L'enveloppe est sur le comptoir. Je ne l'ai pas encore ouverte, mais tu peux prendre la quantité que tu souhaites dedans. Il semble que Cassandra a eu la main lourde sur le nombre d'exemplaires...

– Parfait ! dit-il en se dirigeant en premier lieu vers les box des animaux. Hum... Tu me manqueras, toi ! dit-il en attrapant le petit beagle, pour lui coller son nez dans le cou.

Le chiot se met aussitôt à japper et à lui lécher le visage. Mon père l'embrasse encore une fois avec un sourire, puis le remet avec les autres chiots. Tout en arrangeant un rayon, je le regarde se diriger vers le comptoir. Il en revient avec un bon paquet de feuilles et un rouleau de scotch.

– Je vais faire les premières rues et lorsque j'en aurai marre ou que le froid deviendra trop piquant, je reviendrai, lâche-t-il avec un large sourire qui m'en donne un également.

On se tombe dans les bras dans une accolade, comme chaque fois que nous nous séparons. Et pendant qu'il se dirige vers la sortie, je m'en retourne pour aller voir mes petites bêtes à poil. Même si je reste content que mon petit beagle ait trouvé un nouveau foyer, j'ai toujours un petit pincement au cœur chaque fois que l'un d'eux me quitte.

– Tu as oublié quelque chose ? lui demandé-je en entendant se rouvrir la porte après que la clochette a cessé de tinter.

– Euh... C'est Tess..., entends-je.

– Oh, pardon, je croyais que c'était mon père qui revenait, rétorqué-je en me dirigeant d'un pas rapide vers elle.

– Oui, je viens de le croiser, dit-elle avec un sourire qui me transperce littéralement le cœur.

Elle est toujours d'une beauté à couper le souffle. Je croise son regard et m'empêche de fixer sa bouche. Je sais que c'est impoli, mais… pfiou ! Elle me donne des frissons à n'en plus finir. Je me ressaisis tant bien que mal, tandis que je vois ses joues se parer d'un beau rouge. Elle s'empourpre plus encore en me disant qu'elle a besoin de me parler.

– Pouvons-nous nous installer quelque part ?

Sa voix est pleine d'émotion et je me frotte l'arrière de la tête comme un gamin pris en flagrant délit de je ne sais quoi, avant de lui proposer de venir jusqu'au fond du magasin où se trouve une petite table ronde en fer forgé et en mosaïque turquoise. Durant le temps que nous mettons à traverser le magasin, tout un tas d'idées me submergent.

Pourquoi vouloir me parler ? Et de quoi ? De qui ?

Je reste donc très surpris lorsqu'elle me tend une chemise de couleur rouge dans laquelle se trouvent plusieurs feuilles agrafées.

– Qu'est-ce que c'est ?

– Un contrat.

– Un contrat ?

Je me pose mille et une questions sur le pourquoi de ce contrat. Je songe aussitôt à ce film détestable, *50 Nuances de Grey*, que Bradley m'avait persuadé d'aller voir au cinéma avec lui, en me disant qu'il y aurait plein de filles célibataires dans la salle. Loin de moi l'idée d'être une chochotte, mais ce film m'a fortement marqué, surtout en repensant à la scène où Christian Grey propose un contrat à Anastasia Steele. Mais je doute qu'avec Tess, il soit question de ce genre de contrat. À tout le moins, cela me dérangerait un peu. Lorsque je commence à lire le contenu, je me sens soulagé, mais pas totalement. Un mal-être m'envahit en sachant que ma réponse ne pourra pas la satisfaire. J'espère au tréfonds de moi-même qu'elle ne m'en tiendra pas rigueur.

– J'apprécie votre offre, mais je ne peux pas l'accepter. Mes chiots sont des petits êtres fragiles et je ne peux pas vous les louer quotidiennement ou à volonté comme on loue du matériel.

– Je comprends et je pense comme vous. Mais ma chef insistait pour que je vous propose ce contrat.

Au fond de moi, je suis heureux de savoir qu'elle me comprend et que ce contrat ne vient pas d'elle.

– Je vais retourner au bureau et j'espère qu'elle ne va pas encore me virer.

Je me relève de la chaise sur laquelle j'avais pris place en face d'elle et lui prends instinctivement les mains dans les miennes.

– Je ne le peux pas, vous comprenez, j'espère.

– Ne vous inquiétez pas, répond-elle en m'étreignant à son tour les mains. Je dirai que son contrat n'a pas de sens et que ces petits animaux ne sont pas des objets. Je suis déjà assez gênée d'avoir dû vous présenter ce contrat. Ce n'étaient pas les termes que j'avais souhaités, mais comme d'habitude, Isabelle veut et Isabelle a…

– Eh bien, pas cette fois…

Je me rends compte que durant notre échange, je me suis rapproché d'elle et que mes mains enveloppent toujours les siennes.

– Est-ce que vous accepteriez de boire un verre avec moi ? Ou manger ! ajouté-je aussi rapidement que possible.

– J'accepte volontiers d'aller boire un verre avec vous, mais je dois ensuite retourner au travail.

Cette réponse me fait l'effet d'un coup de foudre au cœur. Je reste muet, un sourire niais jusqu'aux oreilles, mes mains serrant toujours les siennes, tandis que nos regards se verrouillent. Nous restons silencieux avec dans ma tête des idées déraisonnables comme l'embrasser, l'enlacer ou lui murmurer des mots doux à l'oreille. J'espère follement qu'il en est de même pour elle.

– Nous y allons ? me demande-t-elle soudain avec un sourire timide, devant mon silence.

J'ai bien envie de lui répondre que j'irais avec elle au bout du monde, mais je sens que ce n'est pas encore le bon moment pour ce genre de déclaration. Nous avons déjà franchi un cap en nous tenant pour la seconde fois les mains. Je ne sais pas si cela veut dire grand-chose pour elle bien que je ne pense pas qu'elle soit le genre de fille à faire de l'œil à tout homme qui se présente à elle. Mais j'espère en secret que cela compte pour notre futur, enfin si la Providence n'a pas pour elle des desseins différents des miens...

Je m'apprête à prendre mon manteau quand soudain, la clochette de la porte d'entrée retentit.

Je suis embarrassé en voyant un homme venir à nous. Je le reconnais et j'ai complètement oublié que j'avais plus ou moins rendez-vous avec lui cet après-midi. Tess m'a fait perdre toute raison et je m'en veux de ce que je m'apprête à lui dire.

– Je viens pour le petit beagle ! m'informe le client.

– Je m'en doutais, lui réponds-je avant de me tourner vers Tess, le regard contrit. Tess. Je suis navré. J'ai complètement oublié ce rendez-vous. Est-ce que vous pouvez patienter un peu plus de trente minutes ou bien vous préférez remettre ça un autre jour ou un soir ?

– Je vais être obligée de retourner au bureau tôt ou tard. On peut remettre ça, en effet. Je repasserai, précise-t-elle avec un joli sourire qui me donne quelques tensions agréables dans le corps.

Elle s'en retourne à son bureau, tandis que mon nouveau client patiente devant les box des chiots. Je suis content qu'il ait eu la politesse de nous laisser quelques minutes pour nous expliquer. Je finis par le rejoindre, tout en regardant Tess sortir de ma boutique. Je me dis que je n'ai vraiment pas de chance !

Trente minutes plus tard, mon petit beagle a quitté les lieux avec son nouveau propriétaire, dont l'attitude m'a rassuré. Cette adoption était réfléchie et cela faisait déjà plusieurs fois qu'il venait me questionner sur ce qui change dans la vie lorsque l'on adopte un petit animal de compagnie. Je sais même qu'il a déménagé pour prendre un jardinet et ça, je l'ai fortement apprécié. De fait, il est reparti les mains pleines d'objets : un panier en osier avec son intérieur moelleux, un duo de gamelles pour le repas et l'eau, un manteau pour la pluie, un autre pour le froid, ainsi que de nombreux jouets, os, gourmandises et mini-croquettes pour son petit Spike. Il m'avait paru évident sur l'instant de lui offrir la laisse et le collier, mais j'ai fini par y ajouter de nombreuses autres choses, tant cela m'a fait plaisir de voir cet homme prendre soin de ce petit beagle.

– Me revoilà ! s'exclame mon père en rentrant dans le magasin. Bon, je n'ai pas pu toutes les coller, mais j'y retournerai dès demain, si tu le veux bien.

– C'est super ! Merci, papa !

Alors que je pensais avoir le temps de poursuivre notre discussion tout en parlant à mon père du départ du petit beagle, puis du contrat que m'a proposé Tess, une nouvelle cliente se présente dans le magasin.

– C'est bon, je m'en occupe ! m'annonce papa en reconnaissant les traits de la cliente venue ce matin.

Je le laisse gérer ce petit coup de cœur et tends l'oreille discrètement depuis mon comptoir.

– Chère madame, c'est un plaisir de vous…

– Bonjour, cher monsieur ! l'entends-je répondre à papa assez sèchement.

Ce qui me surprend autant que lui.

– Que puis-je pour vous, chère madame ? demande-t-il un peu refroidi, même s'il reste courtois.

– Je voudrais offrir un cadeau à mon chat, mais je ne sais pas quoi choisir…

– Quel âge a-t-il ? demande papa, tandis que la cliente le regarde à peine.

Pourtant, ce matin, elle n'avait d'yeux que pour lui.

– Il n'a pas deux ans. C'est un joueur, il aime les pelotes de laine et les bouchons de liège.

– Oh, je vois..., lâche papa d'un timbre de voix moins enjoué, même s'il la sert comme il le faut. Si vous voulez bien, chère madame, ajoute-t-il avec un signe de la main, avant de la précéder.

Je ne l'entends plus de là où je suis, mais je sens que l'ambiance est moins agréable que ce matin. Je me dis que cette femme a peut-être eu une mauvaise journée.

Lorsqu'ils s'en reviennent tous les deux vers le comptoir, le visage de papa est fermé tandis que la femme semble cloîtrée dans ses pensées.

Je la fais régler ses achats, quittant néanmoins l'animalerie avec grande politesse.

– Eh bien ça, dis donc, on ne me l'avait jamais encore fait !

– Raconte ! demandé-je à papa.

– Elle est froide comme une porte de prison, même si sa politesse est totalement présente. J'en suis tout... tout... enfin... je ne sais pas, c'est étrange comme sensation... Elle était si douce et si agréable ce matin...

Je veux bien le croire. Leur relation semblait si harmonieuse ce matin... Pauvre papa !

Chapitre 15

Tess

– Tess, Tess, Tess…, lâche Isabelle sur le ton de la désolation lorsque je me présente à son bureau.

Je déteste toujours autant lorsqu'elle use de ce timbre de voix avec moi. J'ai l'impression d'être une gamine de dix ans en plein échec scolaire, alors que l'on m'a confié la simple tâche de remplir un verre d'eau. Sauf que ce contrat à faire signer par Nicholas est loin d'être aussi simple que cette petite besogne. D'autant plus que moi-même, je ne signerais jamais un tel engagement.

– Oui, Isabelle, dis-je néanmoins, même si je n'en mène pas large parce que je sais qu'elle a reçu mon texto l'informant que Nicholas a refusé de signer le contrat.

– Tess, quel mot n'avez-vous pas compris dans « Je veux que ce contrat soit signé par Nicholas de Monderlay » ?

– Je… Je…, bégayé-je pratiquement sans pouvoir sortir une phrase complète tellement elle me terrorise avec ses petits yeux noirs.

– Ce n'était pas une question, Tess, mais une demande de résultat ! Faut-il que je m'y rende en personne ?

Dans ma tête j'aurais tendance à dire *oui* avant de me reprendre mentalement, car si Isabelle se retrouve seule avec Nicholas, je crains qu'il ne se passe des choses entre eux qui me déplaisent fortement.

– Isabelle, vous m'aviez donné jusqu'à demain pour le lui faire signer, me défends-je.

– Absolument pas ! me rétorque-t-elle vivement comme si je mentais.

Pourtant, je reste certaine que si elle m'avait dit au mieux aujourd'hui, elle m'avait laissé la possibilité de demain au plus tard. Mais je n'ai pas le temps de la contrer ou de me défendre plus encore.

– C'est tout ! Je vais me débrouiller toute seule, dit-elle en me faisant signe de sa main droite de partir, alors qu'elle a déjà replongé le nez sur l'écran de son ordinateur.

Je me sens encore une fois humiliée par sa façon d'agir. Je retourne à mon bureau d'un pas lent, le cœur serré, en me disant qu'avec Nicholas, j'aurais pu vivre quelque chose de formidable, j'en suis certaine. Mais mon échec va être doublement cuisant. Isabelle arrive toujours à ses fins et si elle a jeté son dévolu sur Nicholas, je n'ai plus aucune chance. Je m'installe derrière ma table de bureau et mon poste téléphonique sonne avant même que je ne touche ma souris.

C'est du harcèlement ! songé-je en voyant le numéro d'Isabelle s'afficher.

Je patiente encore deux sonneries avant de décrocher.

– Tess !

– Oui, Isabelle, dis-je, blasée.

– Envoyez-moi le premier contrat, celui que vous aviez rédigé !

– Je vous l'envoie tout de…

Je n'ai même pas le temps de terminer ma phrase qu'Isabelle m'a déjà raccroché au nez. Je souffle en recherchant dans mes dossiers ledit document. Je le lui fais suivre avant de m'enfoncer plus encore dans mon fauteuil. À peine deux minutes plus tard, j'entends Isabelle s'égosiller en m'appelant de son bureau. Je souffle, rumine, m'énerve mentalement avant de me présenter de nouveau devant elle.

– Oui, Isabelle, que puis-je pour vous ? dis-je avec un sourire forcé.

Ce qui en réalité me fatigue de plus en plus.

– Retournez chez Nicholas de Monderlay avec le contrat que je viens de vous envoyer !

– Maintenant ?

– Oui, maintenant !

– Non ! Il est trop tard ! m'offusqué-je. Et puis, il a certainement déjà dû fermer sa boutique ! répliqué-je, car je ne veux pas lui donner raison même si j'ai envie de revoir Nicholas.

Isabelle regarde sa montre dont le cadran est monté de diamants roses, avant de pincer la bouche comme pour se convaincre que j'ai peut-être raison.

– Soit ! Mais je veux ce contrat signé avant demain midi !

– OK, j'irai directement demain matin avant de venir ici et…

– Certainement pas ! Je veux mon *latte* avant de commencer ma journée. Vous y avez déjà failli par deux fois, ne me faites pas regretter de vous avoir réembauchée ! crache-t-elle presque en se relevant de sa chaise. Allez ! pst, pst, pst ! lâche-t-elle, comme si j'étais un petit animal à mettre en fuite.

Je repars à mon poste en me disant que là, j'ai presque touché le fond !

J'imprime de nouveau les contrats qu'elle vient de me faire suivre et, à ma grande surprise, enfin, pas plus que d'habitude, je me rends compte qu'elle n'a même pas changé une virgule dans celui que je lui avais envoyé.

– Ouep ! Je confirme, j'ai touché le fond ! dis-je en moi-même.

– T'inquiète, ma Tess ! lâche Mark en passant une tête par-dessus sa cloison. Un jour elle vieillira et elle se retrouvera toute seule avec sa méchanceté !

Avec un petit sourire, je me déplace jusqu'à lui. Cet homme aux allures féminines est tellement rassurant que je me penche légèrement vers lui pour déposer un baiser sur son front.

– Toi, tu es le meilleur, lui dis-je avec un large sourire qui lui fait élargir le sien.

– Ah, si j'aimais les femmes, nul doute que je t'aurais déjà épousée !

– Et j'aurais dit oui ! rétorqué-je avec un rire dans la gorge, en retournant à mon poste.

Je regarde l'heure et je me dis qu'il est temps de rentrer chez moi. C'est alors que je me souviens que j'ai invité Abirami à dîner et que je lui ai promis de lui écrire un message à destination de ses parents.

Eh bien, je ne suis pas couchée !

Une vingtaine de minutes plus tard, j'arrive devant mon perron. J'ai alors une belle surprise.

– Ah, mais te revoilà, *le chat* ! dis-je avec joie. Tu étais où petit coquin qui m'a fait faire du souci ? ajouté-je en lui donnant une longue caresse sur son beau pelage roux. Tu dois avoir faim si tu es ici.

Mais au moment d'ouvrir la porte, je me demande si c'est bien judicieux de le laisser entrer avec les chats de mes grand-tantes. Réflexion faite, je décide que oui…

– Allez viens, *le chat* !

Celui-ci me devance, entrant comme à son habitude dès que j'entrouvre la porte. Puis il grimpe sans m'attendre les escaliers intérieurs pour se rendre tout près de mon réfrigérateur. J'ai tout juste le temps de retirer mon manteau et de gravir les marches que quelqu'un sonne à la porte d'entrée. J'exécute un demi-tour sur la pointe de mon pied droit, tel que le ferait une danseuse aguerrie. Je prends toutefois la peine de me tenir à la rambarde, ce serait tout de même stupide de chuter bêtement. Pendant que je m'exécute dans cette figure d'un art douteux, je songe que je n'ai pas eu le temps de prévenir mes grand-tantes à propos du petit chat roux. J'espère alors qu'il ne va rien se passer de fâcheux durant les trois prochaines minutes.

– Abi !

– Tess !

– Rentre, je t'en prie.

Abirami pénètre chez moi avec un large sourire qui dévoile toutes ses belles dents blanches qui tranchent sur sa peau foncée.

– C'est superbe chez toi ! Et cette façade rose est juste tout ce que j'aime ! Sais-tu que la ville de Jaipur où je suis née est connue sous son charmant surnom de *ville rose* et que cette couleur est traditionnellement celle de la bienvenue ?

– Oui, j'en ai déjà entendu parler. Alors, bienvenue chez moi, Abi ! m'exclamé-je avec un large sourire.

– Le jour où tu pars d'ici, Tess, tu me le dis et je te rachète cette maison !

– Ah, eh bien, il va te falloir être patiente, car ce n'est pas demain que cela risque de se produire ! J'aime trop vivre ici ! dis-je en riant avec elle.

Je la débarrasse de ses vêtements et nous commençons à escalader les marches. C'est alors que j'entends Flokon et Amour faire connaissance avec *le chat*…

– Flokon, non ! s'exclame tata Amélia en essayant de récupérer son chat qui fait le dos rond devant le petit roux.

– Amour, viens ici, mon ange ! s'exclame à son tour sa sœur en attrapant son chat entre les bras.

– Mais à qui donc est ce chat ? demande tata Amélia.

– Viens ici, *le chat* ! articulé-je en tentant d'attraper mon petit invité-surprise.

Mais il se sauve et se dirige tout droit vers la seule fenêtre entrebâillée. Il se glisse aussitôt à l'extérieur et disparaît des horizons. Je ne suis pas inquiète, car les chats ont l'habitude de se balader sur les toits à Notting Hill. J'espère néanmoins qu'il reviendra me rendre visite. Une fois le calme revenu dans mon intérieur, je peux enfin lancer les présentations.

– Mes tantes, je vous présente ma collègue Abirami. Abirami, je te présente mes grand-tantes, tata Amélia et tata Imogen !

– Quel délicieux prénom, mademoiselle, je suis enchantée de faire votre connaissance ! déclare tata Imogen en lui étreignant les mains.

– Je crois que ma chère sœur a tout dit, mademoiselle ! rétorque tata Amélia, et une telle magnanimité à son égard surprend grandement sa sœur. Effectivement, c'est un prénom délicieux, ajoute-t-elle en serrant la main d'Abi après sa sœur.

Je vois Abirami rougir timidement en recevant autant d'attentions de mes grand-tantes. Et moi qui restais inquiète d'avoir invité une personne étrangère à la famille, je m'aperçois finalement que cela ne les dérange nullement. Elles semblent même admiratives de l'anneau en or accroché à la narine d'Abirami ainsi que du point rouge dessiné sur son front. Quant à celle-ci, elle est surprise de se retrouver face à deux femmes si identiques qu'elle en fait la remarque à voix haute. Je m'attends à tout moment à ce que mes grand-tantes réfutent cette ressemblance, mais en fin de compte, elles se mettent à sourire en se jetant toutefois un coup d'œil.

– Certes ! Après tout, nous sommes jumelles ! Mais que cela vous rassure, ma chère Abirami, il n'y a que cela qui nous unisse ! s'exclame tata Imogen.

Je m'attends de nouveau à quelques réponses cinglantes de tata Amélia. Mais elle n'en fait rien et continue de sourire. Ce qui me surprend grandement, et plus encore tata Imogen.

– Eh bien ! Tu ne dis rien à cela ? s'effare-t-elle.

– Non, parce que tu as tout à fait raison, ma chère sœur.

– Ma chère Amélia. Ai-je bien entendu ? Me donnerais-tu raison ? Totalement ? s'étonne-t-elle en plaçant ses mains sur ses hanches rondes.

– Oui, ma chère sœur, totalement ! Tu as bien entendu, je te donne mille fois raison ! rétorque-t-elle en plantant également ses mains sur ses hanches, qui sont aussi rondes que celles de sa sœur.

Avec Abirami, nous les admirons dans leur petit face-à-face combatif ou bienséant, tout dépend de ce qu'il se passe réellement dans leurs têtes. Avec le même sourire plaqué sur nos visages, nous restons néanmoins figées comme si nous étions devant le dénouement d'une scène de théâtre.

– J'ai l'impression de voir un reflet dans un miroir, lâche lentement Abirami.

– Je te l'accorde. Si elles avaient voulu le faire exprès, je me demande bien ce que cela aurait donné, lâché-je, admirative. Elles sont le reflet l'une de l'autre à la perfection, ajouté-je sans bouger.

– Je te remercie, ma chérie ! La perfection me sied tout à fait, confesse tata Amélia en se détournant de sa sœur.

– Pour tout te dire, ma chère sœur, je crois qu'elle parlait surtout du reflet !

– Certes ! Mais duquel ? Le mien, c'est évident ! réplique tata Amélia avec un large sourire et un clin d'œil pour moi et Abirami.

– Tu ne cesseras donc jamais de…

– Je plaisantais ! Je plaisantais, ma chère sœur !

Ma grand-tante Imogen se retrouve sans voix devant cette galéjade.

– Ma chère Imogen, nous avons promis à Tess d'enterrer la hache de guerre, alors, tenons-le-nous pour dit !

– Certes ! Tu as raison, ma chère sœur, tu as bien raison ! prononce tata Imogen avec un sourire timide, certainement trop confuse par le changement d'humeur de sa sœur.

Je peux dire que l'ouragan de catégorie 5 vient de repasser en catégorie 2. Mais bon, elles sont comme le lait sur le feu, il faut s'attendre à tout moment à ce qu'un débordement ressurgisse…

Quelques minutes plus tard, nous prenons un verre avec des petits fours salés que ma grand-tante Amélia a cuisinés. Je regarde tour à tour Abirami bavarder avec l'une, puis avec l'autre. J'ai l'impression d'assister à un ballet artistique. Aucune de mes grand-tantes ne se coupe la parole, ce qui me surprend agréablement, tandis qu'elles répondent avec bienveillance aux questions qu'Abirami leur pose.

Je crois bien que nous sommes repassées en catégorie 1 !

– Tess, tu ne m'avais pas dit que tes grand-tantes étaient des écrivaines chevronnées !

– Eh bien, pour moi, elles l'ont toujours été ! D'ailleurs, si tu veux lire leurs nombreux romans publiés, je les ai tous ici ! déclaré-je en montrant du doigt de nombreuses étagères en bois cérusé qui habillent l'un des murs de mon salon.

– Tous ces titres sont de vous ?

– Presque ! Mais rien de surprenant lorsque l'on sait que nous écrivons depuis notre plus jeune âge ! révèle tata Amélia avec modestie.

– Et que nous ne sommes pas aussi jeunes que nous le paraissons ! ajoute à sa suite tata Imogen, avant de laisser échapper de sa jolie bouche un petit rire agréable.

Ce qui entraîne sa sœur à rire à l'identique. Cela me réchauffe le cœur. Du plus loin que je me souvienne, il n'y avait jamais eu une telle unité entre elles. Je continue à les admirer en silence, tout en regardant ma collègue les questionner tour à tour.

– Je reste impressionnée tout de même ! déclare Abirami. Dans quels genres écrivez-vous ? Et combien de temps vous faut-il pour écrire une histoire ? demande-t-elle fascinée, sans leur laisser le temps d'une réponse.

Je vois alors une rougeur s'imprimer sur les joues de mes grand-tantes avec une telle exactitude que cela me surprend cette fois encore. Je ne cesserai jamais d'être étonnée par ce lien gémellaire qui les unit. Je sais qu'elles restent humbles de leurs écrits, alors que pour les avoir lus, toutes ces histoires sont incroyablement prenantes, passionnantes ou poignantes, tout dépend de celle qui en est l'auteur. C'est certainement, d'ailleurs, le seul point sur lequel elles ne sont pas semblables. Voyant qu'elles hésitent à répondre, je prends la parole.

– Eh bien, Abi, vois-tu, ma grand-tante Amélia écrit des romans d'amour, tandis que ma grand-tante Imogen écrit des drames amoureux. Je ne me trompe pas ? demandé-je à mes grand-tantes, en les regardant l'une et l'autre.

– C'est tout à fait cela, ma chérie ! s'exclament-elles d'une seule voix.

Ce qui nous donne un fou rire avec Abirami, avant que mes grand-tantes ne nous accompagnent dans notre bonne humeur.

– Toi qui apprécies la lecture, Abi, tu as face à toi la réincarnation de la plume d'Ann Radcliffe et celle de Barbara Cartland ! certifié-je avec un large sourire de fierté.

– Deux de mes auteurs préférés ! émet Abi en frappant ses mains l'une dans l'autre, tant la joie étreint cette férue de lecture.

Si bien que je lui prête plusieurs ouvrages de mes grand-tantes, après qu'Abirami s'est relevée de mon canapé pour aller les feuilleter.

Nous passons donc une excellente soirée et après avoir englouti un délicieux repas, le dessert concocté par tata Imogen nous active les papilles. En fin de repas, nous prenons toutes une petite tisane.

– Abirami, si vous me permettez, j'aimerais connaître la signification de votre point sur le front ainsi que du diamant avec l'anneau que vous portez au nez. Enfin, si cela ne vous déplaît pas de nous le révéler, demande tata Amélia, qui retient cette curiosité depuis qu'Abirami a pénétré dans mon salon.

– Oh, il n'y a rien de secret ! nous confie ma collègue.

Bien que, pour ma part, je sache déjà ce que signifient ces symboles, puisqu'elle me les a expliqués dès notre première rencontre au bureau.

– Cet ornement de nez que l'on appelle le *Nath* dans mon pays qui est l'Inde et dont il arrive qu'il soit un anneau vraiment, mais vraiment volumineux, je vous assure, insiste-t-elle, eh bien, suivant les croyances, il est utilisé pour célébrer *Parvati*, la déesse du mariage, ou bien pour souligner également le niveau de richesse de la personne.

Je regarde mes grand-tantes boire les paroles d'Abirami, tandis que celle-ci continue ses explications.

– Quant à ce point que l'on appelle un *Bindi*, poursuit-elle en portant son doigt à son front, c'est une marque ancestrale en Inde. Il représente le troisième œil *Chakra*. Mais aujourd'hui, dans l'Inde moderne, les filles en sont devenues très friandes au point de les porter davantage comme des accessoires de mode. Tout comme moi avec cet anneau en or et ce véritable diamant que je me suis offerts avec mon premier salaire ! précise-t-elle avec un merveilleux sourire.

– Vous n'êtes donc pas mariée ? la questionne tata Imogen.

C'est alors que le visage d'Abirami change, comme si elle venait seulement de se souvenir que son mariage prévu avec Ryan, un Anglais, va fortement déplaire à son père, sauf si j'arrive à la sortir de là avec un message poignant et criant de vérité…

Chapitre 16

Nicholas

Hier soir, avec papa, nous avons célébré la mort de maman. Cela fait vingt-six ans qu'elle nous a quittés. Nous avons levé nos verres et bien que papa ait eu le cœur gros comme jamais, il n'a pas pleuré tant que cela. Alors qu'il pensait que je ne l'entendais pas, je l'ai entendu parler à maman dans la cuisine.

– Ma Jane, je pensais qu'en m'accrochant à ton souvenir, je nous tiendrais en vie tous les deux. Mais je sais que j'ai eu tort de le faire. Tu n'es plus là et je ne vis qu'à moitié. J'ai rencontré une femme qui ne te ressemble pas, mais je l'aime. Je vais tenter de lui ouvrir mon cœur et de gagner le sien. Je sais que tu comprendras qu'il faut que je te laisse partir. Repose en paix, mon amour…

Ses paroles étaient comme un baume qui le guérissait. Je me suis senti fier de lui, le cœur apaisé. Puis j'ai eu Bradley en ligne et il avait encore le cœur déchiré par la scène d'Abigail se lovant dans les bras d'un homme autre que lui. Je l'ai invité à dîner, mais comme il savait qu'avec papa nous commémorions la mort de maman, il a préféré ne pas venir et rester seul. Je ne sais que faire pour lui remonter le moral. C'est la première fois que je le vois aussi accroché à une femme. C'est vrai qu'elle est très jolie, mais je crois que son attirance est plus d'ordre mental. Ce qui est rarissime chez lui. J'espère toutefois qu'il s'en remettra vite.

Pendant le dîner, j'ai discuté avec papa à propos de tout réorganiser dans mes rayons et, surtout, débarrasser d'un palier les articles accrochés trop haut pour mes clientes de petite taille. Ce qu'elles sont la plupart du temps. Donc, ce matin, avant l'ouverture du magasin, nous avons prévu de nous y atteler.

– Papa, es-tu certain de ne pas être trop habillé pour effectuer ces travaux ? l'interrogé-je avec étonnement après qu'il eut retiré son manteau.

Je constate qu'il est vêtu d'une chemise blanche et d'un petit blazer bleu qui souligne son regard de la même couleur.

– Mais pas du tout, Nick !

– Tu es quand même vachement apprêté pour le job ! insisté-je avec un sourire mutin.

Je présume sans mal que cette tenue est destinée à une certaine cliente qui, certes, semble lunatique, mais lui plaît beaucoup. D'ailleurs, hier soir, il s'est fortement intéressé à la façon dont je classe les fiches clients. Je crois qu'il a l'espoir d'y retrouver celle de cette drôle de cliente, au cas où je me serais fourvoyé. C'est vrai qu'il est possible qu'elle soit venue tout au début de l'ouverture du magasin. Mais même si cela fait cinq ans maintenant, je reste certain que je m'en serais souvenu. Elle dégage une telle prestance que je n'aurais pu l'oublier. Cependant, je ne mets pas encore de photos sur mes fiches clients…

– Bon ! On commence, fiston, ou bien tu veux passer en revue toute ma tenue ! s'exclame papa en frappant ses mains pour me faire sortir de mes réflexions silencieuses.

– Tu as raison, on est partis !

Trois quarts d'heure plus tard, nous nous attaquons à la dernière partie du rayon.

– Papa, tu tiens bien le panneau, je peux la décrocher ? lui demandé-je en déboîtant une barre en acier soutenant de nombreux crochets trop hauts.

– C'est bon, fiston ! Tu peux la retirer !

Nous finissons par faire une pause, car il va être l'heure d'ouvrir la boutique. Papa me laisse me rendre en priorité dans la salle d'eau au fond de mon animalerie, pour me débarbouiller, avant de s'y rendre lui-même. Je me dirige ensuite vers la porte d'entrée pour la déverrouiller. C'est alors que je vois arriver derrière la vitrine la fameuse cliente lunatique de papa…

Je m'empresse de lui ouvrir la porte et je l'accueille avec bienséance, tandis qu'elle répond à ma politesse avec un large sourire. Je comprends pourquoi papa est tombé sous son charme. Même moi, il y a quelque chose qui m'attire en elle. Son sourire me rappelle celui de quelqu'un, mais je suis bien incapable de mettre un visage ou un nom dessus. Elle circule dans l'allée principale et je la regarde se déplacer avec nonchalance. Elle stoppe net en tombant nez à nez avec papa, qui se met à bredouiller en la saluant. J'essaie de glousser en silence devant son attitude qui m'évoque celle d'un adolescent. Je décide de les laisser à *leurs retrouvailles*, sans pouvoir m'empêcher d'écouter de loin leur conversation…

– Vous êtes revenue, chère madame ?

– Oui, je me suis rendu compte, cher monsieur, qu'il me manquait énormément de choses pour mon chat.

– Oh, alors, je suis tout à vous pour pallier ce manquement.

Je ne sais pas s'il y a un sous-entendu dans cette réponse, mais celle-ci semble fortement plaire à la dame, à en croire ce sourire qu'elle lui offre. Je continue moi-même de sourire tout en tendant l'oreille. Une chance pour moi, aucun client ne pointe le bout de son nez. Ce qui me laisse tranquille pour continuer à jouer les indiscrets…

Leur conversation se poursuit, tandis que mon père lui propose de nombreux articles. J'ai l'impression qu'elle est disposée à acheter tout ce qu'il lui montre. Au bout d'une heure de complaisance, elle quitte le magasin, tandis que mon père semble encore plongé dans son regard vert si intense.

– Ça va ? lui dis-je simplement.

– Bien sûr que ça va ! rétorque-t-il, tandis qu'il essaie de contenir un sourire. Pourquoi ça n'irait pas ?

– Tu l'aimes bien, j'ai l'impression...

– De qui parles-tu, fiston ?

Devant sa mauvaise foi évidente, je décide de ne rien ajouter, laissant toutefois échapper un petit rire moqueur. Je continue de rire en regagnant le rayon où je me trouvais avant le départ de cette cliente. C'est alors que je me retourne vers lui et le surprends en flagrant délit de sourire.

– C'est bien ce que je pensais !

– Dis donc, tu n'as pas un rayon à ranger, toi ? riposte-t-il à mes taquineries.

– Ce n'est pas faux ! m'exclamé-je en riant de plus belle.

Nous continuons de sourire et je constate avec une franche évidence que mon père est vraiment joyeux. Je prie pour que cette cliente soit sa sauveuse...

– Au fait ! Tu ne lui as toujours pas fait remplir de fiche ! dis-je avec une petite grimace, car je connais déjà la réponse.

– Oh, quel nigaud ! J'ai encore oublié !

– C'est sûr que tu ne peux pas penser à la charmer et à l'enregistrer en même temps ! m'esclaffé-je, tandis qu'il tente de protester.

Je le taquine encore un peu avant que nous ne débutions le réagencement d'un nouveau rayon. C'est alors que nous entendons la porte d'entrée s'ouvrir et la clochette tinter. Je me rends compte que le visage de papa se pare d'espoir. Je suis certain cette fois-ci qu'il a le béguin pour cette cliente et je n'ai plus qu'à laisser le temps faire son œuvre. Mais bien malencontreusement pour lui, il ne s'agit pas de sa cliente.

– Nick ! Nick ! m'interpelle Bradley à peine entré dans le magasin.

Il me cherche dans les rayons, tandis que je l'appelle de mon côté.

– Mais que faites-vous ? demande-t-il en constatant que nous avons les bras tendus vers le haut afin de supporter les étagères. Attendez, je vais vous aider !

Tout en nous donnant un coup de main, il se met à épiloguer sur Abigail.

– Je ne sais pas quoi faire ! Elle n'arrête pas de m'appeler au téléphone et elle s'est même rendue ce matin à l'hostellerie pour me voir !

– Et alors ? demandons en chœur papa et moi.

– Eh bien, je me suis sauvé par-derrière et me voilà !

– Tu es sérieux ? m'écrié-je.

– Que voulais-tu que je fasse ? Je ne peux pas tenir la comparaison face au type qui l'enlaçait !

– Que d'idioties ! riposte papa. Depuis quand un homme se sauve-t-il quand une femme lui court après !

Bradley se frotte aussitôt l'arrière de la tête, penaud de s'être fait réprimander de la sorte.

– Si tu veux mon avis, Bradley, tu n'es qu'un sot ! ajoute papa.

– Maintenant que vous le dites, monsieur de Monderlay, je…

– Charles ! s'exclame papa en fronçant quelque peu le regard.

– Oui, Charles, je me rends compte que vous avez raison.

– Et comment, j'ai raison ! riposte papa.

– OK, j'y retourne sur-le-champ ! s'exclame Bradley avec un sourire timide.

– Voilà qui est bien dit, fiston ! entonne papa avec un large sourire, tout en maintenant toujours une étagère.

– Je peux tout lâcher ? nous interroge Bradley.

– Tu sais, on tenait tout tout seuls avant que tu n'arrives…, sous-entends-je en riant.

– OK ! J'ai compris, je ne vous suis d'aucune utilité, alors autant partir tout de suite !

Il relâche ce qu'il maintenait fermement, avant de prendre la direction de la sortie. Mais il opère un demi-tour sur place afin de revenir sur ses pas.

– Au fait ! J'ai vu que tu avais collé des affiches en venant ici ! Est-ce que tu as eu des appels pour ton petit roux ? s'inquiète-t-il, chose qui ne m'étonne guère de sa part puisqu'il aime les animaux autant que moi.

– Non, rien de rien. Et c'est papa qui les a placardées un peu partout.

– Bon ! Eh bien, tenez-moi au courant ! déclare-t-il avant de repartir en coup de vent.

– On dirait bien qu'une mouche l'a piqué ! s'esclaffe papa.

Lorsque nous reprenons nos esprits, papa m'informe qu'il retournera cet après-midi coller de nouvelles affiches. Ce qui me donne un peu d'espoir pour retrouver mon petit chat égaré. Nous avons à peine quelques minutes de répit que la clochette de la porte d'entrée s'active de nouveau, nous annonçant l'arrivée d'un client... ou d'une cliente !

– Nicholas ! Nicholas !

Papa et moi nous regardons fixement durant trois longues secondes en entendant mon prénom prononcé ainsi par la voix d'une femme. Cette tonalité, je l'ai déjà entendue, mais je n'arrive pas à mettre un nom dessus. Ce dont je suis certain durant tout le temps que cette personne continue de m'interpeller, c'est qu'il ne s'agit aucunement de Tess. Je reconnaîtrais sa voix entre mille.

– Ah, Nicholas, tu es là ! Bonjour ! s'exclame Abigail en me retrouvant. Bonjour, monsieur de Monderlay ! ajoute-t-elle poliment, avec un sourire qui ne dévoile pas ses dents.

– Bonjour, Abigail ! rétorquons-nous tous les deux d'une seule voix.

– Allez-vous bien, ma chère enfant ? demande papa en voyant comme moi qu'elle a le regard légèrement courroucé.

– Oui, ou plutôt non. Je cherche Bradley. Savez-vous où je pourrais le trouver ? Je ne sais pas ce qu'il a, il ne répond pas à mes messages et j'ai l'impression qu'il me fuit pour une raison que j'ignore.

Avec mon père, nous nous jetons un bref regard qui surprend la belle Abigail.

– Vous, vous savez quelque chose… Vous voulez bien partager ? nous demande-t-elle, d'un ton presque suppliant.

– Vous n'avez donc pas croisé Bradley en arrivant ? demande promptement papa.

– Non, pourquoi ?

– Eh bien, parce qu'il vient tout juste de repartir d'ici, poursuit-il étonné. Je crois qu'il avait l'intention de retourner au Blueberry.

– Oui, c'est ce que j'ai cru comprendre aussi ! lancé-je.

– Ah ! OK ! Bon, eh bien, je vais y aller, alors ! À plus tard !

– Puis-je te poser une question, Abigail ? l'interromps-je soudainement dans son élan, alors qu'elle nous tourne le dos pour quitter les lieux.

Sur le moment, je ne sais pas vraiment pourquoi j'ose dire ça, avant de me rendre compte que je ne veux pas que Bradley souffre plus encore.

– Oui, bien sûr, Nicholas, répond-elle en se rapprochant de nous, car je n'ai pas élevé la voix.

– Est-ce que je dois m'inquiéter pour Bradley ? prononcé-je toujours d'une voix basse.

– Pourquoi dis-tu ça ?

– Parce que c'est mon meilleur ami et je crois qu'il tient à toi plus qu'il ne le devrait.

– Mais moi aussi je tiens à lui !

– En es-tu certaine ?

– Écoute, Nicholas, peux-tu être plus explicite ? Je ne comprends pas ce que tu veux essayer de me faire dire.

– Euh, c'est tout de même délicat...

Devant mon embarras, papa prend la parole.

– Ma chère enfant, ce que mon fils essaie de vous dire, c'est que vous ne pouvez pas courir deux lièvres à la fois, si vous me permettez cette familiarité...

– Vous sous-entendez que Bradley est un lièvre, c'est ça ?

– Entre autres..., prononce papa.

– Alors, qui est le second ? revendique-t-elle.

– Hum... Je dirais l'homme dans les bras duquel tu t'es retrouvée hier matin, finis-je par dire, ennuyé, car cela me gêne de m'immiscer ainsi dans sa vie privée.

– Hier matin ? Mais hier matin..., répète-t-elle en recherchant dans ses pensées. Hier matin, reprend-elle, j'ai retrouvé mon frère Hoani qui arrivait tout droit des Caraïbes !

– Oh, ben zut alors ! Si ça, ce n'est pas un quiproquo ! Abigail, je crois qu'il est temps pour toi de retrouver Bradley et de l'éclairer sur toute cette histoire...

– Je fonce ! lâche-t-elle en nous souriant de toutes ses belles dents blanches, qui tranchent sur sa peau dorée.

– Elle est encore plus jolie lorsqu'elle sourit ainsi ! ajoute papa, une fois qu'Abigail a quitté l'animalerie.

– Je suis bien d'accord ! Et quelle histoire !

– Tu m'en diras tant !

– Prêt à reprendre le job ? demandé-je avec un clin d'œil.

– Prêt à reprendre le job, fiston ? rétorque-t-il en me donnant une tape sur l'épaule.

Chapitre 17

Tess

La veille, mes grand-tantes se sont associées à moi pour écrire un message aux parents d'Abirami. Les plumes de mes grand-tantes ont vraiment été une aubaine, car il leur a été fort facile de coucher les mots sur le papier. Enfin, au départ, il y a eu quelques petites altercations entre elles et des désaccords ont vu le jour dès lors qu'elles ont eu connaissance des enjeux amoureux de cette histoire. Ce qui m'a laissée songeuse, me demandant s'il n'y a pas eu dans leur jeunesse quelques jalousies de cœur… Puis, elles ont fini par s'entendre et Abirami est repartie joyeuse et rassurée. Il ne reste plus qu'à espérer que cela suffira pour que ses parents acceptent sa décision d'épouser un Anglais plutôt qu'un hindou.

– Bonjour, mes tantes ! Déjà réveillées ? articulé-je, la voix encore un peu enrouée de sommeil.

Il faut dire qu'en général, le matin, être au maximum de mes capacités n'est pas mon fort. D'ailleurs, tant physiques qu'intellectuelles !

– Bonjour, ma chérie ! Oui, je suis déjà debout, car je voulais te préparer un excellent petit-déjeuner équilibré, m'annonce tata Imogen en me serrant affectueusement dans ses bras.

– Bonjour, ma puce, rétorque à son tour tata Amélia en m'enlaçant à l'identique. Moi aussi, j'ai eu la même idée que ma sœur.

Je songe soudain qu'une tempête se prépare non loin…

– Mais je me suis dit que je te préparerai celui de demain avec de la marmelade d'orange, poursuit-elle avec un large sourire.

Je reste étonnée devant tant de magnanimité entre elles.

– Et puis, je te rappelle que j'ai une histoire à terminer, lâche-t-elle avec un joli clin d'œil.

– Oh, je le sais bien, que crois-tu ? dis-je en rougissant quelque peu.

En vérité, je l'avais complètement oublié. Voilà qui prouve bien que mes capacités intellectuelles sont bien limitées au réveil !

Tandis que tata Amélia s'installe face à son ordinateur portable, qu'elle a déjà posé sur la table du salon, en face de celui de mon autre grand-tante, cette dernière me sert mon petit-déjeuner.

– Merci, tata, dis-je en m'emparant d'un plateau bien garni.

J'en ai déjà l'eau à la bouche.

– Qu'allez-vous donc faire aujourd'hui ? demandé-je en buvant une gorgée de mon jus d'orange pressé.

– Eh bien, je crois pouvoir dire que nous allons écrire, comme d'habitude, m'annonce tata Imogen.

– C'est tout à fait cela, ma chère sœur ! Mais nous pourrions te retrouver à ton travail pour déjeuner avec toi si tu le souhaites ?

– Oh, j'en serai ravie ! J'ai déjà hâte d'y être !

– Toujours pressés, ces jeunes ! Allons, profite bien déjà de ce petit début de matinée. Je te promets de rester avec toi le temps que tu le dévores ! annonce-t-elle avec un petit rire en me voyant engloutir une tartine beurrée sur laquelle elle a étalé de la compote de pommes mitonnée par elle-même.

– Moi aussi, je reste avec toi, déclare tata Amélia, tandis que ses doigts agiles frappent les touches de son clavier.

Je me dis qu'il n'y aura sans doute pas de tempête, aujourd'hui. J'acquiesce à toutes leurs propositions en espérant que durant mon absence, elles ne s'étriperont toutefois pas. Je termine tranquillement mon petit-déjeuner et ma grand-tante Imogen me débarrasse aussitôt du plateau.

– As-tu une envie de cadeau précis pour Noël ? me questionne tata Amélia.

– Pas vraiment. Je n'ai besoin que de votre amour et je l'ai déjà ! prononcé-je avec un large sourire pour chacune d'elles, tout en étreignant l'une de leurs mains dans les miennes.

– Cela, mon enfant, tu l'auras pour toujours ! entonne tata Imogen les yeux brillants.

– Oui, pour toujours, ma puce ! rétorque tata Amélia aux propos de sa sœur avec le même regard.

– Et vous ? Qu'aimeriez-vous que je vous offre ?

– Ma chérie, il n'est pas question que tu dépenses de l'argent pour nous ! N'est-ce pas, ma chère sœur ?

– Je suis bien d'accord avec toi, ma chère sœur ! C'est à nous de te couvrir de cadeaux et non l'inverse !

– Mais…

– Il n'y a pas de mais qui tienne ! s'exclament-elles d'une seule voix.

Ce qui me surprend en même temps qu'elles. Elles se regardent et c'est bien la première fois que je les vois rire ensemble pour une même raison. Cela me réchauffe le cœur. Je me dis alors que pour Noël, le seul cadeau qui me plairait véritablement, c'est qu'elles fassent la paix et s'aiment comme elles auraient dû le faire depuis de nombreuses années.

Lorsque je m'apprête à quitter la maison une demi-heure plus tard, je suis soulagée de n'entendre aucune hostilité entre elles. Elles sont toutes deux en train de *pianoter* sur leur PC dont elles ne se séparent jamais.

Ah, ces écrivaines !

– À tout à l'heure mes tantes !

– À tout à l'heure, ma chérie ! À ce midi, ma puce ! rétorquent-elles en même temps.

Je ressors avec un sourire, tout en regardant aux alentours si je ne vois pas par hasard mon petit coquin tout roux. Mais non ! Il a dû trouver refuge ailleurs. C'est qu'il me manque ! Je me demande même si en début d'année je ne vais pas en adopter un, si jamais celui-ci ne repointe plus le bout de son joli petit museau. Quoique, à bien y réfléchir, c'est vraiment lui que j'apprécie. Tout en admirant Portobello Road qui s'est paré de ses camelots hebdomadaires, et plus encore en cette période de l'année où leurs étals sont couverts d'objets en tous genres, je me dirige vers la boutique *Biscuiteers* pour acheter plusieurs *lattes* comme je le fais habituellement. Heureusement que nous avons tout de même une cagnotte au bureau, sinon ce serait une ruine pour moi de régaler tout le monde. Surtout qu'Isabelle ne glisse que très rarement un penny ou deux dans la boîte prévue à cet effet. Mais aujourd'hui, je le fais de bon cœur, tellement je me sens heureuse. Je constate alors avec joie que ma journée a plutôt bien démarré. Mais ça, c'était avant d'arriver au travail.

– Que se passe-t-il, Abi ?

– J'ai eu ma mère ce matin et mon père écoutait au téléphone. Je leur ai dit que j'aimais un homme et que j'allais l'épouser !

– Mais le message ? Leur as-tu lu le message que nous t'avons écrit avec mes grand-tantes ?

– Non, je n'en ai même pas eu le temps, articule-t-elle avec difficulté. Mon père s'est emparé du téléphone et m'a annoncé qu'ils allaient prendre un vol au plus tôt pour me ramener en Inde et me remettre dans le droit chemin, avant de me raccrocher au nez, finit-elle par dire, avant d'éclater en sanglots.

Je me sens dévastée pour elle. J'avoue que je ne m'attendais pas à un tel résultat. Je cherche en silence ce que je pourrais lui dire pour la rassurer, mais peu de choses sensées me traversent l'esprit.

– Ton père va-t-il venir seul ? finis-je par demander.

– Je ne pense pas, il ne laisse jamais ma mère toute seule. Je suis certaine qu'il va venir avec elle et avec mes cinq frères et sœurs !

En moi-même, je suis surprise qu'elle ait une telle fratrie, puisqu'elle ne s'est jamais épanchée sur le sujet. Après tout, je ne lui ai pas non plus posé la question. Je tente de la rassurer avec ma prochaine question.

– Crois-tu que tes parents vont pouvoir payer autant de billets d'avion, en plus en cette période ? Ce doit être hors de prix ! Nous sommes à quelques jours de Noël !

– Oh, si tu savais, Tess ! Mes parents font partie des grandes richesses de ma patrie. Ils pourraient se payer un avion privé s'ils le voulaient ! D'ailleurs, c'est ce qu'ils risquent de faire, si ce n'est pas déjà le cas ! lâche-t-elle, un nouveau sanglot dans la gorge.

– Oh, ben zut alors ! Zut alors ! répété-je, car je ne pensais pas qu'Abirami était issue d'une famille aussi aisée. Je sais que ce n'est pas vraiment le moment pour te poser ce genre de questions, Abi, mais pourquoi travailles-tu ici, si tes parents sont aussi riches que tu me le dis ?

– Parce que je veux réussir par moi-même, choisir ma destinée et être seule responsable de mes échecs tout comme de mes réussites ! Seulement, je n'avais pas prévu de tomber amoureuse de Ryan, mais c'est le cas et personne ne me séparera de lui ! On devait se marier dans trois mois, mais je vais tout faire pour être mariée dans vingt-quatre heures avec lui !

– Tu n'es pas sérieuse, Abi ! Ce n'est pas possible de te marier d'ici demain !

– Si, et personne ne m'en empêchera ! déclare-t-elle en récupérant ses affaires et en quittant les lieux, les yeux emplis de larmes.

Je reste complètement sous le choc, puis je me dis que je ne peux pas la laisser partir ainsi, avec tant de désespoir dans le cœur. Je me relève et me vêts rapidement de mon manteau afin de la rattraper. Mais au moment où je m'apprête à sortir du plateau, j'entends la voix d'Isabelle couiner mon prénom.

– Quelle poisse ! m'écrié-je en redéposant mon manteau pour me rendre à son bureau.

– Yep ! *T'as* encore pas de bol aujourd'hui ! s'exclame Mark avec un petit sourire de compassion pour moi. Ne t'inquiète pas pour Abi, si elle revient, je vais prendre soin d'elle…

– Tu es comme toujours un amour, Mark !

Je le délaisse en lui envoyant au passage un baiser dans les airs, qu'il me retourne en posant la main sur son cœur.

Mark est vraiment un garçon affectueux, songé-je, tandis que j'active le pas en direction du bureau d'Isabelle, qui braille de nouveau mon prénom.

Je me dis que plus vite j'en aurai fini avec elle, plus vite je pourrai rejoindre Abirami, si elle décide de ne pas revenir tout de suite. En entendant une énième interpellation d'Isabelle, je me mets à courir. Mais encore une fois, je me rends compte de ma capacité minable à m'exécuter. Je songe indéniablement qu'il me faudra absolument inscrire sur ma *to do list* nommée « résolutions du Nouvel An » de pratiquer du sport.

– Tess, Tess, Tess…, lâche-t-elle d'une voix traînante.

Et voilà ! Avec Isabelle, c'est tous les jours la même rengaine ! Encore une fois, elle m'horripile de s'adresser à moi de la sorte. Mais je souffle tout mon saoul en silence en la fixant avec un sourire factice, tout en déposant devant son regard un *latte*. Comme d'habitude, elle ne me remercie pas et je ne peux m'empêcher de faire rapidement un souhait qu'elle s'étouffe avec cette boisson…

– Tess, vu votre incompétence à faire signer un simple contrat à Nicholas de Monderlay, j'ai décidé de m'y rendre moi-même.

– Quoi ? m'écrié-je tout en perdant mon sourire, aussi faux soit-il. Mais j'ai travaillé dessus cette nuit et je comptais m'y rendre ce matin ! exposé-je d'une voix haut perchée.

– Certainement pas ! Ma mère m'a toujours appris que l'on n'est jamais mieux servi que par soi-même et vous, avec votre inaptitude journalière, vous rendez justice à cette devise !

Je prends plutôt mal la réflexion méchante qu'elle me fait, mais j'hésite une fois encore à lui dire ses quatre vérités. Pourtant, j'ai la bouche qui me brûle de lui vomir ma verve, tandis qu'elle savoure son *latte*. Je fais un second souhait plus cinglant que le premier…

– Bien ! Je vois que vous êtes d'accord avec moi !

Je m'attends à tout moment à ce qu'elle me chasse de son bureau, mais ce n'est pas le cas, tandis qu'elle continue de balayer ma silhouette de haut en bas en buvant de nouveau une gorgée de son *latte*. Mais je ne suis pas en veine ce matin avec les dieux…

– Je veux que vous m'imprimiez le contrat initial en deux exemplaires ! Immédiatement ! revendique-t-elle sans me laisser la moindre chance de m'exprimer.

Je reste encore une fois dans ma lâcheté de lui balancer ma démission à la figure. Alors, au lieu de faire ce qui serait bon pour moi, je me détourne sans un mot de son bureau pour exécuter sa requête. J'ai toutefois la joie de l'entendre s'étrangler avec son *latte*.

Enfin, il y a une justice !

Je raconte brièvement à Mark ce qu'elle m'a craché au visage et il me console en me serrant dans ses bras.

– Tiens, tiens ! Surprenant comme couple ! Je n'aurais jamais imaginé cela possible ! jase-t-elle avec un rire cristallin en arrivant à notre hauteur. Le contrat, Tess ! crache-t-elle aussitôt.

Je me délace des bras de Mark et retourne rapidement à ma table sans un mot. J'imprime ledit contrat et j'ai à peine le temps de l'agrafer qu'elle me l'arrache des mains. Tout en agissant sans politesse, elle laisse tomber sur ma table une grosse enveloppe et un courrier manuscrit.

– Tenez ! Ce sont mes notes de frais à établir pour la comptabilité et un texte à mettre en forme sur Word. Il me faut celui-ci pour le début de l'après-midi ! débite-t-elle tout d'un trait avant de quitter les lieux.

Je reste consternée en voyant les nombreuses pages écrites en pattes de mouche, en plus d'une enveloppe épaisse remplie de tickets de caisse et de factures. Il est clair que je n'ai plus qu'à annuler mon déjeuner de midi avec mes grand-tantes, car le temps de retranscrire cette horrible écriture qui s'assortit totalement à son auteur, je ne suis pas près de sortir de ce bureau. Qui plus est, je suis déroutée de savoir qu'Isabelle est partie voir Nicholas. Mon cœur me fait mal et même le bout de mes doigts. Cela m'engourdit tellement que je ne me sens pas bien. La seule chose qui me rassure quelque peu, c'est que Nicholas ne signera pas plus avec elle le contrat initial. Je repousse les enveloppes qu'elle a délaissées sur mon clavier afin d'ouvrir une page vierge sur le Net. Je recherche aussitôt le numéro de téléphone de l'animalerie de Nicholas. Je ne sais pas encore ce que je vais lui dire, mais il faut absolument que je lui parle. Le premier numéro qui apparaît est celui d'un portable. En fin de compte, il n'y a qu'un seul numéro et c'est plutôt logique dans la mesure où *Hidden's Garden of the Pets* est la seule animalerie à Notting Hill. Je le compose sur mon portable et patiente trois sonneries avant que Nicholas ne décroche et que je ne reconnaisse immédiatement sa voix. Mais au lieu de lui parler, j'écarquille les yeux et lui raccroche au nez avant de jeter sans violence mon téléphone sur mon bureau. Mon cœur bat la chamade comme si j'allais faire une crise cardiaque. D'ailleurs, je ne suis pas loin de défaillir tellement je suis envahie d'émotions et de frissons.

Tu es complètement dingue ! me dis-je, en balayant du regard tout ce qui se trouve autour de moi, au cas où l'un de mes collègues aurait été témoin d'une telle scène d'idiotie.

Je constate que personne n'a relevé la tête dans ma direction. Ce qui me rassérène et me fait soupirer légèrement avant de reprendre mon téléphone. Je fixe l'écran éteint, tandis que mille et une choses me traversent la tête sans que je puisse faire cesser ce brouhaha silencieux. C'est alors que l'écran se rallume et que je constate abasourdie que Nicholas me rappelle.

– Oh ! là là ! dis-je sans décrocher.

Chapitre 18

Nicholas

– Tout va bien, fiston ?

– Eh bien, écoute, j'ai reçu un appel, mais ça a coupé. Je me demande si ce n'est pas quelqu'un qui aurait retrouvé mon petit roux.

– Eh bien, rappelle donc !

– C'est ce que je viens de faire, mais après deux sonneries, la personne m'a basculée directement sur sa messagerie.

– As-tu laissé un message ?

– Non. J'ai coupé avant, car je me dis que la personne doit être occupée si elle ne décroche pas.

Devant le visage interrogateur de mon paternel, qui m'indique clairement que je devrais rappeler une nouvelle fois, je m'exécute instantanément.

– Ça sonne, dis-je avec un petit hochement de tête puisqu'il me regarde toujours.

– Bonjour, vous êtes bien sur la messagerie de Tess Harper. Je ne suis pas disponible pour le moment, mais vous pouvez me laisser un message après le bip sonore. Bip !

Je raccroche aussitôt sans rien dire.

– Alors ? me demande papa.

– C'est la messagerie de Tess ! articulé-je d'une voix trop haut perchée pour un homme, tandis qu'après avoir entendu sa voix si douce et si agréable, mon pouls bat son plein.

Une brûlure parcourt même mes reins, mais bien évidemment, je n'en dis mot à mon père...

– Pourquoi, mon garçon, ne lui as-tu pas laissé de message ?

– Euh...

Je reste hébété devant son interrogation. Effectivement, je me demande pourquoi je n'ai rien dit. J'en déduis que c'est certainement le fait d'avoir été surpris de savoir qu'il s'agissait de Tess.

Hum... Elle m'a appelé, songé-je néanmoins avec un petit sourire.

– Eh bien ! Eh bien ! Et après, tu dis que c'est moi qui souris niaisement ! lâche-t-il avec un sourire moqueur et une petite grimace qui fait plisser le bout de son nez. Si tu veux mon avis, mon garçon, rappelle-la ! Moi, je me sauve pour aller coller des affiches un peu partout...

Et papa s'enfuit aussitôt du magasin. Avec un large sourire, je le remercie en silence de me laisser tout seul, ce qui me permet de réfléchir à ce que je vais dire à Tess si elle décroche. Dans le cas contraire, je lui laisserai un message...

Une première sonnerie, puis une deuxième, une troisième... encore deux et je tombe de nouveau sur sa messagerie.

– Bonjour, Tess, c'est moi, Nicholas. Je vous rappelle, car vous m'avez rappelé et... mais non ! C'est n'importe quoi, ce message ! m'exclamé-je.

C'est alors que sa messagerie me fait réécouter ce que je viens de dire :

– Bonjour, Tess, c'est moi, Nicholas. Je vous rappelle, car vous m'avez rappelé et... mais non ! C'est n'importe quoi, ce message ! Si ce message vous convient, tapez 1, sinon, tapez 2 pour le réenregistrer.

Je m'exécute aussitôt en tapant le chiffre 2 sur mon téléphone.

– Coucou, Tess, ça va bien ? C'est moi, Nicholas, enfin, Nick... mais qu'est-ce qu'il m'arrive ? Je suis débile ou quoi ? tonné-je en tapant de nouveau le chiffre 2 pour réenregistrer un troisième message.

Je m'éclaircis la voix, mais la messagerie a déjà commencé son enregistrement. Je recompose le chiffre 2 en sentant une petite transpiration m'envelopper.

– Allô, Nicholas...

Je me rends compte que je n'arriverai pas à lui laisser un message convenable. Je compose aussitôt le chiffre 2 puis enregistre de nouveau trois autres messages avant de répéter la chose encore une fois. Mais dès que l'enregistrement débute, je raccroche.

– Tu es nul, me dis-je en me frottant l'arrière de la tête, tout en fixant mon écran de téléphone.

J'expire longuement avant de me dire que si je la rappelle maintenant, elle décrochera peut-être. À tout le moins, je l'espère... Mais la clochette de la porte du magasin s'active et la personne qui apparaît au loin à ma vue me fait interrompre mon mouvement. Je préfère raccrocher en me disant que je rappellerai Tess plus tard, lorsque je me serai débarrassé de cette femme...

– Nicholas ! s'exclame Isabelle Springmann en me rejoignant.

Je reste surpris de la revoir. Je ne l'apprécie que moyennement, mais pour Tess, je serai même capable d'accepter un déjeuner avec ce démon de femme.

– Que puis-je pour vous, madame Springmann ?

– Oh, Nick, je vous l'ai déjà dit ! Appelez-moi Isabelle ou appelez-moi tout court, murmure-t-elle en approchant son visage du mien.

Mais cette fois-ci, je recule légèrement et elle ne peut déposer un baiser sur mon visage, comme elle y songeait certainement.

– Nick, vous serez ravi d'apprendre que j'ai modifié notre contrat ! m'annonce-t-elle en s'écoutant parler.

– Comme je l'ai déjà dit, je ne préfère pas signer...

– Oh, vous exagérez, mon cher ! Je n'aurai en fait besoin de vous qu'une ou deux fois tout au plus. Ce n'est pas la mort tout de même ! clame-t-elle d'un timbre de voix qui ressemble à celui des filles de télé-réalité.

Ce qui m'insupporte grandement.

– Isabelle, je ne veux pas signer avec vous ni aujourd'hui ni demain. Je l'ai dit clairement à Tess hier et je ne reviendrai pas dessus.

Je sens que ma réponse lui déplaît et elle prend quelques longues secondes avant de me répondre.

– Allons, Nick ! Ce n'est pas parce que vous n'avez pas pu conclure avec Tess que ce sera le cas avec moi ! Personne ne me résiste, saviez-vous ça ? Non, évidemment, mais venez avec moi ! insiste-t-elle en s'agrippant à mon bras pour m'entraîner jusqu'à ma petite table ronde, installée au fond du magasin.

Sa démarche ressemble à celles des mannequins qui défilent sur les podiums et elle se déhanche si bien que je me demande si elle n'en a pas été une plus jeune. Si c'était le cas, cela ne me ferait changer en rien la concernant. Elle est plutôt jolie, maquillée outrageusement, vêtue d'habits confectionnés sur mesure, car il n'y a aucun pli sur son corps, à tout le moins, pour ce que j'en distingue. Mais elle est si exécrable que je comprends qu'elle ne soit pas encore mariée. Peut-être n'est-ce pas non plus ce qu'elle recherche... Elle s'interrompt devant une chaise et me fait comprendre d'un signe de tête qu'elle attend que je la lui tire pour qu'elle s'y installe. Je suis d'habitude plutôt galant, mais avec elle, c'est véritablement une corvée. Je m'exécute néanmoins avec une petite moue de dégoût avant de m'asseoir à mon tour en face d'elle. Le souvenir d'avoir tenu les mains de Tess dans les miennes alors qu'elle était assise à la place d'Isabelle s'impose à moi. Je secoue légèrement la tête pour chasser ce souvenir de mon esprit, car je ne veux surtout pas associer celui-ci à la boss de Tess.

– Isabelle, débuté-je lassé, mes animaux ne sont pas des objets que vous pouvez louer.

– Bien ! Alors, je les achète tous !

– Certainement pas ! Jamais je ne vous vendrai le moindre animal ! En moins de deux minutes, sur votre plateau, il serait blessé ou même pis !

– Oh, Nick ! Je plaisantais ! Bon, vous serez ravi d'apprendre que c'est Tess qui a modifié considérablement le contrat et je reste certaine que vous allez l'apprécier.

– Alors, pourquoi n'est-ce pas elle qui me l'a apporté ? dis-je avant de me rendre compte que cela est plutôt déplacé.

D'autant plus que je ne voudrais pas qu'elle s'en prenne à elle en retournant à son bureau.

– Tess ? Mais Tess est bien trop occupée à…

Elle s'interrompt comme pour réfléchir et, devant mon silence, elle poursuit :

– Elle est en plein préparatifs de mariage, je ne pouvais donc pas l'ennuyer avec ce contrat !

Son hésitation à me révéler cette information me laisse sceptique, mais je brûle d'envie de lui demander de quel mariage il s'agit. Devant mon mutisme, Isabelle s'octroie le devoir de m'éclaircir sur le sujet.

– Eh bien, je vois qu'elle ne vous a pas mentionné son mariage avec Mark !

Cette annonce me fait l'effet d'un uppercut en plein dans le ventre. Mon esprit s'affole et tourne à mille à l'heure.

Tess va se marier, me dis-je en silence, totalement dégoûté. *Comment ai-je pu rater cette information ?*

Devant mon désarroi, Isabelle ne prend pas la peine de se taire et poursuit son monologue. Mais je ne comprends plus rien à ce qu'elle dégoise.

– Nick ! Nick ! Vous m'entendez ! mugit-elle au bout d'un moment et d'une voix trop forte pour ma personne, ce qui finit par me faire sortir de mon cauchemar éveillé.

J'ai l'impression qu'elle s'entraîne pour *The Voice*, mais qu'avec un timbre de voix pareil, elle n'est pas près d'être sélectionnée. Je n'ai qu'une envie et c'est de la fuir.

– Vous disiez ? essayé-je d'être poli alors qu'en réalité je suis contrarié qu'elle m'ait fait sortir de mes pensées, aussi tortueuses soient-elles.

– Bon ! Puisque vous ne voulez pas signer ce nouveau contrat, Nick, ce qui est une bêtise, croyez-moi, je vous demande de signer ceci.

– Qu'est-ce que c'est ? demandé-je en fronçant le regard, car je ne lui octroie aucune confiance.

– C'est juste la régularisation du prêt de votre petit beagle pour le shooting de Max Tobler. C'est nécessaire pour notre comptabilité, car nous allons vous rémunérer comme cela était prévu, ajoute-t-elle d'un air malicieux.

Je manque soudain de réponse en l'entendant parler de mon petit beagle. Lui aussi me manque et je revois aussitôt Tess le tenir entre ses bras. Mes pensées m'emportent de nouveau vers elle et je n'entends plus qu'un bruit sourd, car Isabelle poursuit la conversation toute seule. Je sens qu'elle me glisse quelque chose dans les mains, mais je suis bien trop perturbé et préoccupé pour m'en soucier. Je sens ma main faire naturellement un mouvement, mais je ne veux pas sortir de mes pensées. Je suis trop bien, là, de nouveau avec Tess à lui tenir les mains.

– Bien ! Tout est régularisé, Nick ! Je vous fais envoyer un double par courrier ! lâche-t-elle en se levant de sa chaise, tandis que j'en suis à me demander ce qu'il vient de se passer.

Encore abasourdi par la terrible nouvelle du mariage de Tess, j'entends Isabelle me proposer de dîner avec elle ce soir.

– Désolé. Je ne peux pas ce soir, rétorqué-je bêtement, en me levant de mon siège, avant de me rendre compte de ma bévue.

Bien que fortement bouleversé, je ne cesse de me demander en boucle qui peut bien être Mark. Un homme fort chanceux sans aucun doute puisqu'il va épouser la femme que j'aime. Cette réalité me fait l'effet d'un coup de poignard au cœur et je me sens paralysé à n'en plus pouvoir bouger.

– Oh, je vois que nous sommes montés d'un cran tous les deux, murmure-t-elle à mon oreille, devant ma réponse qui vient de lui ouvrir des portes.

Puis, encore une fois, je me laisse surprendre par un baiser. J'ai toutefois le réflexe de détourner la tête et elle dépose ses lèvres maquillées d'un rouge carmin sur ma joue.

– Puisque vous ne pouvez pas ce soir, je vous attends demain soir au *Nobu* !

– Non, je ne peux pas.

– Je refuse que vous me disiez non, Nick, je refuse tout de go ! Et puis, il y aura Tess et Mark, déclare-t-elle avec un rire dans la gorge tout en quittant les lieux d'un pas nonchalant avant d'ajuster d'un geste vif autour de son cou son étole onéreuse.

Je reste de longues minutes sans un mot, sans bouger, comme vidé de la substance qui me fait vivre. Tess. Tess va se marier et je ne peux rien faire contre ça. Je meurs d'envie de lui dire qu'elle se trompe, que c'est moi la personne qu'elle désire, car moi je la désire du plus profond de mon âme. Mais je sais que je n'en ferai rien. Ni maintenant ni demain soir, si je décide de me rendre à ce dîner. Si Tess a déjà quelqu'un dans sa vie, je n'ai pas le droit de gâcher son couple. Je repense à Jessica. Je repense à toute la douleur que mon corps a subie de cette trahison passée. Pourtant, je me rends compte que ce n'était rien en comparaison de ce que je ressens en cet instant.

Je pourrais presque mourir de douleur, tant la moindre partie de mon corps est souffrance.

La clochette de la porte d'entrée retentit de nouveau. Je me demande s'il s'agit de mon père, de Tess ou même si, par malheur, c'était de nouveau Isabelle qui revenait. En fin de compte, c'est Bradley qui arrive à grands pas vers moi, avec un large sourire. Tout a dû s'arranger entre lui et Abigail.

– Eh bien, on ne s'ennuie pas ici ! dit-il en me faisant remarquer la trace de rouge à lèvres qui se trouve toujours sur ma joue.

– Brad, prononcé-je difficilement avec une boule qui me noue fortement la gorge.

– Nick, ça ne va pas ?

Je m'effondre dans ses bras…

Chapitre 19

Tess

Je me sens vide de tout. Nicholas n'a pas retenté de me rappeler et moi je n'ai pas osé réitérer la chose, de peur de l'entendre me dire qu'il était avec Isabelle. Qui plus est, j'ai dû annuler mon déjeuner avec mes grand-tantes, qui étaient les premières déçues. Puis je me suis plongée dans la traduction des hiéroglyphes qu'Isabelle a étalés sur trois pages recto verso. Ce qui m'a permis de comprendre que cette lettre était d'ordre purement personnel. J'ai donc joué toute la matinée à l'assistante personnelle de ma boss ! J'ai toutefois pris le temps de me faire livrer un sandwich que j'ai avalé sur le coin de ma table, tout en envoyant de nombreux SMS à Abirami, que je n'ai toujours pas revue. Elle n'a pas pris la peine de me répondre et j'espère que rien de fâcheux ne se prépare à l'horizon la concernant. Tout en savourant un thé à la lavande que j'apporte de chez moi, je replonge le nez dans le pointage de la note de frais d'Isabelle. C'est alors que j'ai la désagréable surprise de voir revenir celle-ci.

– Tess, ne vous avais-je pas dit que j'arriverais à faire signer Nicholas de Monderlay ? pérore-t-elle comme une poule qui vient de pondre un œuf.

J'ai l'impression qu'un immeuble de douze étages me tombe dessus en apprenant la nouvelle.

– Ce qui m'amène à vous dire, poursuit-elle, que vous êtes tragiquement une incompétente ! Mais soit ! Je veux me montrer magnanime aujourd'hui, car je suis joyeuse, alors je vous garde en ces lieux, mais ce n'est que pure charité de ma part ! Ah, ma bonté me perdra ! dit-elle en laissant un rire cristallin s'échapper de sa bouche bizarrement incurvée vers le haut.

Je m'égare aussitôt dans mes pensées en songeant qu'elle a dû se faire encore injecter du Botox. Mon esprit s'emballe de plus belle, mais je reste silencieuse. J'ai peine à croire qu'elle se passerait si facilement de mes *petits* services pour sa personne. D'un autre côté, je me demande si elle n'a pas raison de me jeter à la figure mon incompétence. Je n'arrive pas à comprendre comment Nicholas a pu signer un tel contrat, alors qu'il était d'accord avec moi pour dire que de louer ses petits animaux, cela n'avait rien d'éthique. Je n'arrive pas non plus à comprendre comment il a pu le signer, alors qu'il l'avait totalement réfuté en ma présence. Je suis déçue. Moi qui pensais qu'il était sur la même longueur d'onde que moi. J'en suis vraiment chagrinée. J'ai envie de tout envoyer balader, pourtant, je ne rétorque rien à ma boss et préfère faire profil bas. Je prends mon mal en patience, le temps qu'elle opère un demi-tour pour aller s'enfermer dans son bureau, voire s'étouffer avec le scone qu'elle tient dans sa main. J'ai envie d'appeler Nicholas pour simplement connaître ce qui l'a fait changer d'avis. J'attrape mon téléphone portable, mais au moment de composer son numéro, je me demande si je suis bien légitime à l'interroger. Alors que je cogite en silence, je sursaute en entendant juste derrière mon oreille la voix criarde d'Isabelle. Je suis à la limite d'exploser.

– Isabelle ! m'écrié-je sans pouvoir me contenir plus longuement en me retournant vers elle. Pourriez-vous arrêter d'arriver ainsi dans mon dos ? Je déteste ça ! ajouté-je en sentant les traits de mon visage se décomposer, tandis que plusieurs de mes collègues se sont levés de leur chaise pour me regarder.

– Eh bien ! Il vous aura fallu plus de trois années pour enfin vous affirmer, Tess ! J'aime ça, chez mes collaborateurs. C'est bien.

Sa voix a beau être remplie d'assurance, je me demande si elle ne se fiche pas de ma tête. Je redeviens de nouveau silencieuse, mon regard se fronçant et se défronçant comme si je pouvais trouver la moindre explication à cette phrase dite sur un ton toutefois empreint de dédain.

– Vous moquez-vous de moi, Isabelle ? osé-je articuler.

– Allons, Tess ! J'aime l'affirmation, mais ne poussez pas le bouchon trop loin !

Je reste sans voix de me faire recadrer ainsi.

– Bien, maintenant que vous avez toute mon attention, il faudrait que vous me trouviez cette couleur de rouge à lèvres, mais un qui ne marque pas ! J'insiste ! dit-elle en posant bruyamment un bâton de rouge à lèvres devant moi.

Je crains de comprendre pourquoi. Est-ce qu'elle aurait encore embrassé Nicholas ? Est-ce qu'il l'a laissée s'approcher tout près de son visage sans la repousser ? L'a-t-elle embrassé non loin de sa bouche ? Encore une fois… Mes pensées m'assaillent et me torturent comme jamais. Je veux savoir ce qu'il en est. Alors que je compte poser sans détour la question à ma boss, celle-ci me coupe la parole.

– Le pauvre Nicholas va encore devoir se débattre pour se débarbouiller, d'autant plus que je dîne avec lui demain soir. Ce serait politiquement incorrect de le laisser repartir ainsi avec de telles marques, lâche-t-elle, le regard vers les cieux comme si elle s'y voyait déjà.

Il se peut même qu'il s'agisse d'un souvenir plaisant ne datant que de quelques heures. Je suis mortifiée rien que de les imaginer ensemble.

– Tess ! Vous m'écoutez ! jaspine-t-elle puisqu'elle continuait de parler seule dans le vide. Il me faut ce bâton pour demain matin ! m'ordonne-t-elle. Et réservez-moi également pour huit heures du soir une table pour deux au *Nobu* ! ajoute-t-elle en tournant les talons.

Je souffle bruyamment avant de poser mes bras sur le bureau et d'y déposer ma tête en leur centre. J'ai envie de hurler. Quelques minutes plus tard, j'essaie de me remettre de toutes ces émotions négatives. C'est difficile, mais ne rien faire, c'est pis. Puis, je pense soudain à Abirami qui ne m'a toujours pas donné de nouvelles.

– Abi, c'est moi, dis-je d'une voix tremblotante lorsque je tombe sur sa messagerie. Appelle-moi, s'il te plaît.

Je raccroche en ayant une forte envie de pleurer. Mais pas question de me laisser aller devant tout le monde. Je me sauve dans les toilettes pour éviter d'avoir à parler à Mark ou à tout autre collègue qui aurait assisté à mon lynchage. Je m'enferme dans un cabinet et, avant même de laisser toute ma peine se déverser dans des larmes, une annonce surgit sur mon écran de téléphone que j'avais emporté avec moi au cas où Abirami me rappellerait ou bien si j'avais soudain le courage d'appeler Nicholas en étant à l'abri de tous. Je peux y lire : *Vous avez un nouveau message du…*

Je clique dessus pour l'ouvrir et je reconnais sans mal le numéro de Nicholas. Je prends une longue inspiration avant de poser mon doigt sur la touche lire et de porter le téléphone à mon oreille.

– *Allô Tess, Nicholas ! Zut ! Je vous rappelle. Mais c'est n'importe quoi ce message ! Si vous souhaitez réécouter ce message, tapez 1, si vous souhaitez effacer ce message, tapez 2, si vous souhaitez conserver ce message, tapez 3. C'est à vous*, m'informe la voix de ma messagerie.

Je reste sans voix devant ce message. Mes mains tremblotent, tandis que je veux réécouter ce drôle de message.

– Ah ! C'était 1 ou 2 ? m'interrogé-je.

Je pose mon doigt sur le 2 avant d'entendre : *Message effacé.*

– Nom d'un chien ! balancé-je désespérée.

Et soudain, voilà mon téléphone qui tente de s'échapper de mes mains, comme un poisson hors de l'eau !

Malencontreusement pour moi, le bruit de la chute de mon appareil est loin de celui d'un objet qui se brise. C'est un énorme plouf ! qui me fait écarquiller les yeux comme des soucoupes et me donne envie de brailler. Ce que je fais sans aucune retenue tout en me traitant de gourde.

– Tess ! Tess ! Tu es là ? Tout va bien ?

Je finis par ressortir du cabinet en entendant la voix d'Abirami.

– Qu'est-ce qu'il t'arrive ? me questionne-t-elle, tandis que j'ai transformé mon téléphone en momie après l'avoir récupéré dans le trou de la cuvette des W-C et de l'avoir emmailloté avec du papier toilette.

– Abi ! m'écrié-je en voulant me jeter dans ses bras.

Mais je me retiens en me souvenant que je viens de plonger mes doigts dans la cuvette des toilettes.

– Attends ! dis-je en passant à ses côtés pour glisser rapidement mes mains sous l'eau. *Heureusement que l'eau était claire dans les W-C*, songé-je, tout en faisant mousser longuement le savon sur mes mains, avant de me les savonner une seconde fois.

– Tu es enfin revenue ! prononcé-je, la gorge nouée par toutes ces émotions en m'essuyant les mains avec du papier prévu à cet effet.

– Il faut que je te parle..., déclare-t-elle tandis que nous nous étreignons.

En vérité, je ne sais pas si je vais pouvoir être d'un réel réconfort pour Abirami tant je me sens lasse de tout. Mais je me dis qu'entre Nicholas et moi, il n'y avait pour ainsi dire rien, alors qu'Abirami va se marier. C'est certainement bien plus important que mes petites histoires de cœur ou de bureau.

– Je t'écoute, Abi.

– Ici ?

– Oui, je préfère si tu le veux bien. Et puis, personne ne nous dérangera, ajouté-je en l'espérant grandement.

– Tu ne veux pas t'occuper d'abord de ton téléphone ? me propose-t-elle.

Je regarde mon appareil déposé à côté du lavabo sur de nombreux papiers essuie-tout. De toute façon, il doit être fichu !

– Ne t'inquiète pas pour lui et raconte-moi plutôt...

Abirami se met à me parler de sa famille, de leur entreprise de production de thé, l'une des plus grandes du pays. Elle me parle des coutumes qui en découlent et des obligations que sa lignée lui impose. Mais elle ne compte pas refuser d'épouser Ryan pour autant. Impossible pour elle, ne serait-ce que de l'imaginer. Elle aime Ryan et il l'aime aussi. Il le lui a encore dit lorsqu'elle est allée le retrouver pour lui annoncer que ses parents allaient débarquer tôt ou tard. Quoi qu'il arrive dans les prochains jours, il restera à ses côtés et affrontera avec elle ses parents. Il le lui a juré sur ce qu'il a de plus cher après elle, sa belle-mère adorée, l'unique famille qui lui reste.

– Tu sais, Tess, l'espoir est toujours là, quelque part, à notre insu. Et parfois, il faut se pencher ou se mettre sur la pointe des pieds pour le cueillir. Et pour moi, ce bonheur, c'est Ryan...

La façon dont Abirami me raconte son histoire me retire quelque peu la peine que j'ai dans le cœur. Et cette sorte d'allégorie me ramène à la dernière fois où je me suis mise sur la pointe des pieds. C'était dans la boutique *Hidden's Garden of the Pets*. Je me suis retrouvée dans les bras de Nicholas, à mon insu, certes, mais avec du recul, c'était fort plaisant. C'est ainsi que j'avais ressenti les battements désordonnés de mon cœur résonner dans ma poitrine. Dès lors, il n'y a plus eu que Nicholas dans mon esprit. Pour moi, cela est un signe et il ne faut pas que je le laisse s'annihiler parce que je crains trop d'affronter Isabelle.

– Que comptes-tu faire ? demandé-je à Abirami, car je ne me suis pas épanchée auprès d'elle de mon histoire et préfère ne pas le faire pour le moment.

– Je vais dire à mes parents que c'est Ryan et aucun autre homme que je veux dans ma vie. Je vais leur dire que je vais l'épouser avec ou sans leur consentement, mais que je préférerais qu'ils soient là. Ryan ne veut pas que l'on se marie en urgence. Il m'assure que je vais regretter toute ma vie de faire subir ça à mes parents et qu'une réconciliation risque d'être alors impossible. J'ai donc accepté de l'écouter et nous aviserons lorsque ils seront là.

– Je suis heureuse pour toi, Abi, vraiment heureuse, ajouté-je en la serrant de nouveau dans mes bras, aussi fort qu'elle me serre tout contre elle.

En fin de journée, lorsque je rentre chez moi, j'ai la surprise de retrouver le petit chat roux. Ce soir, il se laisse attraper entre mes bras et ronronne contre mon cou. Il m'est toujours impossible de savoir à qui il appartient. Je crois bien qu'il est là, dans les rues de Notting Hill, errant de porte en porte pour quémander un bol de lait ou de croquettes.

– Tu es perdu, toi aussi, *le chat*, dis-je en l'associant à ma peine qui réside toujours dans mon cœur.

Je m'imagine déjà pendant les beaux jours à venir : après qu'il aurait miaulé longuement devant ma porte d'entrée et que je l'aurais nourri de lait, je m'installerais à ses côtés sur les marches de mon perron, tous deux profitant des beaux rayons d'un soleil de printemps. Je le caresse et il me fixe de son beau regard vert. J'ai soudain l'impression qu'il y a quelqu'un derrière ces yeux, comme si un être humain s'était réincarné en chat. Je ne sais toujours pas s'il a des maîtres, mais j'aime bien quand il vient me voir. Il se laisse apprivoiser plus rapidement que la dernière fois. Je décide de le faire entrer avec moi, en espérant que cela ne se terminera pas comme la fois précédente. Flokon et Amour rappliquent instantanément, pointant le bout de leur joli petit museau rose ; au bout de quelques minutes, ils semblent finalement l'accepter.

Je vais peut-être pouvoir le garder ce soir, songé-je avec un sourire.

Rassurée, je gravis les quelques marches intérieures pour rejoindre mes grand-tantes, qui ne lèvent pas le bout de leur nez lorsque j'arrive à leur hauteur.

– Tout va bien ici ? demandé-je, inquiète d'un tel silence.

– Oui, ma chérie, tout va bien, me répond l'une d'elles, avant que l'autre n'en fasse tout autant.

De nouveau, je me retrouve dans une impasse. Je ne sais pas qui est qui, d'autant plus que leurs matous ne se trouvent pas à leurs côtés, car ils sont toujours avec *le chat*.

– Voilà, je suis à toi !

– Moi aussi ! J'ai presque terminé mon histoire !

Je déduis, en espérant ne pas faire d'erreur, que cette dernière est bien ma grand-tante Amélia.

– Oh, une nouvelle histoire à venir ! m'exclamé-je en prenant toutefois soin de ne pas la prénommer, afin d'éviter de commettre un impair au cas où je me fourvoierais sur la personne.

– Oui, une belle histoire d'amour ! lâche tata Amélia.

– Eh bien, moi, mon héros, il vient de trépasser ! rétorque tata Imogen avec un rire dans la gorge.

– Mais ne l'avais-tu pas déjà éliminé ? exprimé-je tout en regardant mon autre grand-tante qui en fait tout autant.

– C'est possible ! Mais je ne m'en rendrai compte que lorsque j'aurai relu toute l'histoire, dit-elle en refermant l'écran de son PC sur le clavier. Il suffit pour aujourd'hui !

– Vous n'êtes pas sorties du tout ?

– Bien sûr que si ! Pour ma part, je suis allée à la petite animalerie du coin. Savais-tu qu'il y en avait une, d'ailleurs, ma chérie ? m'interroge tata Imogen, ce qui me rappelle que tata Amélia m'avait déjà posé la question.

– Oui, mais je n'y vais que très peu. Je te rappelle que je n'ai pas d'animaux à chérir, tout comme vous deux ! les informé-je afin qu'elles ne m'entraînent pas dans un sujet trop délicat pour moi.

– En attendant, l'un des vendeurs est tout à fait charmant ! s'exclame tata Amélia.

– Oh, eh bien, si tu veux parler du vieux grincheux collant qui me suit partout dans les rayons ou m'observe de loin, je ne peux pas en dire autant ! C'est incroyable comment il prend de singulières familiarités pour tailler une bavette avec moi.

Alors que je m'attends à quelques remarques cinglantes de tata Amélia, je m'aperçois qu'elle se met à rougir tout bonnement.

Me serais-je trompée ? songé-je. *Il ne s'agissait donc pas du vieil antiquaire, mais de M. de Monderlay*, en déduis-je avec un large sourire à son adresse, qu'elle me rend timidement.

– Quoi ? Qu'est-ce qu'il se passe entre vous deux ? demande tata Imogen en fronçant les yeux. Je vois bien que vous avez quelques secrets cachés !

– Mais non, ma tante chérie ! dis-je afin de calmer ce début de tempête. C'est tout simplement toi qui nous fais sourire, essayé-je d'insinuer en espérant que cela fonctionne.

– En termes clairs, vous vous payez ma tête, c'est bien cela ?

– Ma chère sœur, ni ta petite-nièce ni moi n'oserions nous moquer de ta personne. Nous nous sommes fait une promesse toi et moi, alors, pour notre petite-nièce adorée, essayons de la tenir, veux-tu bien ?

– Bien ! Si c'est ainsi que tu me remets à ma place ma chère, soit ! Pour Tess, je me plierais en quatre et tu le sais bien !

– Moi aussi, je me plierais en quatre, c'est pourquoi ce soir à dîner, je te laisse choisir : ou toi ou moi. C'est à toi de voir...

Tata Imogen en reste coite et, sans bouger la tête, ses grands yeux verts balayent la pièce de droite à gauche, avant de faire une espèce de tour à 360° avant de revenir à leur place. Ce qui lui donne un petit air amusant.

– J'accepte que tu prépares le dîner, ma chère sœur, finit-elle par lâcher, car pendant que tu seras aux fourneaux, je vais avoir tout le loisir de m'occuper de notre petite-nièce chérie !

Je suis soulagée de les voir enfin baisser leur garde l'une envers l'autre. Elles se rendent aussitôt aux tâches respectives qu'elles se sont partagées, tandis qu'un détail de ma journée, parmi d'autres, bien plus désagréables, me revient en tête.

– Demain, il faut que j'aille m'acheter un nouveau téléphone portable. J'ai fait tomber le mien dans la cuvette des W-C du bureau, dis-je, dépitée.

– Oh, ma chérie ! Mais quelle idée de se rendre aux toilettes avec son téléphone ! Si quelqu'un t'avait appelée, j'espère que tu n'aurais pas décroché, tout de même, sur le trône..., insinue tata Imogen.

Je ne sais pas pourquoi, mais l'intonation qu'elle prend pour dire cette phrase me fait éclater de rire. Un rire nerveux pour commencer, puis je ris si fort que mes grand-tantes m'accompagnent. Soudain, nous entendons du bruit au niveau de l'entrée. Nous cessons promptement toutes trois de rire et nous déplaçons rapidement vers ces étranges miaulements. Nous apercevons aussitôt Flokon, le dos rond, en train d'attaquer le petit roux, lequel, plus jeune, semble se soumettre, tandis qu'Amour se sauve pour se cacher dans les *jupons* de sa maîtresse.

– Bon sang !

Je me précipite sur *le chat*, qui se laisse attraper et emporter à l'extérieur de la maison, pendant qu'Amélia s'occupe de Flokon. Je ne manque pas sur mon passage de chaparder quelques croquettes dans la gamelle d'Amour afin de ne pas punir mon petit ami tout roux. Je m'installe avec lui sur les marches glacées de mon perron et il dévore chacune des croquettes que je tiens dans la main. Au bout de quelques minutes, il s'en retourne dans la rue et je rentre chez moi en frissonnant. J'ai la bonne surprise de constater que mes grand-tantes sont déjà attelées à leurs tâches. Tata Imogen cuisine tandis que tata Amélia dresse la table.

– Ma chérie, on parlera de ce chat roux plus tard. Va te relaxer sous une bonne douche chaude. On s'occupe de tout ! Ne t'inquiète pas !

J'obéis à leur agréable proposition. Moins de dix minutes plus tard, je me retrouve sous le jet chaud de ma douche. Cela me fait un bien fou. Toutes les tensions contenues dans mon corps s'échappent et, soudainement, je ne sais pas ce qu'il m'arrive. Je me mets à pleurer à chaudes larmes, le cœur gros comme si j'avais perdu quelqu'un de cher. Je me rends compte que cette personne existe, que c'est un homme et qu'il se prénomme Nicholas...

Chapitre 20

Nicholas

Trois jours se sont écoulés depuis qu'Isabelle m'a appris le prochain mariage de Tess. Bien évidemment, je me suis rendu à son invitation au restaurant *Nobu*, car il était important pour moi de voir Tess, de la savoir heureuse avec ce Mark, même si cela doit signer pour moi la fin du bonheur. Mais Isabelle était seule. Je me suis excusé poliment et lui ai signifié que je ne resterais pas dîner en tête à tête. Oh, elle l'a mal pris et m'a assuré que je ne lui échapperais pas la prochaine fois. Bien que j'aie réussi à lui affirmer que je ne lui devais rien, elle m'a jeté à la figure que j'avais signé un contrat de cinq prêts d'animaux avec Max Tobler et elle, et que je me devais de l'honorer si je ne voulais pas me retrouver devant les tribunaux pour manquement à ce contrat. Ce qui m'a rendu dingue. J'ai voulu vérifier ses dires, mais mon téléphone portable en a décidé autrement et j'ai dû me rendre rapidement chez moi afin de vérifier ma messagerie électronique, puis mon courrier postal. Rien. À tout hasard, j'ai tenté une vérification en ouvrant mes messages indésirables et là, quelle mauvaise surprise ! J'y ai retrouvé un courriel de Tess où se trouvaient en copie du message sa chef et Max Tobler, et dans lequel était glissé en pièce jointe un contrat signé par ces deux personnes ainsi que par moi-même. Le corps du message était concis et le contenu glacial En lisant les termes du contrat, je comprends que je me suis fait avoir, même si la contrepartie n'est pas du tout négligeable pour chaque intervention. Mais peu importe ! J'avais décidé que mes animaux n'étaient pas des objets et je le pense toujours. Qui plus est, je n'aime pas que l'on me force la main. Toutefois, je ne vois pas comment je vais réussir à me sortir de là ! Alors, sans plus réfléchir, j'ai formulé une réponse du même acabit à Tess, tout en me demandant si elle n'était pas de mèche avec Isabelle. Ce sentiment bizarre et fort désagréable ne m'a pas quitté depuis plusieurs jours et, bien que je reste avenant avec mon entourage, je bous intérieurement. Néanmoins, je n'ai revu aucune d'elles et cela me convient parfaitement. Je risquerais d'être fort impoli à leur encontre...

Bien que j'aie toujours du mal à digérer tout ce fatras, je n'ai pourtant rien dit à Bradley à propos du mariage de Tess, lorsqu'il m'a retrouvé complètement anéanti. Non, je ne lui ai rien dit. Je ne le pouvais pas, ne le voulais pas, ne le souhaitais pas. J'ai préféré tout garder pour moi et, surtout, je ne désirais pas que papa apprenne quoi que ce soit sur ma peine. Il est encore trop fragile dans son cœur pour supporter des émotions négatives. Alors, j'ai pris sur moi et j'ai annoncé à Bradley que j'avais un coup de mou. Il m'a cru, bien sûr, car ce n'est malheureusement pas la première fois que cela m'arrive depuis que Jessica est sortie de ma vie. Et lorsque je lui ai fait savoir que je préférais ne rien tenter avec Tess, il n'a pas insisté.

J'ai été très heureux d'apprendre qu'entre Abigail et lui, ça roule plutôt bien. Ils se voient tous les jours et Bradley a prévu de lui demander le soir du Nouvel An d'emménager avec lui dans son hostellerie. Je trouve cela un peu rapide, mais comme il me l'a dit, il a trente ans passés et ne veut plus perdre de temps à chercher l'amour. Il l'a trouvé et il veut se réveiller chaque jour à ses côtés. Je me demande si j'aurais eu la même pensée que lui si j'avais pu passer ne serait-ce qu'une soirée avec Tess. Je ne devrais plus penser à elle, mais son image m'obsède et mes nuits sont hantées par son merveilleux sourire. Je tente de la chasser de mon esprit chaque fois que je pense à elle, c'est-à-dire tout le temps. Mais en vain…

Concernant papa, il a revu de nombreuses fois sa cliente lunatique. Je crois qu'il s'est habitué ou plutôt qu'il s'est fait une raison sur son comportement bizarre. Mais comme cela le fait sortir de ses pensées moroses, je ne relève rien, même lorsque celle-ci s'est agacée, hier, car il ne trouvait pas la brosse avec un poil spécial pour son chat. Cela m'a plutôt fait sourire, car malgré son mécontentement et sa façon de froncer les sourcils, elle est restée très gracieuse. J'avoue rencontrer quelques difficultés à l'imaginer en tant que belle-mère, mais pour papa je suis prêt à tout. Et depuis que celle-ci est entrée d'une certaine façon dans sa vie, je ne l'ai pas revu la larme à l'œil. Rien que pour ça, j'accepterai ces changements d'humeur, aussi troublants soient-ils !

– Fiston, dis-moi, ne trouves-tu pas étrange que personne n'ait appelé pour le petit chat roux ?

– Je sais, moi aussi, je trouve cela bizarre. J'espère qu'il est toujours en vie. Je m'en veux déjà tellement d'avoir manqué de vigilance et qu'il se soit sauvé à mon insu !

– Ne t'inquiète pas ! Je vais retourner placarder des affiches ! On ne sait jamais ! Après tout, nous sommes à une semaine de Noël, peut-être que quelqu'un va nous entendre là-haut ?

– Tu crois encore au père Noël à ton âge ? dis-je en riant.

– Bien sûr ! Et sache que ma liste pour lui est longue comme le bras ! ajoute-t-il en pouffant de rire.

– Je pense que je vais venir avec toi coller ces affiches. Non seulement cela va me faire du bien de prendre l'air, mais comme je crois que tu perds la tête, je ne veux pas que tu t'égares en chemin ! plaisanté-je en prenant mon manteau, tout en passant le sien à mon père.

Je ferme donc exceptionnellement ma boutique pour une demi-heure, temps que je m'octroie avec papa pour coller des affiches. Après avoir traversé plusieurs ruelles dans lesquelles papa a déjà placardé des affiches, je me saisis de l'une d'elles que je compte scotcher sur un poteau électrique.

– Oh non ! m'écrié-je.

– Qu'as-tu, fiston ?

– Il y a une erreur dans mon numéro de portable. Ce n'est pas un 1, mais un 7 à la fin ! Cassandra ! Rrrrh..., ruminé-je entre mes dents.

Cassandra est une fille adorable, un peu farfelue, avec des cheveux bleus, des tatouages visibles, de nombreux piercings un peu partout et des bubble-gums qu'elle mâche en permanence, lorsqu'elle ne s'amuse pas à en faire une énorme bulle qu'elle fait éclater avant de la ravaler sans finesse. Oui, Cassandra est une gentille fille, mais il ne faut pas trop lui en demander. Je sais que Bradley ne veut pas se séparer d'elle, car il craint qu'elle ne retourne vivre dans la rue. Il a réussi à l'en sortir et je comprends son point de vue. Néanmoins, Cassandra est créative et j'entends par là le fait qu'elle s'amuse quotidiennement avec l'ordinateur. C'est donc ainsi que je découvre malencontreusement qu'elle a remis en forme la matrice de mon affiche que je lui avais confiée. J'y retrouve de nombreux smileys d'animaux et d'arabesques qu'elle a ajoutés ici et là. L'affiche est vraiment surchargée. Elle a dû effacer par mégarde le dernier chiffre de mon numéro de téléphone et, au vu de la police d'écriture qu'elle a utilisée, une espèce d'écriture elfique, cela ne m'étonne que peu de savoir qu'elle a confondu le chiffre 1 avec le chiffre 7.

– Je suis désolé, fiston, je n'ai pas fait attention au numéro.

– Ne t'inquiète pas, papa, ce n'est pas grave. Au moins, nous savons pourquoi personne n'a appelé. Allez, viens ! Nous allons retirer toutes ces affiches, si tu le veux bien...

Lorsque nous retournons au magasin, nous avons la bonne surprise, surtout pour papa, d'y retrouver la fameuse cliente lunatique qui patiente devant la devanture. Elle dégage une grâce naturelle avec son port altier et sa toque posée sur la tête avec élégance. Sa politesse est toujours aussi délicieuse lorsqu'elle me dit bonjour. Je réponds à ses salutations avant de la laisser aux mains de papa, qui s'empresse de lui faire le baisemain dès que je leur tourne le dos. J'écarquille les yeux avec une joie profonde au cœur. Tous deux restent au-dehors et j'aimerais me transformer en petite souris pour écouter leur conversation. Je reviens discrètement sur mes pas, mon paquet d'affiches devenues inutiles entre les mains. Je décide de ressortir pour les jeter dans le container à déchets situé sur le côté de l'animalerie. Je repasse devant eux deux, remarquant une rougeur identique sur leur visage. Je m'éloigne et tourne sur la petite ruelle située tout près de l'angle de mon magasin. Je me débarrasse des affiches et, au lieu de repartir à l'intérieur, je reste là, en planque tel un inspecteur en pleine enquête pour écouter leur conversation.

– Chère madame, je comptais faire une petite pause et je me demandais si vous accepteriez de venir vous promener avec moi sur Portobello Road. Enfin, en tout bien tout honneur, ajoute papa rapidement.

– Cher monsieur, voilà une proposition exquise que j'accepte avec grand plaisir.

– Tout le plaisir est pour moi..., rétorque papa.

Je suis certain qu'il a dû s'empourprer plus encore avec une telle réponse.

– Si vous avez trop froid, nous pourrions évidemment aller boire un chocolat chaud ou toute autre boisson que vous appréciez, l'entends-je lui proposer.

– Oh, sachez, mon bon monsieur, que le thé à la bergamote avec une pointe de lait d'amande me régalerait ! lâche-t-elle avec un large sourire.

À l'entente de cette phrase, je ne peux m'empêcher de pencher la tête hors de ma cachette pour les regarder. Je me demande vraiment comment papa va réagir et je me sens soudain soucieux pour lui. Je ne sais pas si cela est courant pour les amateurs de thé à la bergamote d'y ajouter une pointe de lait d'amande, mais c'était comme cela que maman préférait le savourer. Même pour moi qui n'en ai aucun souvenir, hormis le fait que ce soit papa qui me l'a raconté, cela me fait un drôle d'effet de l'entendre.

– Ma chère, arrive-t-il à prononcer, la voix chargée d'émotion, je serai honoré de partager cette boisson avec vous.

La dame est charmée et papa lui présente son bras. Je les regarde tous deux s'éloigner lentement et je me sens soudain tout simplement heureux pour la première fois depuis trois longs jours.

Je pénètre de nouveau dans ma boutique et décide d'aller voir mes petits compagnons à poil. Deux de plus partiront ce soir. Pour l'un d'eux, je sais que les nouveaux propriétaires sont bons avec les animaux et la vie en général. Pour les seconds qui se trouvent être une maman célibataire avec une petite fille, je crains que ce ne soit qu'un caprice de cette dernière. Mais c'est délicat de ne pas accepter de lui vendre un animal. Je pourrai la diriger vers un hamster plutôt qu'un chiot, mais j'accorde trop d'importance à n'importe quelle vie pour en sacrifier une au détriment de l'autre. Je vais donc tout faire pour assurer à cette maman qu'en cas de moindre souci rencontré avec ce petit bichon, je l'aiderais, quitte à récupérer l'animal. Mais je ne serai pas trop prévenant, car je veux qu'elle reste responsable de son propre choix.

J'entends de nouveau la clochette de l'entrée tinter. Ce sont Bradley et Abigail qui arrivent main dans la main. Je réponds à leur sourire tandis qu'ils se dirigent vers moi.

– Que faites-vous à cette heure-ci dehors ? demandé-je.

– On voulait te voir ! s'exclame Bradley.

– Oui, ajoute timidement Abigail avec un petit sourire.

– Je vous écoute.

– Eh bien, j'ai demandé à Abigail de venir vivre avec moi... Oui, je n'ai pas pu attendre le début de l'année comme prévu, ajoute-t-il dans un murmure, bien qu'Abigail l'entende également.

– J'espère qu'elle a dit non ! réponds-je avec un petit rire.

– C'est exactement ça ! rétorque-t-elle, tandis que Bradley passe un bras autour de son cou, avant de lui donner un bref baiser sur les lèvres.

– Voilà une belle nouvelle ! ne puis-je m'empêcher de dire.

– Alors, du coup, je me demandais si tu serais d'accord pour qu'Abigail passe Noël avec nous.

– Mais bien sûr, mon ami ! dis-je en le serrant dans mes bras.

– Et Hoani ? murmure Abigail à Bradley.

– Ah oui, Hoani ! J'espère que je ne te force pas la main, Nick, mais le frère de ma princesse est arrivé tout droit des Caraïbes pour la voir.

– Et du coup, il sera là à Noël ! dis-je. Pas de problème avec la famille ! ajouté-je, en souriant également à Abigail.

– Enfin, j'espère que cela ne dérangera pas ton père.

– Oh, ne t'inquiète pas pour lui.

– Super ! D'ailleurs, où est-il ? Je voulais le remercier de m'avoir botté les fesses, car c'est un peu grâce à lui si nous sommes ensemble !

– Il est sorti et je crois qu'il n'est pas près de rentrer...

Et je ne peux m'empêcher de leur raconter la belle rencontre que papa a faite au magasin. Ils sont heureux pour lui. Puis, lorsque Bradley m'interroge à propos de mon petit chat roux, je lui raconte avec un sourire la *belle* erreur de Cassandra...

Chapitre 21

Tess

Les parents d'Abirami sont arrivés hier matin. De fait, j'ai été plutôt inquiète pour ma collègue, car elle m'a juste envoyé un SMS sur mon nouveau portable pour me dire qu'elle prenait trois jours de congé. Et ce matin, très tôt, elle m'a téléphoné. Bien que je sois à peine réveillée, je lui ai dit qu'elle ne me dérangeait pas, car j'ai senti qu'elle avait besoin de me parler. Elle m'a raconté qu'après une belle dispute avec ses parents, ceux-ci sont revenus sur leur décision de la marier à un homme de Jaipur après avoir rencontré Ryan. Il a su leur expliquer qu'il n'avait pas l'intention de changer leur fille ni de lui faire oublier sa patrie, ses coutumes, et qu'ils seraient toujours les bienvenus chez eux chaque fois qu'ils en auront le désir. Ryan leur a même assuré que leur fille serait toujours respectée et qu'il l'aimait plus que tout. Leur union est donc bien maintenue pour le début de l'année. Abirami m'a raconté également qu'après avoir lu le message que nous leur avions écrit avec mes grand-tantes, ses parents avaient le souhait de nous rencontrer. Nous sommes donc conviées toutes les trois ce soir dans leur suite. Bien qu'ils aient l'habitude des hôtels cinq étoiles et que l'hostellerie *Le Blueberry* n'en affiche que quatre, ses parents ont accepté d'y séjourner. En fin de compte, Abirami leur a dit qu'il y avait de nombreuses personnalités du show-biz qui y descendaient et elle leur a même vendu que j'étais une journaliste affirmée qui y faisait de nombreuses interviews de stars. Bon, ce n'est pas tout à fait vrai ni faux d'ailleurs, car même si je n'y ai interviewé que trois stars, dont la dernière laisse à désirer, je m'y suis bien rendue trois fois pour le job. J'espère qu'ils ne seront toutefois pas déçus s'ils viennent à apprendre que je n'en ai pas fait non plus une cinquantaine…

En arrivant au travail, je porte un *latte* à ma chef, avant de lui annoncer qu'Abirami a pris trois jours de congé.

– Qui est Abirami ? demande-t-elle sans me regarder, tout en portant à sa bouche le gobelet encore chaud que je viens de lui déposer sous le nez.

J'écarquille les yeux, avant de me souvenir qu'Isabelle la nomme toujours par son nom de famille.

– Abirami Chandrasekhar.

Isabelle ne répond rien de plus et continue de boire son *latte*.

– Isabelle, Abirami va se marier prochainement et j'aimerais couvrir cet événement.

– Êtes-vous devenue folle, Tess ? Si nous nous mettons à couvrir ce genre de fantaisie, la réputation du journal irait à vau-l'eau !

– Mais ce n'est pas un simple mariage, osé-je lui dire.

– Qu'insinuez-vous ? Que votre collègue va épouser un prince et que nous devons couvrir son mariage ?

– Si c'était le cas, accepteriez-vous, alors ?

Devant ma réponse, Isabelle repose son café devant elle.

– Bien, Tess ! Vous avez toute mon attention.

J'explique alors à Isabelle qui est Abirami et de quelle famille elle vient. Je lui précise également qu'elle a décidé d'épouser d'ici deux mois un Anglais au lieu de l'homme que son père lui prédestinait. D'un seul coup, l'intérêt d'Isabelle pour *notre* collègue se décuple.

– Je voudrais juste faire un billet sur elle, enfin, je ne lui en ai pas encore parlé, mais je pense qu'elle sera d'accord.

– Mais bien sûr ! Vous avez toute latitude pour le faire ! D'ailleurs, je veux la rencontrer, moi aussi !

J'ai bien envie de lui dire qu'elle la voit tous les matins en arrivant au bureau, mais même si je préfère me taire, Isabelle doit lire l'étonnement sur mon visage.

– Enfin, je parle de sa famille, vous l'aurez compris, bien évidemment ! se reprend-elle.

Au fond de moi, je me sens joyeuse de pouvoir faire une chronique sur Abirami. J'espère toutefois qu'elle va l'accepter et que sa famille va bien le prendre. Lorsque Isabelle apprend que j'ai rendez-vous avec ses parents, elle me fait grâce de mon après-midi. Ce qui me réjouit, car cela va me permettre de rentrer plus tôt.

Je retourne donc à mon bureau et commence par lire mes courriels. Rien de particulier aujourd'hui, mais j'en reçois tellement de la part des lecteurs qui lisent mes chroniques qu'il m'arrive parfois de louper un courriel important. Je remonte sur les jours précédents au cas où. Je me sens piquer un fard en voyant un courriel qui provient de Nicholas.

C'est peut-être une nouvelle invitation pour boire un verre ? songé-je, heureuse et curieuse d'en connaître le contenu.

Mais bon, ce courriel date de deux jours tout de même !

Empressée, j'opère un clic avec ma souris pour l'ouvrir. Je reste coite devant la froideur de son message. Cela me fait l'effet d'une douche froide. Et moi qui pensais qu'il y avait un petit quelque chose entre nous. J'ai dû me fourvoyer. Je déplace le curseur de ma souris pour lire le message initial auquel il a répondu. Je suis estomaquée en voyant qu'il provient de ma messagerie et qu'il est signé de mon nom. À moins d'être atteinte de la maladie d'Alzheimer, je reste certaine de ne lui avoir jamais envoyé ce courriel ni un autre. Je cherche qui pourrait en être l'auteur, jusqu'au moment où il me paraît évident que ce ne peut être qu'Isabelle, car elle seule connaît mes mots de passe. Je me demande bien pourquoi elle ne l'a pas envoyé de sa messagerie et s'est permis de le faire de la mienne. Je clique sur la pièce attachée à cet envoi. J'en tombe des nues. C'est un contrat dans lequel Nicholas s'engage à prêter lors de cinq interventions des chiots ou des chats, suivant la nécessité du plateau de Max Tobler. La rémunération en contrepartie est bien plus exorbitante qu'elle ne l'était au départ. C'est peut-être bien pour cela qu'il a accepté le contrat. Ce qui me chagrine, car il ne m'avait absolument pas semblé vénal. Je referme le courriel en me demandant s'il est bien judicieux d'aller faire la moindre remarque à Isabelle sur la façon dont elle a usé de mon identité pour l'envoi de ce message. Je songe qu'elle vient tout juste d'accepter que je travaille sur le mariage d'Abirami. Le mal est fait, je préfère donc ne pas la contrarier. Elle serait bien capable de me retirer ce job, voire de me virer une énième fois !

Je décide de répondre aux courriels et aux courriers postaux des lecteurs, ce qui m'occupe la tête, toujours assaillie par de tortueuses réflexions qui concernent toutes Nicholas. Cela me prend toute la matinée. Je compte partir dans une ou deux minutes tout au plus et décide de déjeuner à la maison avec mes grand-tantes, leur faisant ainsi la surprise de rentrer plus tôt.

– Tess ! Tess ! m'interpelle encore une fois Isabelle depuis son bureau, comme à son habitude.

– C'est encore toi qu'elle veut ! chuchote Mark avec un petit sourire de compassion.

– Elle va finir par avoir ma peau, la sale bête ! rétorqué-je à voix basse, en me levant de ma chaise, contrariée.

Je me déplace jusqu'à elle, d'un pas plutôt traînant. Je crois que je suis blasée sur sa personne…

– Tess, je sais que je vous ai dit que je vous laissais champ libre cet après-midi, mais j'ai besoin que vous alliez auparavant chez *Taylors* pour m'acheter une paire de collants de couleur taupe, taille 1. Tenez ! ajoute-t-elle sans attendre mon accord en me tendant deux billets de cinquante livres sterling.

Je récupère l'argent et opère un demi-tour pour m'y rendre.

– Tess ! m'interpelle-t-elle de nouveau.

Je reviens sur mes pas en croisant les doigts pour qu'elle ne me demande pas autre chose…

– Tess, j'ai oublié de vous dire que j'avais fait suivre de votre messagerie à Nicholas de Monderlay le contrat qu'il a signé avec Max Tobler et notre journal.

– Ah, articulé-je seulement en me demandant si je dois lui balancer à la figure qu'elle aurait mieux fait de le faire de sa messagerie.

– Mais je suis certaine que cela ne vous dérange pas, sinon vous me l'auriez déjà dit !

Je ne sais que répondre à ces paroles dites sur un ton aussi arrogant.

– Bien, c'est tout, vous pouvez y aller ! émet-elle en secouant sa main pour me faire fuir, tandis qu'avec l'autre elle répond à l'appel qu'elle reçoit.

– Ewan ! Quelle joie d'avoir de tes nouvelles ! l'entends-je couiner.

Je suis certaine qu'il doit s'agir d'Ewan Thompson, l'un de ses ex. À chaque fois qu'elle lui parle au téléphone, on a l'impression qu'elle a un orgasme. Je continue de l'entendre après avoir pris mes affaires pour partir. Une fois dehors, je songe que même en prenant le métro, je vais en avoir pour au moins une bonne heure, si ce n'est plus pour faire l'aller-retour ! Sans compter que je n'ai même pas encore déjeuné. Pfff…

En allant prendre le métro, je ne peux m'empêcher de passer devant la boutique *Hidden's Garden of the Pets*. Je colle mon front sur la vitrine, tout en glissant les mains de chaque côté de mon visage pour mieux regarder à l'intérieur. Je cherche vers la droite, mais c'est vers la gauche qu'il y a du mouvement. Mon regard intercepte Nicholas, qui sourit en s'entretenant avec une vieille dame aux cheveux blancs. Je me sens sourire naturellement. Cela me réchauffe le cœur de le voir si patient et si attentionné, bien qu'il ne s'agisse pas de moi. Je savais qu'il était un homme bon et un vendeur charmant. Je ne compte pas le déranger pour autant. C'est alors qu'il m'aperçoit. Je lui fais signe instinctivement, mais il me fixe sans bouger. Il reste ainsi deux ou trois longues secondes, puis il se détourne de moi sans aucune attention pour ma personne. Je suis pourtant certaine qu'il m'a vue. Mon visage se décompose et je sens des picotements partout dans mon corps. J'ai envie de pleurer. Je m'échappe, le cœur serré. Je ne cesse de penser à lui, tout le temps que je mets pour aller acheter ces maudits collants et celui que je mets pour revenir. Je finis par me dire qu'il ne m'a pas vue. Puis je repense à son courriel et au contrat signé avec Isabelle. Je n'arrive pas à croire qu'il a refusé de le signer avec moi pour faire monter les enchères. Je songe soudain à Fergus et me dis que Nicholas ne vaut peut-être guère mieux que lui. Écœurée, je me dis qu'il faut que je me fasse une raison et faire une croix sur lui.

Isabelle est sortie et j'en suis soulagée, en déposant la paire de collants sur son bureau. Je glisse dans son tiroir le peu de monnaie qu'il reste de cet achat onéreux, ainsi que le ticket de caisse. Je me sauve avant qu'elle ne revienne. Elle serait bien capable d'annuler mon après-midi déjà bien entamé. Je repars toutefois le cœur en berne. Je sens que quelque chose s'est brisé en moi au moment même où Nicholas m'a ignorée. J'essaie de ne pas trop y penser en rentrant chez moi. Mes grand-tantes sont si heureuses de rencontrer les parents d'Abirami que je ne veux en rien gâcher leur joie. D'autant que cela ne serait pas correct de ma part de me rendre à cette belle invitation envahie d'une mauvaise humeur. Je fais donc comme si tout allait bien en retrouvant ma grand-tante Imogen, qui m'apprend que sa sœur est sortie. J'ai un léger doute de l'endroit où elle a pu se rendre... Je continue de discuter avec elle et aborde le sujet de sa nouvelle histoire. Tata Imogen m'annonce qu'elle n'a pas tué son héros deux fois, mais trois fois. Ce qui nous fait rire longuement. Elle me demande si je veux lire quelques chapitres et, après avoir lu les trois premiers, je reste comme toujours impressionnée. Son héros est charmant et, à ce moment-là de l'histoire, je ne comprends pas pourquoi il va mourir par la suite. Qui plus est, trois fois !

– Dis-moi, tata, est-ce que je peux te poser une question ?

– Bien sûr, ma chérie ! Tout ce que tu désires.

Avec une telle proposition, je serais bien tentée de lui demander pourquoi elle ne s'entend pas avec sa sœur. Mais je pense que le moment est mal choisi. Je lui pose donc la première question que j'ai toujours en tête.

– Pourquoi écris-tu toujours de belles romances au départ et que, par la suite, ça se dégrade grandement entre les deux protagonistes, au point que tu liquides toujours le héros ?

Avant même qu'elle ne me réponde, je songe que c'est exactement ce qui m'arrive avec Nicholas... Enfin, je n'ai toutefois aucune envie de le tuer !

– Tu sais, ma puce, c'est un plaisir constant qui envahit ma plume. Ces choses-là ne se calculent pas. Mes personnes prennent possession de l'histoire et c'est ainsi que l'histoire s'écrit d'elle-même.

– D'accord, mais n'y a-t-il pas un fond de vérité, quelque chose au fond de toi pour que leur idylle n'aboutisse jamais ? tenté-je d'insinuer.

– Bien sûr que non, ma chérie ! Quelle idée ! Crois-tu que les auteurs qui écrivent des thrillers ou des polars ont déjà commis un meurtre ?

– Non, bien sûr que non. Tu as raison, tata, c'était une mauvaise déduction.

Malgré sa réponse, je reste sceptique sur le sujet. Je consens pour les personnages et autres criminels dans les romans noirs, mais les personnages de ma grand-tante Imogen sont tellement adorables que je ne comprends pas pourquoi ils meurent toujours accidentellement. Que ce soit lors d'un accident de voiture, d'une chute d'échelle ou d'escaliers ou dans une bouche d'égout, en traversant un passage pour piétons ou d'un garde-corps mal scellé et j'en passe. Pourtant, il n'y a jamais de tueurs dans ses histoires. Mais je crois que je n'aurai pas d'autre réponse que celle qu'elle a bien voulu me donner. Nous continuons à discuter autour d'une tasse de thé avant que mon autre grand-tante ne rentre de sa promenade.

– Eh bien, tu en as mis du temps, ma chère sœur, pour aller rendre ce plaid qui ne convenait pas ! dit tata Imogen d'un air suspicieux.

– Oui, c'était plus long que prévu, répond sa sœur, d'un ton calme, mais le visage radieux.

– D'ailleurs, je vois que tu ne l'as pas rendu puisque tu l'as toujours avec toi ! la réprimande tata Imogen en fronçant les sourcils.

Je reste silencieuse devant leur échange, même si je brûle d'envie de demander à ma grand-tante Amélia ce qu'il lui arrive vraiment. Je sens qu'elle retient une joie palpable.

– Oh oui, je me suis dit après tout que Flokon finirait par l'apprécier. Je monte me changer, poursuit-elle en se dirigeant vers les escaliers.

Elle se met à fredonner un petit air agréable tout en montant d'un pas léger chacune des marches. J'ai l'impression de voir Cendrillon après sa rencontre avec le Prince Charmant.

– Voilà qu'elle chantonne, maintenant ! s'exclame mon autre grand-tante. Mais que lui prend-il ? lâche-t-elle pour elle-même sans attendre la moindre réponse de ma part, puisqu'elle replonge déjà le nez dans son écran.

Avec un petit sourire, je débarrasse nos tasses vides avant d'aller les laver. Puis, je monte à mon tour me débarbouiller avant de me préparer pour la soirée…

– Oh, ma chérie ! Tu es superbe ! s'exclame tata Amélia lorsque je les rejoins en bas une heure plus tard, apprêtée.

– Oui, superbe, ma puce ! ajoute mon autre grand-tante.

– Dites donc ! Vous aussi, vous êtes bien jolies !

Toutes deux m'étreignent chacune leur tour dans leurs bras avant que tata Imogen ne m'interroge sur Abirami.

– Dis-moi, ma chérie, tu ne nous as pas vraiment dit qui sont ses parents. Sont-ce des princes ? Des personnalités importantes ?

– Je me demande bien ce que l'on va pouvoir leur dire, ajoute tata Amélia avant même que je ne réponde à sa sœur.

– Ne vous inquiétez pas, mes tantes, tout ira bien ! essayé-je de les rassurer, même si je n'en mène pas large, moi non plus, depuis que je sais qu'ils veulent nous rencontrer.

J'ai l'impression d'être insignifiante face à des gens fortement aisés. Enfin, même richissimes, à en croire les dires d'Abirami.

– Ce sont des propriétaires terriens et ils cultivent le thé, finis-je par répondre à mes grand-tantes.

– Eh bien, je ne savais pas que le thé pouvait rapporter autant ! lâche tata Imogen avec un hochement de tête ferme, ce qui lui donne un drôle d'air. Si j'avais su, j'en aurai déjà planté dans mon jardin !

En la fixant, j'ai l'impression qu'elle a déjà le regard ailleurs, comme si elle pouvait s'imaginer avoir de nombreux plants de thé vert dans son immense demeure. Tata Amélia et moi la regardons avant de nous jeter un bref regard.

– Qu'avez-vous encore toutes les deux à me regarder avec vos yeux de merlans frits ? clame-t-elle avant d'éclater de rire.

Comme toujours, lorsque l'une d'elles se met à rire, il est difficile de ne pas l'accompagner. Mes grand-tantes ont un rire tellement communicatif qu'il est impossible de se retenir à leurs côtés. Nous rions donc avec elle, avant de nous dire qu'il est grand temps pour nous de nous rendre à cette surprenante invitation.

Chapitre 22

Nicholas

– Dis donc ! Dis donc ! Tu n'arrêtes plus de sortir, à ce que je vois ! m'esclaffé-je en prenant papa en flagrant délit de sortie pour rejoindre au-dehors sa belle cliente.

– Euh… je reviens dans quelques minutes, c'est juste pour la dépanner, pour sa… son…

Devant ses bafouillements, je ne peux m'empêcher d'éclater de rire.

– Allez, monsieur de Monderlay ! Je vous donne votre journée ! Déguerpissez de mon magasin et ne revenez pas de sitôt ! m'exclamé-je avec un rire qui me secoue tout le corps.

Papa revient vers moi et me fixe du regard. Il prend ma tête entre ses mains et pose son front contre le mien.

– Je t'aime, fiston ! Tu es ma plus grande fierté ! Ta mère aussi serait fière de te voir ainsi !

– Je suis sûr qu'elle l'est, tout comme je suis certain qu'elle est aussi heureuse de te voir de nouveau vivre.

Il détache ses mains de mon visage pour me serrer dans ses bras. Puis, avec un petit sourire qui ne découvre pas ses dents, mais lui monte jusqu'aux oreilles, il quitte le magasin. J'ai la gorge serrée par l'émotion. Je sens que ce Noël ne sera pas le même que d'habitude et j'en suis fort heureux. J'espère qu'il aura l'idée d'inviter cette dame à notre table, sinon je devrai le faire à sa place.

Je songe alors aussi à Tess. J'aurais donné cher pour passer une seule soirée avec elle. Mais elle va se marier prochainement et il faut absolument que je me fasse une raison. Mais c'est difficile. La clochette de l'entrée retentit et me sauve de mes réflexions tortueuses.

– Madame Coughlin ! dis-je avant même qu'elle n'écorche mon prénom comme à son habitude.

– Mon petit Ni*cho*las ! dit-elle toutefois.

Je songe alors que l'on ne se refait pas. Je m'occupe d'elle avec beaucoup d'attention. J'adore cette vieille dame, même si je ne me le suis jamais avoué. Je ne sais pas vraiment pourquoi, mais après l'avoir servie, je lui propose de boire un thé au fond du magasin.

– Vous n'allez pas m'empoisonner pour me voler mon argent ? demande-t-elle d'un air méfiant.

Devant mon silence, elle s'exclame :

– Je plaisante ! Ah, si vous aviez pu voir votre jolie trombine, vous ririez tout comme moi.

– Touché ! Vous êtes très drôle, madame Coughlin ! Non, il me reste des petits cookies de chez *Biscuiteers*, annoncé-je avant qu'elle ne m'interrompe.

– Seigneur ! *Biscuiteers* ? Mais pourquoi ne pas l'avoir dit plus tôt, mon mignon ? Je vous suis, bien sûr !

Et Mme Coughlin éclate de rire longuement. Accrochée à mon bras, elle me fait penser à une petite souris blanche. Je suis soulagé de savoir qu'elle ne me prend pas véritablement pour un psychopathe. Je la laisse converser en premier et j'apprends qu'elle est veuve et vit seule depuis de nombreuses années, entourée de ses deux chats qu'elle aime comme les enfants qu'elle n'a jamais portés. Elle poursuit son histoire en me racontant qu'elle a travaillé toute sa vie comme interprète. D'abord pour La Haye aux Pays-Bas puis pour l'ONU à New York. Elle y a eu de nombreuses conquêtes, m'avoue-t-elle en rougissant, mais elle n'y a jamais vraiment rencontré l'amour. Puis, elle a fini par épouser un Écossais, dont le frère est mort avec son épouse dans un accident d'avion de tourisme, laissant derrière eux un petit garçon. Bien qu'elle et son époux aient été déjà âgés, ils l'ont tout de suite pris avec eux pour s'en occuper. C'est un gentil garçon et elle a été comme une mère pour lui. Elle en parle avec beaucoup d'affection. Mais depuis qu'il a quitté la maison, elle se sent seule. Entre deux mots, et deux biscuits de plus d'avalés, je finis par comprendre que je le lui rappelle et que c'est sans doute pour cela qu'elle me taquine la plupart du temps. Celui-ci est devenu un homme d'affaires important et n'a que peu de temps à lui accorder, même s'il s'occupe d'elle dès qu'il en a l'occasion.

– Il paie toutes mes factures, même si je n'ai pas besoin de son argent ! m'avoue-t-elle, en portant avec élégance, le petit doigt relevé, sa tasse de thé à ses lèvres ridées.

Elle poursuit son histoire en me disant qu'il héritera d'une belle fortune. J'apprends qu'il va se marier et je lui demande promptement son prénom. Le temps qu'elle met à me répondre qu'il se prénomme Ryan me torture. Puis, je suis totalement soulagé lorsqu'elle ajoute que la future Mme Coughlin est hindoue. J'essaie toutefois de ne pas trop le lui montrer.

J'apprends que M. Coughlin est mort il y a déjà plus de vingt ans. Toute son histoire me touche profondément. Je me sens bouleversé, alors qu'elle continue de sourire. C'est une vraie force de la nature. Elle m'informe qu'elle parle plusieurs langues couramment et que cela l'amuse de prononcer étrangement mon prénom. Nous rions à cette surprenante information et je finis par lui parler de maman, de la façon dont elle nous a été arrachée brutalement et de la douleur qui réside dans nos cœurs, mais surtout dans celui de papa. Elle pose sa vieille main ridée sur la mienne et me sourit avec compassion. Je me sens rasséréné par ce geste.

– Madame Coughlin, accepteriez-vous de venir passer Noël chez moi ?

Elle conserve son sourire tout en me faisant miroiter sa réponse.

– Je ne serai pas seul, bien sûr ! Il y aura mon père accompagné sans doute d'une nouvelle amie à lui, et...

– Ah, oui, je sais de qui vous voulez parler ! Grande, élancée, d'une élégance sans faille, avec un sourire aux dents alignées, si ce n'est celle de côté qui n'a pas voulu rentrer dans les rangs ! lâche-t-elle tout de go.

Je reste sans voix devant sa longue réponse. Mais je ne cesse de me répéter sa dernière phrase.

Pourquoi me parle-t-elle de Tess ?

C'est alors que je fais le rapprochement entre les deux femmes.

C'était donc ça, le sourire qui me rappelait Tess ! me dis-je en silence.

Je me demande si elles ont un lien de parenté.

– Tout va bien, mon garçon ? me demande Mme Coughlin devant mon long silence.

– Oui, fort bien, madame Coughlin. Où en étais-je ? Oui ! Il y aura aussi mon ami Bradley...

– Le rouquin ! lâche-t-elle en m'interrompant de nouveau avec le regard rieur.

– Oui, le rouquin et son amie Abigail. Il y a aura également son frère venu de la Jamaïque et vous, si vous acceptez de vous joindre à nous, finis-je de dire avec un large sourire, songeant qu'elle en sait plus sur mon entourage que je ne le pensais.

– Ce sera avec grand plaisir que je me joindrai à vous, mon enfant ! D'autant plus que cette année, je ne sais pas encore si les enfants viendront me voir. Mais si c'est le cas, eh bien, tant pis pour eux, ils n'auront leurs cadeaux que le lendemain ! dit-elle en plaisantant.

– Ce sera un réel plaisir de vous avoir à notre table ! Et si votre neveu et son épouse veulent se joindre à nous, ce sera avec joie !

– Vous êtes aussi délicieux que votre papa, mon garçon ! lâche-t-elle avec un petit clin d'œil.

Ce qui me fait quelque peu rougir. Chose que je n'aurai jamais crue possible venant d'une aussi vieille dame.

– Mais ne manque-t-il pas une personne ? N'avez-vous donc pas de petite amie ? La petite avec laquelle vous étiez la dernière fois en promenant le petit beagle... Ne se joindra-t-elle pas à nous ? m'interroge-t-elle, l'air étonné.

Je constate que la mamie est plus alerte que je ne le pensais et fort observatrice. Je me demande même si elle ne m'espionne pas. Je lui souris en lui disant que mon cœur reste à prendre, si jamais elle avait le souhait de faire de moi son amant. Elle rit plus fort que moi à ma plaisanterie. Nous finissons de boire notre thé et elle quitte le magasin, canne à la main, la démarche altière. Je me sens heureux de l'avoir invitée.

Au bout de quelques secondes, je resonge à son allusion à propos d'un certain sourire et mes émotions s'emballent de nouveau. Je n'ai pas le temps d'y penser plus encore, car la clochette de la porte d'entrée se met à tinter. Il s'agit de Bradley et de son amie qui se dirigent vers moi en se tenant par la main.

– Tu ne devineras jamais ce qu'il va se passer dans mon hostellerie dans deux jours ! s'exclame Bradley en me donnant une accolade.

– Non, mais je sens que tu meurs d'envie de me le dire ! répliqué-je avec un sourire en embrassant Abigail.

– Eh bien, il va y avoir un mariage qui sera couvert par les médias ! s'exclame-t-il fort enthousiaste.

Je me décompose à la vitesse de la lumière en pensant aussitôt à Tess.

– Quels médias ? ne puis-je m'empêcher de demander.

– Eh bien, il y a le *Daily Show* qui m'a contacté, mais c'est le *Daily's March* qui couvrira toute l'affaire !

En entendant le nom du journal qui emploie Tess, mon cœur rate un battement. Je pourrais demander des précisions sur les mariés, mais je ne suis pas certain de pouvoir supporter leur réponse.

– Et dire que je vais être témoin de la mariée ! ajoute Abigail joyeusement. C'est une première pour moi !

– Ah, OK, réussis-je à articuler, malgré la boule qui me noue soudain la gorge, en n'ayant plus de doute sur le nom de la mariée.

– Ça ne va pas, Nick ? me demande Abigail qui a remarqué mon mal-être.

– Si, si, ça va, je suis juste un peu fatigué.

– Il faut que tu sois en forme pour venir voir ça ! m'annonce plein d'entrain Bradley.

– Écoute, Brad, je ne sais pas si je serai libre. Je te dirai ça dès que mon père sera de retour.

– Justement ! On l'a croisé dehors au bras de la charmante dame dont tu nous avais parlé ! Eh bien, sache que celle-ci est invitée également et que ton père va l'accompagner !

J'ai l'impression de prendre un coup de poing dans le ventre.

– Zut alors, Nick ! Ça ne va pas ?

– Si, j'ai juste sauté mon repas ce midi, annoncé-je avec une petite grimace, bien que je mente de façon évidente.

– Veux-tu que je te rapporte quelque chose de…

– Non, merci, Bradley ! Écoute, je dois me rendre à Londres les deux prochains jours pour aller récupérer des animaux, mais si je suis de retour à temps, je viendrai, bien sûr, poursuis-je en mentant.

Je songe alors qu'il faut absolument que je me trouve réellement un rendez-vous à Londres dès demain, sinon mon père m'obligera à l'accompagner à ce grand événement qui sera, en plus, médiatisé.

– OK, Nick ! rétorque Bradley un peu mouché par ma réponse. Est-ce que tu es au moins libre pour un dîner ce soir ? me propose-t-il.

– Non, ça ne va pas être possible et je vais devoir vous laisser, les amis, car j'ai vraiment du pain sur la planche ! Avec les réaménagements du magasin que j'ai faits avec mon père, je n'ai pas mis le nez dans ma comptabilité depuis plusieurs jours et les factures se sont entassées. Je ne voudrais pas me retrouver avec la saisie de mon animalerie pour factures impayées ! dis-je avec un sourire qui n'éclaire pas mes yeux.

Bradley me fixe sans mot dire.

– Bon, eh bien, tu dois avoir tes raisons pour refuser, lâche-t-il avant de me serrer dans ses bras amicalement.

Mais au lieu de partir comme je me l'imaginais, Bradley, avec un air fort embarrassé, se frotte l'arrière de la tête.

– Quoi ? Il y a autre chose ? demandé-je, alors que je pensais avoir déjà eu mon compte.

– Jessica.

– Quoi Jessica ? répété-je presque comme une riposte.

– Elle est à Notting Hill depuis hier…

– Et alors ?

– Rien. Je voulais juste te le faire savoir au cas où tu… Laisse tomber ! ajoute-t-il avec le visage fermé.

J'embrasse finalement Abigail et tous deux quittent les lieux, sans doute un peu déçus que je ne me sois pas associé à leur joie, ni accepté leur invitation à dîner. Je pense à Tess puis à Jessica. Deux femmes complètement différentes. Mais la dernière m'a quitté pour se marier avec un autre, quoiqu'en y réfléchissant bien, la seconde ne devrait plus tarder à l'être !

Franchement dégoûté, je m'installe réellement à mon bureau, situé dans l'arrière-boutique, et je trie en premier lieu les factures qui s'y sont entassées. Puis, j'ouvre ma messagerie. J'ai la mauvaise surprise de recevoir un courriel de Max Tobler qui me demande de me trouver demain matin à dix heures dans ses bureaux sur le plateau F pour un shooting. Il exige que je vienne avec un chaton roux. Cependant, les deux que j'ai en boutique sont noirs. Il devra composer avec ! Je ronge mon frein en me disant qu'il ne me restera plus que quatre interventions à faire après celle-ci !

Chapitre 23

Tess

Mes grand-tantes et moi-même étions tirées à quatre épingles pour nous rendre à notre rendez-vous à l'hostellerie *Le Blueberry*. Cependant, en faisant la rencontre de la famille d'Abirami, j'ai eu l'impression que nous étions vêtues très simplement. Mme Chandrasekhar était parée d'une tenue indienne traditionnelle aux couleurs chatoyantes, confectionnée dans de la soie fine. Ses enfants également. Quant à M. Chandrasekhar, il était tout vêtu d'un bleu céruléen. Ce qui a donné à notre rencontre un air cérémonieux. Ce fut une belle surprise de les rencontrer, même si, au premier abord, M. Chandrasekhar fut plutôt distant. Mais après une demi-heure de retenue, il s'est montré complaisant. Comme ils parlent tous couramment anglais, nous n'avons rencontré aucun problème de langue. Nous avons pu faire également la connaissance de Ryan, le futur époux d'Abirami. Un homme charmant qui a su faire changer d'avis M. et Mme Chandrasekhar. Ma collègue avait des étoiles plein les yeux. Puis Mme Chandrasekhar leur a annoncé que son époux et elle ne pouvaient pas passer plus de temps en Angleterre. Ils n'étaient venus que dans le but de ramener Abirami dans leur pays pour la marier avec un hindou. Mais depuis qu'ils ont fait la connaissance de Ryan, ils ont changé d'avis. Ils nous ont expliqué qu'à cette époque de l'année, ils ont l'habitude de célébrer Diwali, la fête de la lumière, avec tout le reste de leur immense famille et que, malheureusement, ils ne pourraient pas revenir en début d'année pour leur union. Devant la déception d'Abirami, Mme Chandrasekhar a coupé court à sa tristesse en l'informant que, dès le matin, elle avait déjà pris les devants pour que leur union ait lieu dans deux jours en Angleterre. Une autre cérémonie aurait lieu bien évidemment plus tard l'année prochaine, mais en Inde, avec tous les autres membres et amis de la famille. Abirami a sauté de joie, tandis que Ryan s'exclamait :

– *Pourquoi pas ! Je n'ai jamais mis les pieds en Inde !*

Les moyens qu'ils déploient pour toute cette organisation de dernière minute m'ont scotchée !

Donc, dans moins de vingt-quatre heures, je vais non seulement jouer la journaliste en les interviewant officiellement pour mon journal, mais, qui plus est, je vais être le témoin de la mariée avec mon amie Abigail !

Lorsque je retourne au bureau, Isabelle me montre une politesse hors du commun. Elle a déjà contacté les parents d'Abirami pour leur dire que leur fille était formidable et qu'elle aurait prochainement une promotion. Et dire qu'elle a réussi à se faire convier à leur table et que je vais devoir me la coltiner durant toute la cérémonie !

À être ainsi occupée à droite et à gauche, la journée s'écoule plutôt rapidement. J'ai essayé de me plonger dans chacune de mes tâches, afin de ne pas avoir à penser à Nicholas. Mais il est toujours là, dans ma tête, plus présent que jamais. En fin de journée, je suis soulagée de rentrer chez moi. Je retrouve mes grand-tantes, le nez toujours plongé dans leur histoire. Mais une belle surprise m'attend à l'intérieur. Le petit chat roux est là et aucune dispute n'a lieu entre Flokon, Amour et lui. Je suis contente, et mon bonheur aurait été complet si j'avais eu le courage de parler à Nicholas en le croisant, sur mon retour ce soir. Mais il n'a pas pris la peine de m'adresser la parole et est resté sur son côté de trottoir, en me faisant à peine un signe de tête. Cela m'a refroidie. Je l'ai fui si rapidement que j'ai failli me faire renverser par un chauffeur de taxi. J'ai explosé en sanglots et je dois encore avoir les yeux rouges. Si mes grand-tantes me voient dans cet état, elles vont me passer à la moulinette. Je suspends en vitesse mon manteau sur une patère et dépose mon sac à main sur un petit banc qui me sert également de coffre. Je les salue de loin et me dirige dans le coin cuisine, avant de me mettre en quête de trouver un oignon et de l'éplucher pour me faire pleurer. C'est la seule idée farfelue qui m'est venue en tête pour qu'elles ne se rendent pas compte de mon chagrin. J'en trouve aussitôt un et je l'épluche, un peu comme une sauvage. Puis je le découpe aussi rapidement que possible. Je manque de perdre au passage un bout de mon index, ce qui me fait pousser un cri.

– Seigneur ! s'exclament d'une seule voix mes grand-tantes en se levant rapidement de leur chaise pour me rejoindre. Mais que fais-tu ?

– Tout va bien, tout va bien, je vous assure ! Je ne saigne même pas !

– Mais tu as pleuré ! s'exclame tata Amélia.

– Tu ne vois donc pas que c'est à cause des oignons, ma chère sœur ! rétorque tata Imogen.

– Non, et je suis navrée de te contredire, ma chère sœur, mais ça, ce sont des larmes séchées ! répond-elle en pointant d'un doigt le bas de ma joue.

– Tu as pleuré, ma chérie ! Qui t'a fait du mal que j'aille lui régler son compte ! s'écrie tata Imogen.

Je ne peux me retenir de pleurer dans leurs bras sans leur répondre. Je les sens attristées et cela me gêne de les mettre dans cet état. Mais je n'arrive pas à contrôler mes sanglots. Je finis par me calmer et je leur explique que je suis tombée amoureuse d'un garçon, mais que mes sentiments ne sont pas partagés. Elles sont tristes pour moi et me réconfortent du mieux qu'elles le peuvent. Je leur annonce que ce soir, je n'ai pas très faim et préfère aller me coucher de bonne heure. Mais c'est sans compter sur leur détermination. Elles m'imposent de me relaxer sous une bonne douche chaude et de redescendre manger un petit quelque chose qu'elles vont me préparer ensemble. Je les vois tellement unies pour la première fois que je ne veux pas gâcher ce moment. Résignée, j'obéis à leur demande avec un faible sourire. Une fois mon dîner avalé, je les délaisse pour aller me coucher. Sur mon passage, je prends deux livres sur la grande étagère de mon salon. L'un écrit par tata Amélia, l'autre par sa sœur. Mais je crois que ce soir, les histoires de tata Imogen auront ma préférence… Je suis stupéfaite de les voir toutes deux se proposer de lire chacune une histoire de l'autre. C'est une première ! Quelques minutes plus tard, alors que je tombe déjà de sommeil, je vois ma porte de chambre, restée entrebâillée, s'ouvrir plus encore. J'ai la surprise de voir *le chat* venir se lover contre moi. Je ne sais pas s'il est plein de puces ou envahi d'autres petites bestioles, mais je m'en fiche. Je l'accepte avec joie. Il se couche sur mes pieds et je reprends ma lecture jusqu'à ce que mes yeux se ferment tout seuls. Tard dans la nuit, mes grand-tantes montent ensemble me voir. Pendant que l'une éteint la petite lampe située sur ma table de nuit, l'autre dépose un baiser sur mon front.

– Rendors-toi, ma princesse…

Je trouve aussitôt les bras de Morphée.

Je me réveille dans une maison silencieuse. Mes grand-tantes doivent encore dormir. Je prends ma douche et me prépare pour le travail, avant de descendre pour petit-déjeuner. En fin de compte, je les trouve toutes les deux devant une tasse de thé Earl Grey et des gâteaux pâtissés la veille par tata Imogen. Elles me demandent comment je vais ce matin et je préfère leur répondre que je me sens mieux, même si ce n'est pas la vérité. Pendant que l'une me verse une tasse de thé, l'autre me prépare un jus d'orange frais avant de se réinstaller à nos côtés autour de la table. Encore une fois, je n'arrive pas à les différencier sans leur chat à leurs côtés.

Nous épiloguons ensemble sur le mariage d'Abirami qui aura lieu demain et elles me demandent si je suis prête pour les interviews. Je suis contente de voir qu'elles se sont associées pour m'aider, en préparant des fiches sur chaque membre de la famille Chandrasekhar.

– C'est une déformation professionnelle ! lâche l'une d'elles, pendant que l'autre affirme ses dires en me certifiant qu'elles ont l'habitude de faire des fiches pour chacun de leurs personnages.

Pendant que tata Amélia, que je réussis finalement à identifier, nous confirme que la cérémonie aura lieu à midi pile, nous sommes interrompues par quelqu'un qui sonne à la porte d'entrée. Je me lève pour aller ouvrir. C'est un coursier qui me remet, contre signature, trois larges boîtes provenant de Mme Chandrasekhar. Je découvre avec mes grand-tantes ce qui se cache à l'intérieur. Ce sont trois belles tenues traditionnelles. Une orange solaire, une rose fuchsia et une d'un vert émeraude.

– Quelles belles couleurs ! m'exclamé-je en m'emparant de la rose fuchsia.

Je la porte au niveau de mes épaules et constate qu'elle est à ma taille. Mes grand-tantes en font tout autant avec les deux autres, qu'elles se partagent sans dispute. Nous sommes ébahies de voir que Mme Chandrasekhar a si bien su nous mesurer !

– Eh bien, si avec d'aussi belles tenues nous ne recevons pas une demande en mariage d'un bel Indien, nous finirons définitivement vieilles filles comme les Austen ou les Brontë ! s'exclame tata Imogen avec un rire de gorge.

Je vois aussitôt le visage de tata Amélia se modifier.

– Ça ne va pas, ma tante ? lui demandé-je.

Je la vois poser sa main sur son ventre et chercher son souffle.

– Tata ?

– Ça va, ma puce, ça va. Laisse-moi juste deux minutes.

– Que t'arrive-t-il, Amélia ? s'inquiète sa sœur.

– Laisse-moi une minute, Imogen..., chuchote-t-elle gênée.

Je crois bien que c'est la première fois que je les entends se prénommer. Là, c'est clair qu'il se passe quelque chose d'inhabituel ! Leurs regards ne se lâchent pas. Je me sens presque de trop. Un échange silencieux s'opère et je ressens que quelque chose de fort les traverse. Comme si elles se reconnectaient pour la première fois depuis fort longtemps. Tata Amélia finit par détacher son regard en toussotant. En deux pas, elle atteint la table et porte la tasse de thé à ses lèvres, les trempe tout juste, avant de toussoter de nouveau pour s'éclaircir la voix.

– Ce que je m'apprête à révéler peut paraître une folie, mais à mon âge, c'est un espoir qui m'est permis et je ne peux le refuser.

Je ne comprends rien à ce qu'elle nous dit et mon autre grand-tante non plus, semble-t-il.

– Eh bien, parle donc, ma sœur ! s'exclame tata Imogen agacée, le visage toutefois soucieux.

– Je vais me marier.

– Te marier ? Mais avec qui ? s'exclame sa sœur en reculant légèrement, le visage défait.

– Avec M. de Monderlay ! C'est bien ça ? l'interrogé-je promptement avec un large sourire.

– Oui, ma puce, avec M. de Monderlay.

– Mais tu le connais à peine ! s'offusque tata Imogen.

– C'est vrai, mais en fait, j'ai l'impression de l'avoir toujours connu. Et puis il m'a parlé du temps.

– Du temps ? répétons-nous en chœur en la fixant toujours du regard.

– Oui, du temps qu'il nous reste et de celui qui nous échappe. Que celui-ci peut être encore long, ou court, que ça peut changer à tout instant. Il m'a dit qu'il nous reste sans doute de belles années à vivre ou peut-être seulement une heure ou même une minute. Puis il m'a fait sa demande et j'ai dit oui.

– Il te raconte des histoires pour faire de toi sa... hum..., lâche tata Imogen en hochant la tête, comme pour sous-entendre une grossièreté.

– Non, ma chère sœur, proteste-t-elle. Je te rappelle que c'est toi et moi qui racontons des histoires !

– Que d'inepties ! Une fois que cette passade n'aura plus de saveur, tu dépenseras une fortune en divorce ! riposte tata Imogen.

Je reste silencieuse à les observer se disputer.

– Ah oui ? Et peux-tu me dire, ma chère sœur, depuis quand tu es devenue une experte en divorce ?

– Depuis que tu m'as volé George !

C'est un cri qui vient du cœur. Tata Amélia, le regard écarquillé, porte une main à son cœur et l'autre à son ventre.

– Tu deviens folle, ma sœur ! De quoi parles-tu ?

– De George Holder !

– Jamais de ma vie je ne t'aurais volé George !

– Et pourtant, tu l'as fait ! Tu me l'as volé et tu ne l'as même pas épousé, alors qu'il allait demander ma main à papa ! révèle tata Imogen les yeux pleins de larmes.

– Mais tu es en plein délire, ma chère sœur ! Je te signale que c'est toi qui l'as envoyé promener parce que tu sortais avec un autre homme, Edward je ne sais plus comment !

– Il n'y a jamais eu d'Edward ! J'ai dû mentir pour ne pas perdre la face vis-à-vis de George, mais surtout vis-à-vis de toi ! Je t'ai haïe tellement fort après cela..., articule tata Imogen d'une voix basse et profonde.

Je me sens brisée au plus profond de moi de les voir se déchirer ainsi. Je ne sais que dire pour les unir comme elles auraient toujours dû l'être. Tata Amélia reste silencieuse, tandis que des larmes roulent également sur ses joues.

– George était à moi et tu m'as brisé le cœur, plus que lui, en me le volant. Tu étais mon souffle, ma complice de chaque instant…

– Je te jure que je n'ai jamais aimé George ni fait quoi que ce soit pour te le prendre ! Avec Clowance, nous l'avons ramassé à la petite cuillère lorsque tu es partie de chez nous pour faire des études ailleurs.

– Pourquoi mens-tu encore après tant d'années ? J'ai vu le mot que George t'avait écrit. Il m'avait écrit le même.

– De quel mot parles-tu ? s'interloque tata Amélia.

– Celui que tu avais caché dans mon livre *Les Hauts de Hurlevent* que je t'avais prêté, sans doute pour me faire encore plus de mal !

Tata Amélia garde le silence, recherchant sans nul doute dans les tréfonds de sa mémoire de quoi pouvait parler sa sœur.

– Seigneur ! s'exclame-t-elle au bout d'une minute en portant de nouveau la main à sa bouche. Ne me dis pas que tu me parles du mot que je me suis écrit moi-même ?

– Non ! Je te parle de celui qui était signé de la main de George !

– Mais non ! Tu te trompes ! C'était moi l'auteur !

– Mais pourquoi aurais-tu fait ça ?

– Parce que je te voyais si heureuse que j'ai voulu à mon tour voir ce que cela ferait d'avoir mon prénom écrit dans un mot d'amour. Mais je ne savais pas que tu allais tomber dessus ! J'ai même totalement oublié celui-ci après l'avoir recopié ! émet tata Amélia d'une voix chargée d'émotion. Ça fait quarante-cinq ans, Imogen, quarante-cinq ans…

Tata Imogen en reste sans voix, tout comme moi. Plongées toutes trois dans un silence presque mortuaire, je les regarde tour à tour. Leur ressemblance est troublante et plus encore en ce moment. Toujours sans un mot, je serre l'une dans mes bras, puis l'autre. Les mains un peu tremblotantes, je m'empare de la main de tata Amélia pour la glisser dans celle de sa sœur. Je m'éclipse en leur disant encore une fois que je les aime de tout mon cœur. Je quitte la maison discrètement, leur laissant l'intimité nécessaire pour effacer ce quiproquo lequel, semble-t-il, n'a que trop duré. Une fois dehors, j'inspire longuement l'air frais tout en me dirigeant vers *Biscuiteers*. Arrivée devant l'entrée de ce fabricant de délices, je pose ma main sur la porte sans la pousser pour l'ouvrir. Mes réflexions silencieuses s'emparent de mon esprit et je reste ainsi quelques secondes, je suppose, avant qu'une cliente ne me sorte de ma léthargie tout éveillée. Je m'écarte, présentant mes excuses, puis je finis par reculer d'un pas, puis de deux. J'écarquille les yeux, fais une grimace, hausse même les épaules avant de reprendre mon chemin pour me rendre à mon travail sans acheter quoi que ce soit. C'est décidé, j'arrête de régaler tous mes collègues et plus précisément Isabelle avec des *lattes* !

Chapitre 24

Nicholas

Faute d'avoir retrouvé mon petit chat roux, je me rends sur le plateau de Max Tobler avec mon petit chat noir. Tout le long du chemin, je ronge mon frein, parlant au chaton qui ne doit pas saisir la moindre allusion négative que je fais sur les termes du contrat que Tess a eu la décence de me faire suivre, accompagné néanmoins d'un message des plus glacials. Une demi-heure plus tard, je suis content d'arriver enfin à l'intérieur du plateau. Il fait vraiment très froid dehors aujourd'hui. Je m'assure que mon chaton n'a pas pris froid, en lui arrangeant sa petite couverture, et je lui fais une caresse avant de fermer sa cage de transport, en prenant soin de bien le laisser à l'intérieur. Je trouve cela plus prudent, surtout avec le nombre de personnes qui se trouvent sur place. Comme la dernière fois, je constate que c'est une véritable ruche. Je demande aussitôt où se trouve Max Tobler, mais l'un de ses assistants me fait savoir qu'il a eu une urgence personnelle et ne viendra pas aujourd'hui. Soulagé, je m'apprête à quitter les lieux, mais il m'informe que Max est remplacé par un autre photographe que je ne connais pas. L'assistant se permet d'ajouter en catimini qu'il est vraiment odieux et se prend pour le grand chef en l'absence de celui-ci. Je reste dans mon coin, attendant que quelqu'un vienne me demander mon chaton. Mais c'est un peu le bazar entre les mannequins qui se disputent l'ouverture du shooting. Je ris déjà intérieurement. Je continue de patienter en espérant que cela ne va pas durer trop longtemps, sinon je repartirai avec mon petit ami à quatre pattes. Il n'est pas question que je le laisse enfermé dans sa caisse trop longtemps. Alors que le calme semble se faire sur le plateau, Isabelle Springmann arrive en grande pompe, comme la dernière fois. Cependant, elle est suivie de près par Tess. Je me décompose tandis que toutes deux se dirigent vers moi.

– Nick ! Vous êtes là ! lâche Isabelle aussi fortement que possible, avec une intonation qui me met mal à l'aise.

Puis, sans plus attendre, elle se jette sur moi pour poser sur ma joue ses lèvres maquillées d'un rouge carmin. J'ai beau reculer, je me trouve déjà acculé contre le mur de l'entrée où je patientais. Le bruit d'un smack se fait entendre, en même temps que mon regard croise celui de Tess. Elle me lance un regard d'indifférence et me salue si brièvement que, si j'avais cligné des paupières à ce moment-là, je ne l'aurais même pas vue. Puis j'ai le regret de la voir se détourner de moi.

– Où est Max ? Où est Max ? s'exclame Isabelle en tournant la tête comme une *poule* égarée. Tess ! Trouvez-moi Max immédiatement !

Je frotte aussitôt ma joue, mais cette fois-ci, il ne semble pas y résider une certaine marque de rouge à lèvres. Je soupire bruyamment tout de même. Comme personne ne semble faire attention à moi, je reste dans mon coin. Tout à coup, je visionne le plateau dans son entier et je peux voir Isabelle saluant théâtralement d'autres personnes. Quant à Tess, je ne peux m'empêcher de la suivre du regard. Je la trouve toute chétive et je remarque que son regard est chargé de peine. Je me mords la lèvre inférieure, me demandant si elle est véritablement heureuse. Peut-être que si je le lui demandais, elle me dirait ce qui l'attriste autant. Je chasse cette idée incongrue aussi rapidement qu'elle m'est venue. Le calme ressurgit en ces lieux et une assistante s'approche de moi pour me demander de lui passer mon chaton, comme l'on demande un verre d'eau. Rebuté par sa manière de faire, je refuse de le lui donner directement et exige de l'apporter moi-même au mannequin qui va débuter le shooting. Mais alors que je m'apprête à déposer le chaton noir sur les jambes de la mannequin qui se trouve assise sur un joli tabouret en bois cérusé, celle-ci se met à brailler.

– Il-est-hors-de-ques-tion-que-je-por-te-un-chat-noir ! proteste-t-elle en détachant chaque syllabe.

Ce qui me donne envie de rire. Mais je me retiens en voyant Isabelle débouler sur moi.

– Que se passe-t-il, Nick ? exige-t-elle de savoir.

– Oh, eh bien, mademoiselle ne veut pas prendre mon chaton…

– Mais il est noir ! Noir ! s'époumone la mannequin en posant les mains sur ses joues, comme si elle tournait dans une sitcom, tout en se juchant sur le tabouret.

– Quoi ? Un chat noir ! s'égosillent les autres mannequins d'une seule voix.

– Il n'est pas question que je le porte ! déclare l'une d'elles.

– Ni moi ! déclare une autre.

J'ai beau conserver un visage affable et compréhensif, au fond de moi je suis très heureux de tout ce tapage. J'ai envie d'éclater de rire, mais je me retiens. Le photographe remplaçant se fâche contre toutes ces femmes aux allures semblables, leur faisant savoir qu'il ne peut pas travailler dans ces conditions, avant de retourner sa colère contre moi.

– C'est du sabotage ! crie-t-il en levant le doigt en l'air.

Je manque d'exploser de rire de la situation. Mais je me retiens en voyant Tess venir d'un pas alerte vers moi.

– Comment pouvez-vous être toutes aussi ridicules avec ce petit chat ? lâche-t-elle en me prenant des mains mon petit compagnon.

Au moment même où nos doigts se frôlent, j'ai l'impression de me transformer en statue de verre et une tension me foudroie le corps. Nos regards s'accrochent quelques secondes et je me sens envahi d'une douceur qui me torture le ventre. Tess est si belle en colère que si je n'avais pas eu connaissance de son futur mariage, je l'aurais embrassée sur-le-champ. Bien entendu, je n'en fais rien, si ce n'est que de continuer à l'admirer. Elle poursuit sa tirade auprès de chacune de ces femmes.

– Sachez, mesdemoiselles, que lorsqu'un chat noir passe devant vous, il faut faire un vœu et s'il retraverse aussitôt, votre vœu se réalisera !

Je suis tout autant surpris que le personnel du plateau en apprenant cette jolie histoire. Les mannequins finissent par venir caresser le chaton, qui prend plus de plaisir que de peur. Le shooting débute enfin, et je surveille de loin mon petit ami, tout en jetant de temps en temps des coups d'œil vers Tess. J'aimerais lui parler pour lui dire tout et n'importe quoi. J'aimerais encore l'entendre me parler, entendre sa voix si douce, lui dire que j'ai modifié l'aménagement de mon magasin et qu'elle peut venir le voir de ses propres yeux. J'aimerais tellement revenir en arrière et n'avoir jamais appris qu'elle allait se marier… Mais c'est ainsi, et je tente de me raisonner, même si au fond de moi, c'est très difficile. Isabelle revient vers moi et parle, parle, parle, mais je ne comprends pas tout ce palabre interminable. Non que je sois stupide, mais mon esprit se ferme dès qu'elle se trouve non loin de moi. Puis, Tess s'approche de nous. Je sens mon cœur rater un battement.

– Excusez-moi, Nicholas, je vous vole Isabelle une seconde, lâche-t-elle avec un sourire timide.

J'ai envie de lui crier qu'elle ne me dérange jamais, mais je n'arrive qu'à faire un hochement de tête pour acquiescer à son souhait.

– Isabelle, je vais retourner au bureau puisque Max n'est pas là.

– C'est clair que cela me dérange, moi aussi ! réplique Isabelle tout en me fixant d'un regard gourmand. Dites-moi, Nick, que faites-vous ce midi ? murmure-t-elle d'une voix étrangement basse, qu'elle voulait sans doute langoureuse, en posant ses mains sur le col de ma chemise.

– Je n'ai pas le temps de manger, dis-je spontanément, avant qu'elle ne me propose de déjeuner avec elle, comme je le crains. Il faut que je ramène mon chaton au magasin et ensuite, je fonce à la gare prendre le train de quatorze heures pour Londres !

– Ah, zut ! souffle-t-elle en battant des cils. Tant pis ! Nous déjeunerons ou dînerons un jour prochain, insiste-t-elle, ne comprenant toujours pas qu'elle ne m'intéresse absolument pas.

– Isabelle ! dit Tess en la voyant déjà s'éloigner. Je vais y aller, car j'ai le mariage à préparer, l'informe-t-elle.

– Oui, oui ! Le mariage ! lâche-t-elle d'une voix blasée en secouant sa main pour autoriser Tess à partir.

Je me liquéfie sur place. J'en ai même du mal à reprendre mon souffle, tandis qu'Isabelle s'éloigne pour aller proposer au photographe remplaçant de déjeuner avec elle.

Tess se sauve également en me faisant un léger signe de tête, mais je n'arrive pas à lui répondre normalement. J'ai mal. Je souffre comme jamais. Mais je ne peux pas repartir sans mon chaton. Je dois patienter encore, et encore, et ma souffrance ne fait qu'accroître. Au bout d'une heure, je fuis les lieux. J'ai mal partout. Néanmoins, en arrivant à la boutique, je suis soulagé de ne pas y trouver papa. Il doit être avec sa jolie dame. Soudain, je songe que si papa poursuivait sa relation avec elle, Tess ferait peut-être partie de ma famille, si elles ont un lien. Mes pensées s'égarent et je songe alors soudainement que si c'était le cas, jamais je ne pourrais lui dire à quel point je l'aime. C'est encore pis que tout !

Je redépose néanmoins délicatement mon chaton dans son box et il est heureux de retrouver l'autre chaton qui est resté sagement tout seul. Je sais que papa s'en occupera bien en mon absence. Je m'enfuis dans la salle d'eau pour me rafraîchir le visage. J'ai le souffle court. Je veux mourir, tant mon cœur me fait souffrir. Je décide de fermer boutique et, valise en main, je me dirige vers la gare pour prendre un train. J'ai prévu de partir durant les deux prochains jours et c'est ce que je vais faire. Mais je n'ai pas de billet de train, même si j'ai dit à papa que j'avais un rendez-vous à Londres. Par chance, je réussis à en avoir un et je me retrouve dans un wagon rempli de monde. Plus tard, j'ai l'impression d'être un zombie en entrant dans la chambre d'hôtel que je viens de louer. Le supplice ne fait que commencer, mais je prends mon mal en patience, me disant que je vais essayer de dormir un peu afin de ne plus avoir à penser à Tess, à son mariage, à son union avec un homme qui n'est pas moi. Mais à deux heures du matin, j'ai toujours les yeux grands ouverts et le ventre qui grogne, car je n'ai pas pris la peine de manger de la journée. Je songe alors que les heures vont être plus longues que prévu en attendant que je puisse rentrer chez moi.

Chapitre 25

Tess

Le mariage d'Abirami a eu lieu comme convenu ce mercredi. Ce fut une belle cérémonie, intimiste, pleine de décors floraux. La robe d'Abirami était superbe et d'un blanc éclatant. Toutefois, de nombreux rubans de soie de différentes couleurs entouraient sa taille et un voile coloré était posé sur sa tête, maintenu par des bijoux en or jaune. Son visage était maquillé et paré d'un *Bindi* et d'un *Nath*, tout comme sa mère et ses deux sœurs. Comme je me trouvais être témoin, j'ai pu admirer le visage de Ryan lorsque Abirami a pénétré dans l'église. Il en avait le souffle coupé. Elle était superbe au bras de son père, lequel marchait à son côté avec une allure altière, le visage empreint de fierté. La belle-mère de Ryan, qui était son témoin, était très fière, elle aussi. Son visage et sa chevelure couleur de neige me disaient quelque chose, mais sur le moment je n'ai pas su me dire où je l'avais déjà vue. Cependant, comme elle habite le quartier, j'avais certainement déjà dû la croiser. Mes grand-tantes se trouvaient assises côte à côte, plus complices que jamais. Je suis tellement heureuse de les voir de nouveau unies. Elles se chamaillent toujours, mais cela se terminait par des rires. M. de Monderlay était aussi de la partie. Sa rencontre avec tata Imogen fut très drôle, car tata Amélia avait omis de lui dire que sa sœur était sa jumelle. Puis j'ai retrouvé aussi mon amie Abigail, accrochée fermement au bras de Bradley. Elle n'avait pas eu le temps de m'avouer qu'elle vivait chez lui, enfin, plutôt dans la suite Trafalgar du Blueberry, mais elle l'a fait et cela m'a ravie. Elle m'a paru comblée. Je suis sincèrement heureuse pour elle. Si tout s'est vraiment bien passé, j'ai toutefois eu un grand manque, m'étant mis en tête que Nicholas accompagnerait sans nul doute son père. Ce qui m'aurait permis de lui parler. Mais il n'était pas là et je me suis souvenue qu'il avait dit à Isabelle qu'il devait se rendre à Londres, ce que son père m'a confirmé. Cependant, j'avais eu l'espoir qu'il ait fait cette réponse à Isabelle uniquement pour se débarrasser d'elle. Je me suis alors demandé s'il aurait accepté son invitation à déjeuner s'il n'avait pas dû se rendre à Londres…

Le lendemain matin, je laisse tata Imogen devant son écran, avec son héros dont elle a décidé qu'il devait vivre, tout compte fait. Tata Amélia, elle, a prévu de sortir au bras de M. de Monderlay pour aller visiter quelques monuments situés à Notting Hill. Tout en me rendant au travail, je reçois une petite vidéo de remerciements d'Abirami et de Ryan, qu'ils ont enregistrée depuis l'aéroport. Ils sont partis en voyage de noces pour Tahiti, tandis que l'avion de M. et Mme Chandrasekhar et de leurs enfants s'envole en direction de l'Inde. Je retrouve Mark au bureau et je discute avec lui quelques minutes sur la cérémonie, lui donnant quelques détails.

– Pour le reste, tu devras lire mon article, qui ne paraîtra que si je m'y mets ! dis-je en me décidant enfin à aller allumer mon ordinateur et à m'installer sur ma chaise. Qu'est-ce que c'est ? demandé-je à Mark en trouvant sur le coin de ma table une énorme enveloppe matelassée.

– Ah oui, j'ai oublié de te dire qu'un coursier est passé vraiment très tôt ce matin, alors, j'ai signé pour toi !

Le temps que je m'empare d'une paire de ciseaux pour ouvrir le pli, je lâche à voix haute que je me demande bien ce qu'il contient, sachant que nous sommes à la veille de Noël.

– Hum... Serait-ce le cadeau d'un mystérieux inconnu ? s'exclame Mark en se penchant sur son fauteuil pour jouer les petits curieux.

– Non ! Ce sont les photos que Max Tobler a prises durant la cérémonie ! m'esclaffé-je en ouvrant l'énorme pli.

– Waouh ! Max Tobler ! Je donnerais cher pour qu'il me prenne en photo !

– Tu devras lui remettre avant un gros chèque si tu veux que cela arrive ! dis-je en riant.

– Un type comme lui, je lui donnerais mon corps et plus encore, insinue-t-il en papillonnant des yeux.

– Ah, c'est vrai que j'avais oublié que tu aimais les hommes ! répliqué-je en éclatant de rire.

– Jalouse ! lâche Mark avant de répondre avec un petit rire : Mais la journée n'est pas finie, le Père Noël peut encore passer si tu es bien sage...

– Eh bien, si tu continues à jouer les garnements, on sait ce qu'il va t'apporter, le Père Noël !

– Hum... Une fessée ! couine-t-il tout émoustillé.

Je ris de sa bêtise en m'installant à ma table. Le temps que mon ordinateur démarre, je regarde les premières photos. Isabelle a su bien vendre l'affaire à M. et Mme Chandrasekhar et le prix du shooting a dû comporter plusieurs zéros. Abirami et Ryan sont magnifiques et Max Tobler a su capter l'essence même de leur amour. Je continue à sélectionner quelques photos, avant de tomber sur l'une d'elles où se trouve ma boss. Je la vois encore, toute mielleuse avec eux, profitant de l'objectif pointé sur le couple des jeunes mariés pour s'incruster sur le cliché. Elle était écœurante. Mais je n'ai pas voulu faire la moindre remarque à son sujet. Cela aurait pu gâcher la fête. Tout en rédigeant mon billet sur ce mariage, je songe que ma boss n'est heureusement pas restée jusqu'au bout. Elle est partie de la cérémonie, toute pimpante, au bras de Max Tobler.

Les mots défilent sur mon clavier et je termine finalement mon article plus tôt que prévu. Tout en l'envoyant à Isabelle pour validation, je repense au repas succulent et copieux qui nous a été servi après la cérémonie. Je me demande encore comment Mme Chandrasekhar a réussi à mettre tout en œuvre pour organiser un mariage en moins de trois jours. Elle doit avoir un talent certain et sûrement un porte-monnaie bien plus rempli que le mien !

La journée s'écoule assez rapidement et, comme ma boss est partie en vacances jusqu'à l'année prochaine, je compte rentrer de bonne heure, quitte à emporter du travail à la maison, bien que j'aie réussi à poser des jours de congé jusqu'à l'année prochaine.

– Joyeux Noël, Mark !

– Joyeux Noël et bonne année en avance, ma belle ! Et n'oublie jamais que l'amour n'est pas là où on le cherche, mais là où l'on ne l'attend pas...

Mark me redonne un peu d'espoir au cœur avec ses paroles. Nous nous embrassons et je quitte les lieux. Sur le retour, je ne peux m'empêcher de passer devant la boutique de Nicholas. Mais celle-ci est déjà fermée. Je marche d'un pas lent vers la maison et croise en chemin quelques vendeurs, dont le vieil antiquaire, M. Brandson. Je m'arrête pour discuter quelques minutes avec lui. Il m'annonce qu'il a de nouveaux objets et j'en profite pour lui demander ce que ma grand-tante Amélia aurait pu voir qui lui plaise tant dans sa boutique. Après que je la lui ai décrite, M. Brandson se souvient parfaitement d'elle. Il m'annonce sans hésitation qu'elle a jeté son dévolu sur une vieille machine à écrire. Je décide malgré le coût de l'objet ancien de la lui acheter. M. Brandson m'annonce que je peux le régler en plusieurs fois et cela m'arrange vraiment, d'autant plus que je décide d'acheter pour tata Imogen un encrier ayant soi-disant appartenu à la célèbre romancière *Mary Shelley*. M. Brandson m'offre avec ces achats des plumes d'oie dont certaines sont déjà taillées. Je pourrai ainsi offrir de beaux présents complets à mes grand-tantes.

En rentrant à la maison, j'ai juste le temps de cacher mes cadeaux que celles-ci m'annoncent que nous n'allons pas veiller uniquement toutes les trois, ce soir. Nous sommes invitées et c'est une surprise, paraît-il ! Flokon et Amour ne seront pas de la partie et le petit chat roux non plus, car je ne l'ai pas revu. Comme mes grand-tantes sont déjà apprêtées, je me dépêche d'en faire autant. J'hésite à me vêtir d'une tenue festive, mais elles insistent pour que je me fasse belle. Ce qui n'est pas gagné avec la courte nuit que j'ai passée et la journée de travail que j'ai eue. Je finis par descendre et nous partons toutes trois pour je ne sais où…

– Attendez ! s'écrie tata Imogen. J'ai oublié le plat avec les petits gâteaux.

Je rouvre la porte d'entrée et elle s'y engouffre en coup de vent avant de revenir les bras chargés.

– J'espère que l'on ne va pas trop loin, lâché-je avec une petite grimace.

– Non, c'est tout à côté, m'informe tata Amélia, qui décharge un peu les bras de sa sœur en s'emparant d'un sac.

Elles sont déjà dans la rue et je me dispose à fermer la porte. Mais mon petit chat roux fait un petit bond et se retrouve à mes pieds. J'hésite à le faire entrer et le laisser sans surveillance dans la maison, avec Flokon et Amour qui se battent parfois. Je le regarde et il me fait de la peine. Je décide d'entrouvrir ma porte et il se faufile à l'intérieur.

– Ne fais pas de bêtises ! dis-je avec un petit sourire, en l'enfermant à l'intérieur.

Au moins, je me dis qu'il n'aura pas froid et pourra manger dans les gamelles des deux autres chats. Je retrouve donc mes grand-tantes au bas des escaliers et nous partons cette fois-ci pour de bon.

– Effectivement, ce n'était pas très loin ! m'exclamé-je en remarquant que nous n'avons marché tout au plus qu'une dizaine de minutes.

– Je te l'avais dit, ma chérie ! s'exclame tata Amélia en appuyant sur la sonnette de la porte d'entrée jaune.

– Non ! C'est moi qui le lui avais dit ! riposte tata Imogen.

Je remarque que depuis leur réconciliation elles ne peuvent s'empêcher de se chamailler et cela me fait toujours sourire.

– Vous voilà enfin, ma chère ! lâche M. de Monderlay en accueillant sa promise avec un sourire qui lui fend tout le visage. Venez, entrez donc, mesdames !

– Nous sommes invitées chez le futur mari de tata ? chuchoté-je à ma grand-tante Imogen.

– Non, nous sommes chez son fils !

J'ai l'impression que le sol se dérobe sous mes pieds.

Chapitre 26

Nicholas

Je ne suis rentré que ce matin de Londres, car en fin de compte, je me suis rendu hier en fin d'après-midi chez l'un de mes grossistes qui y a un entrepôt. J'ai pu flâner dans son showroom, ce qui m'a permis d'éviter de trop penser à Tess. Du coup, j'en ai profité pour commander quelques articles que je mettrai en *nouveautés* dans mes rayons en début d'année. En allant prendre mon train pour rentrer, je suis tombé à la gare sur une SDF qui faisait la manche. Elle avait près d'elle une boîte en carton dans laquelle il y avait trois chatons bicolores. Devant mon intérêt, elle m'a dit que si personne ne les lui achetait d'ici ce soir, ils seraient morts demain. Je n'ai pu me résigner à passer mon chemin. Je lui ai placé dans sa main crasseuse quelques billets et j'ai embarqué les chatons, bien qu'ils ne soient pas encore sevrés. J'ai pris le train avec le carton des trois chatons sous le bras et avant de rentrer à la maison, je suis passé à ma boutique afin de leur prendre une caisse propre, un petit plaid, du lait et des biberons. Lorsque je suis chez moi avec ces trois petites âmes, papa a tout de suite joué les papas poules, oubliant totalement de me parler de la cérémonie de la veille. Ce qui m'a plutôt fortement arrangé. Puis je lui ai annoncé que nous ne serions pas que tous les deux ce soir, car j'ai invité Bradley et Abigail ainsi que Hoani, le frère de cette dernière. Mais qu'il y aurait également la vieille Mme Coughlin. Je m'apprêtais à lui demander s'il aurait une invitée-surprise de son côté, mais c'est lui qui m'a pris de court en m'annonçant, sur un ton quelque peu gêné, qu'il avait invité une certaine dame lunatique. En fin de compte, j'ai appris que celle-ci ne l'était pas du tout et avait tout simplement une sœur jumelle qui ne nourrissait aucune attirance pour lui. Puis, dans une espèce de petit marmonnement, il m'a dit :

– Je vais l'épouser...

J'ai pleuré de joie avec lui. Je suis extrêmement heureux, même si mon cœur me fait encore mal. Mais je savais que le prix à payer pour qu'il soit heureux serait de perdre mon bonheur. C'était mon souhait et il s'est réalisé.

Entre trois biberons à donner et la dinde à fourrer, nous avons donc passé toute la journée dans des préparatifs et autres commandes de dernière minute, car avec plusieurs personnes à table, il nous fallait travailler dur. Mme Coughlin est arrivée la première, mais seulement deux minutes avant Bradley, Abigail et Hoani. Pendant que je fais le service, on sonne à la porte et je laisse la primeur à papa d'aller ouvrir à sa promise. Je continue de remplir les coupes de champagne alignées sur la table du salon.

– Fiston, je te présente Amélia et Imogen, sa sœur jumelle. Tu connais déjà Tess, finit-il sa phrase avec un petit sourire heureux.

En voyant Tess, je me sens tellement surpris et envahi d'émotions contradictoires que je rate la coupe que je comptais remplir de champagne.

– Hé, Nick ! s'exclame Bradley en riant, tandis que je redresse la bouteille, fort embarrassé par cette vision.

Bradley dépose rapidement des serviettes en papier sur le liquide effervescent et moi, je me dirige d'un pas confus vers papa, afin de saluer sa promise et la jumelle de celle-ci, qui lui ressemble trait pour trait. Puis je me retrouve face à Tess, qui n'ose pas me regarder. Je me demande quand son époux va rappliquer. Je ne suis pas certain de pouvoir le supporter. Le reste de mes invités se salue et Tess semble heureuse de retrouver son amie Abigail. Mais je remarque qu'elle étreint dans ses bras Mme Coughlin. Je n'avais pas saisi qu'elles se connaissaient déjà. Je les entends parler du mariage et Abigail participe à leur enthousiasme, tandis que moi, je me décompose sur place. Je décide de m'enfuir dans la cuisine pour voir où en est la cuisson de la dinde. Alors que je me dis qu'il faut que je l'arrose, la douce voix de Tess retentit derrière moi.

– Je peux t'aider…

Je me redresse en la fixant du regard. Elle me tutoie et au lieu que cela me plaise, ça me pèse sur le cœur. J'ai rêvé je ne sais combien de fois de la voir chez moi, dans ma cuisine où l'on s'installerait tous les deux autour d'un bon repas que je lui aurais cuisiné, mais là, je ne comprends pas pourquoi elle me torture ainsi en venant me voir. C'en est trop pour moi.

– Non, c'est bon, je peux me débrouiller tout seul.

Mais maladroitement, je fais tomber au sol la pipette contenant du jus de cuisson et je marche dessus en voulant la récupérer. Tess se retrouve aspergée de sauce huileuse projetée de haut en bas sur ses vêtements et chaussures.

– Oh, je suis désolé, dis-je en m'emparant d'un torchon propre pour essuyer rapidement ma maladresse, qui va sans doute lui coûter ses vêtements.

Elle reste immobile, se laissant faire, et cela me trouble considérablement. Je me reprends en lui disant qu'elle peut se rendre dans la salle de bains pour mieux se nettoyer.

– Nicholas…, lâche-t-elle en verrouillant son regard au mien. Il faut que l'on parle.

– Je ne préfère pas. Et puis il n'y a rien à dire.

– Mais moi, j'ai des choses à dire. Je veux que tu saches que je ne t'en veux pas que tu aies préféré signer le contrat avec Isabelle. J'avoue ne pas avoir compris sur l'instant, parce que tu m'avais dit que tes animaux n'étaient pas des objets, mais après tout qui suis-je pour te juger ?

Elle me lâche ça comme si elle n'y était pour rien. Ça me rend dingue. Je ne peux plus me contenir. Je pousse la porte et nous enferme dans la cuisine afin que personne n'entende ce que j'ai à lui dire.

– D'abord, je pense toujours que ce ne sont pas des objets et jamais je n'aurais signé sciemment ce contrat si j'avais eu toute ma tête ! dis-je d'une voix étrangement basse que je ne me connais pas.

Devant son air interloqué, je poursuis ma tirade acerbe :

– Vous vous êtes bien fichues de moi, ta boss et toi !

– Nicholas, je ne comprends pas. Je n'ai rien fait ! Je n'étais même pas là !

– Si, tu étais là ! Tu étais dans ma tête, au point que je n'ai même pas remarqué que je signais ce satané contrat ! explosé-je, les dents serrées et le visage contracté.

Devant son silence et sa mine défaite, j'essaie de me calmer, mais je n'y arrive pas. Je me sens toujours bouillir au plus profond de moi.

– Pourquoi ne m'as-tu pas parlé du mariage ?

– Cela t'aurait intéressé ? me demande-t-elle le regard écarquillé.

– Non, mais tu plaisantes !

– Alors, pourquoi me le demandes-tu ?

– Je n'en sais rien, prononcé-je d'une voix lasse.

Tess se rapproche de moi et de nouveau, son beau regard vert se rive au mien.

– Tu sais, lorsque j'ai vu que ton père était à la cérémonie, j'ai vraiment cru un instant que tu viendrais toi aussi, m'informe-t-elle le visage déçu.

Je manque de m'étrangler.

– Tu aurais voulu que je sois là ?

– Oui.

– Mais pourquoi ?

– Parce que je t'aime… bien !

Je n'ai pas le temps de répondre quoi que ce soit à cette ineptie qu'une fumée noire s'échappe du four. J'entrouvre la porte de celui-ci et constate que c'est la dinde qui prend feu. Je tente d'étouffer les flammes avec le torchon que j'ai toujours dans les mains. Mais l'huile, qui s'est imprégnée dessus lorsque j'ai essuyé les vêtements de Tess, s'enflamme aussitôt.

– Tout se passe bien, ici ? demande Bradley en ouvrant la porte de la cuisine avant de s'écrier : Au feu !

Une demi-heure plus tard, nous sommes tous en bas de mon entrée. Les pompiers sont arrivés rapidement et seule la cuisine a souffert des flammes. Mais le repas de Noël est fichu.

– Bon, on ne va pas rester là jusqu'à ce que l'on devienne des bonshommes de neige ! s'exclame Bradley tout en passant un bras autour de la taille d'Abigail.

– Je crois que le repas est compromis, lâche mon père avec une petite grimace.

– Eh bien, on n'a plus qu'à se rendre à l'hostellerie ! déclare Bradley.

– Tu es certain ? demandé-je gêné de ne pas avoir mieux surveillé la cuisson de la dinde et d'avoir gâché la soirée.

– Ouep, mon pote ! Allez, on va tous chez moi ! clame Bradley.

– Je vous rejoins, j'ai oublié les biberons, dis-je en remettant dans les mains d'Hoani la caisse contenant mes trois chatons.

Mon père s'empare de la main d'Amélia dont le sourire est communicatif. Je me rends compte à quel point Tess a son sourire et celui de son autre grand-tante, bien sûr. Cette dernière, d'ailleurs, prend le bras de Mme Coughlin avec laquelle elle converse et toutes deux se dirigent vers *Le Blueberry*, suivant de loin Bradley, Abigail et les autres. Quant à Tess, elle reste là et je lui dis tout simplement que je ne préfère pas qu'elle m'attende.

Je remonte en vitesse chez moi et regarde les dégâts. Je hoche légèrement la tête en me disant que c'est un vrai gâchis. Je m'empare des biberons et des boîtes de lait. Je reste néanmoins quelques secondes sans bouger, repensant aux paroles de Tess m'assurant qu'elle aurait aimé que je vienne à son mariage.

– Mais c'est un vrai cauchemar ! m'écrié-je soudain.

– Nicholas...

Je sursaute en me retournant pour tomber face à Tess.

– Va-t'en !

– Non. Je ne comprends pas ce qu'il se passe entre nous et il faut que tu m'éclaires, dit-elle presque dans un murmure.

– Que veux-tu que je te dise ? Que je n'ai pas compris pourquoi tu m'as fait croire que je t'intéressais, alors que tu as épousé ton collègue.

– Hein ?

– Pourquoi n'es-tu pas avec Mark ?

– Mark ? Mais que vient-il faire là ?

– C'est avec lui que tu devrais être, au lieu de m'ennuyer. Laisse-moi, s'il te plaît...

– Mais Mark est gay !

J'avoue que sur l'instant, mon esprit est quelque peu chamboulé.

– Isabelle m'a dit que tu avais épousé ton collègue Mark !

– La vipère ! Je ne suis mariée ni avec lui ni avec personne ! dit-elle en secouant la tête, le regard toujours inquiet. Seigneur ! Si tu voyais Mark, tu ne douterais pas de mes paroles ! Il n'y a pas plus gay sur terre que cet homme ! ajoute-t-elle avec un petit sourire.

Je reste confus. Je ne sais pas quoi faire. Je me rends compte de mon erreur qui m'a fait perdre pied. Je me confonds en excuses en me rapprochant d'elle. Sans un mot, je prends ses mains dans les miennes. Elle se laisse faire et je l'attire plus encore vers moi. Je sens que c'est un moment clé de ma vie et j'ai peur de tout gâcher. Elle me sourit et je me sens perdu de nouveau. Mais cette fois-ci, je ne la fuis pas. Je m'approche de ses lèvres et elle ne recule pas. Je sens que mon bonheur m'interpelle et je compte l'embrasser avec toute la ferveur qui ne m'a jamais abandonné…

Chapitre 27

Tess

Même si j'adore lire des histoires romantiques, j'ai toujours trouvé utopiques, voire énormes, les histoires que j'y découvrais. La fille qui tombe amoureuse, mais rien ne se passe comme prévu, et patati et patata, le héros la repousse et puis il y a toujours un quiproquo qui les a séparés avant de les rabibocher, un baiser échangé et *bam !* elle n'imagine plus un seul instant ne pas vivre au côté du héros et repatati et repatata et ils vécurent heureux à tout jamais. Pourtant, je me rends compte qu'il n'y a rien de faux là-dedans. Un mois plus tôt, moi-même je n'avais pas prévu de tomber amoureuse et pourtant, c'est ce qu'il m'est arrivé. Un bonheur puissant m'a happée au moment même où Nicholas a posé ses lèvres sur les miennes. Je me suis liquéfiée sur place et lorsqu'il a posé les mains sur moi, des frissons m'ont envahie à en perdre la tête.

Nous avons toutefois réussi à nous raisonner ou peut-être était-ce à cause de l'odeur épouvantable de la dinde calcinée dans la cuisine ! Peu importe, nous avons fini par rejoindre nos familles et amis qui nous attendaient au Blueberry pour réveillonner. À peine sommes-nous arrivés que le père de Nicholas nous a annoncé que nous étions conviés le lendemain même à l'église St. Peter's de Notting Hill pour le voir s'unir à tata Amélia. Sa tirade sur *la raison du temps qui nous échappe à tous* nous a convaincus et bien que surpris par cette précipitation, nous avons eu une grande joie de l'apprendre. La soirée s'est ensuite fort bien déroulée et beaucoup de paroles et de rires ont été échangés. Certains baisers ont même été volés pour le plus grand bonheur de celui ou de celle qui s'est *laissé* abuser. Puis, en me rendant dans la suite de Bradley pour vérifier si les trois chatons étaient toujours endormis, mon regard a été attiré par une photo dans un petit cadre presque caché dans le recoin de la pièce. Je pouvais y voir Nicholas et Bradley à peine âgés de la vingtaine. Une fille du même âge qu'eux était lovée dans les bras de Nicholas. Cela m'a fait un drôle d'effet et plus encore en apprenant par Abigail que c'était Jessica, une amie d'enfance des deux amis, avant d'avoir trois ans plus tôt le statut d'ex-fiancée de Nicholas. Oui, cela m'a fait une drôle de sensation dans le corps. Je lui ai demandé si elle savait ce qu'elle était devenue, mais après quelques bégaiements, j'ai fini par comprendre que celle-ci était actuellement à Notting Hill. Je n'ai pas su me dire intérieurement si je devais m'en inquiéter ou pas. Puis j'ai décidé que non.

La soirée s'est terminée tardivement et Nicholas et Bradley ont raccompagné Mme Coughlin chez elle. En attendant que son amoureux revienne, Abigail est restée à l'hostellerie avec son frère Hoani, qui a souhaité veiller sur les chatons, et moi, je suis rentrée avec mes deux grand-tantes, toutes trois escortées par M. de Monderlay.

En rentrant dans la maison, je ne m'étais pas attendue à voir autant de dégâts. Tous les livres sur mes étagères étaient couchés sur le sol, le vase avec ma rose d'hiver était renversé, le plaid sur mon canapé était tout en boule et il y avait des croquettes partout. Je venais de comprendre que Flokon, Amour et *le chat* avaient joué un remake de *Terminator*. Une chance pour moi qu'aucun d'eux n'ait eu l'idée de monter à l'étage. J'ai songé alors que je n'aurais peut-être pas dû laisser le petit roux à l'intérieur sans surveillance. Pourtant, Amour et *le chat* semblaient se liguer contre Flokon, lequel miaulait à s'en décrocher les mâchoires. Comme la porte d'entrée était restée ouverte, mon petit rouquin a réussi à prendre la tangente. Après avoir réparé plus ou moins les dégâts, j'ai pu offrir à mes grand-tantes les présents que je leur réservais. Elles ont été plus qu'enchantées. J'ai eu droit moi aussi à deux enveloppes contenant de gros chèques de leur part. Cela m'a gênée comme à chaque fois, mais elles ont riposté qu'elles n'allaient pas emporter leurs pécules dans la tombe. Je n'ai donné que le lendemain matin les jouets à leurs chats. Il n'était pas question de les féliciter non plus, avec tout le bazar qu'ils avaient mis dans mon intérieur.

Le lendemain, à midi, tata Amélia et M. de Monderlay se sont unis dans une cérémonie plus qu'intime : les personnes présentes la veille de Noël, ni plus ni moins. Après le sacrement prononcé par le vicaire, j'ai raconté à Nicholas les dégâts qu'un certain petit chat roux avait causés chez moi. J'ai été surprise d'apprendre que ce coquin s'était échappé de son animalerie. Ce qui m'a donné plus encore l'envie de l'adopter. Deux jours plus tard, tata Amélia et le père de Nicholas ont quitté ensemble Notting Hill. Tata Imogen a longuement pleuré de bonheur pour sa sœur jumelle et leur séparation a été douloureuse. C'était comme une nouvelle naissance, qui les arrachait à la poche qui les avait créées. Mais elles se sont juré de se voir fréquemment. D'autant plus que le père de Nicholas a décidé de vendre son bien de Nottingham et tata Amélia celui de Southampton, pour acquérir ensemble un nouveau bien à Hammersmith. Cela nous a ravis, Nicholas et moi, de les savoir si proches de nous prochainement. Puis tata Imogen est rentrée seule avec son chat. Mais elle m'a assuré que tout allait bien et qu'elle reviendrait très vite me voir. Elle m'a remerciée encore une fois pour mon présent de Noël et m'a promis qu'elle ne ferait plus mourir ses héros, sauf si l'un d'eux l'agaçait plus que nécessaire. Nous avons bien ri à cela, avant qu'elle ne s'engouffre dans un taxi et ne s'éloigne de moi.

⋆ ⋆ ⋆

Je regarde l'heure sur mon téléphone. Déjà six heures du soir. Il est temps pour moi de retrouver Nicholas pour mon plus grand bonheur. Je vis un rêve tout éveillé depuis qu'il m'a embrassée dans sa cuisine. Les travaux de réfection de cette pièce n'auront lieu qu'en début d'année prochaine, donc en attendant, Nicholas loge gracieusement à l'hostellerie de son ami.

– Bonsoir, toi, dis-je en le retrouvant à l'animalerie.

– Bonsoir, toi, lâche-t-il dans un murmure avant de m'embrasser.

Je suis tellement heureuse que cela m'effraie. Mais je n'en souffle mot à Nicholas. Il a déjà craint de m'avoir perdue pour toujours, il n'est donc pas question de lui causer du souci pour rien. Je m'enfonce dans le magasin, ma main dans la sienne, tout en lui faisant remarquer qu'il neige beaucoup. Nous arrivons à la hauteur des box où se trouvent les trois chatons, qui demandent énormément d'attention.

– Je t'attendais, m'annonce-t-il tout en s'emparant d'un biberon déjà prêt pour me le glisser dans la main.

Puis il me donne un baiser langoureux qui me fait perdre pied. Mais les chatons miaulent et nous nous détachons avec un sourire.

– Que vas-tu en faire ? lui demandé-je en parlant des chatons.

– Je ne veux pas les donner, car je veux que les gens qui les adopteront soient responsables d'eux. Et ils ne le seront que s'ils déboursent de l'argent pour les avoir. Je leur ferais régler les vaccins et le puçage, ce sera moins cher que d'habitude, mais ils auront tout de même payé quelque chose, ajoute-t-il sérieusement.

Je suis bien d'accord avec sa théorie.

– Et puis, je ne compte pas me faire de l'argent sur le dos de la SDF, m'informe-t-il en haussant les sourcils, les yeux brillants.

– *Vous* êtes incroyable, monsieur de Monderlay ! dis-je en lui donnant un léger baiser, tandis que les deux chatons que nous tenons chacun engloutissent d'un trait leur biberon de lait.

Nicholas repose l'un des chatons repus lorsque la clochette de l'entrée retentit. Il me délaisse tandis que de mon côté, je repose le deuxième chaton pour m'emparer du troisième qui n'a pas encore dîné. Quelques minutes plus tard, Nicholas revient en m'annonçant qu'un client souhaite le dernier chiot qu'il lui reste.

– Il revient d'ici dix minutes, lâche-t-il. Je vais en avoir pour une bonne vingtaine de minutes avec lui. Si tu veux, tu peux m'attendre au Blueberry. Pour se faire pardonner de nous lâcher ce soir, Bradley m'a remis pour cette nuit la clé de la suite Downton…

– Hum… Voilà que tu sais me parler ! murmuré-je en m'emparant de la clé qu'il agite devant mes yeux. OK. Je vais chez moi prendre quelques affaires et l'on se retrouve là-bas, ajouté-je en accrochant la clé de la suite sur mes clés de maison.

– Oui, à tout de suite, mon amour ! marmonne-t-il en s'emparant de nouveau de ma bouche.

Je sens que cette nuit de la Saint-Sylvestre va être la plus belle nuit de ma vie.

Je retourne donc chez moi pour donner à manger à mon petit roux que je continue de nommer *le chat* et que j'ai depuis adopté. Puis je m'enfuis dans ma chambre préparer une petite valise pour une nuit. Évidemment, toute ma garde-robe y passe et je me retrouve avec un tas de linge énorme en vrac sur mon lit. Mais je suis devenue une experte en essayage. Cela m'a pris tout au plus dix minutes !

– Tu es devenue une pro dans ce domaine, ma *p'tite* ! me félicité-je en enfilant une robe légère.

Je compte bien être affriolante pour mon chéri !

Je me dis qu'en portant une veste par-dessus, plus mon manteau, je devrais pouvoir supporter pendant au moins quinze minutes le froid qu'il fait dehors. Et comme je ne devrais pas mettre plus de temps pour me rendre au Blueberry, je ressors de ma chambre satisfaite. Je délaisse mon petit roux en lui ayant laissé légèrement entrouverte la fenêtre de ma chambre, afin qu'il puisse faire des allées et venues dans la maison jusqu'à ce que je rentre demain. Après tout, il est tellement petit et fin qu'il passerait dans une ouverture de moins de dix centimètres !

Je lui donne une petite caresse en lui disant *à demain*, puis je referme la porte d'entrée à clé. Je descends les trois petites marches tout en regardant le ciel. La neige tombe plus abondamment que tout à l'heure. J'espère ne pas me transformer en pain de glace avant d'arriver au Blueberry. Je fais rouler ma valise dans la neige et bien qu'elle soit plutôt légère, j'ai un peu de mal avec les roues. Je ne passe qu'à une ruelle de l'animalerie pour me rendre à l'hostellerie, mais comme Nicholas a prévu de m'y retrouver directement, je me tiens à ce que nous nous sommes dit. Cependant, je vois au loin une silhouette qui m'interpelle. C'est celle d'une femme élancée, mais je n'ai aucune idée de qui elle est. Je ne sais pas pourquoi, mais je change instinctivement de direction pour la suivre sur quelques mètres. Je la vois soudain faire une halte devant la porte de l'animalerie. Puis, elle la pousse et s'engouffre à l'intérieur. Je ne sais pas pourquoi, mais je reste paralysée sur place quelques minutes. Un coup de klaxon dans la rue me fait ressortir de ma léthargie et je poursuis mes pas dans sa direction. La neige tombe de plus en plus fort et le froid me pique aux jambes. Mon cœur s'accélère tandis que je me trouve à la hauteur de la vitrine de l'animalerie. Nicholas devrait être encore en train de s'occuper de son client avec l'adoption du chiot, car je n'ai vraiment pas mis longtemps pour me préparer. Je jette un œil à l'intérieur, mais à cause de la chaleur et du froid, la vitrine s'est légèrement embuée, m'empêchant d'y voir clairement ce qu'il se passe. Je ne distingue qu'un halo de Nicholas et de cette femme face à lui.

– Était-ce elle *son* client ? dis-je pour moi seule.

En posant ma main sur la porte pour la pousser et entrer, je me sens contrariée. Je ne comprends pas pourquoi il ne voulait pas que je l'attende à la boutique. À moins que… Je m'interroge encore et encore sur qui peut bien être cette cliente en ressentant une douleur dans le ventre tellement j'ai un mauvais pressentiment. Je prends alors mon courage à deux mains et repousse la porte d'entrée tout en repensant aux paroles de Mark : *N'oublie jamais que l'amour n'est pas là où on le cherche, mais là où l'on ne l'attend pas…*

Et pour ne pas m'y attendre, je ne m'y attends pas !

Bien que Nicholas me tourne le dos, je distingue clairement les traits de la femme. Je reconnais instantanément Jessica, la fameuse ex-petite amie, et je ne sais *qui* encore en cet instant. Elle est vraiment très jolie et brusquement je me trouve mal à l'aise face à elle. Nicholas ne m'a pas vue. Elle non plus. Je recule pour ressortir, mais je rate une marche et me retrouve carrément le fessier dans la neige. Je me redresse et me relève aussi rapidement que cela me soit possible de le faire sans glisser. J'en pleure de rage tout en me faisant brûler les méninges.

Je ne sais pas pourquoi elle est là.

Je ne sais pas pourquoi Nicholas la reçoit.

Je ne sais pas pourquoi il m'aurait menti avec son soi-disant rendez-vous client qui n'est pas là.

Je me demande, après cette multitude de réflexions dévastatrices, si je n'ai pas finalement ma réponse : il voulait tout simplement que je ne l'attende pas, car il avait rendez-vous avec elle...

Mon cœur se brise comme jamais. Je continue de tirer ma valise dont les roues sont gelées et refusent de rouler. Mon esprit est traversé par de nouvelles et nombreuses questions accablantes qui me torturent tout le long du chemin pour rentrer chez moi. Je finis par y arriver tant bien que mal, le corps meurtri d'émotions douloureuses. Je recherche mes clés, mais je ne les trouve pas. Encore une fois, je me rends compte que je les ai égarées ou même perdues. Je pleure déjà, mais là, j'ai envie de hurler. Je retourne sur mes pas, mais je ne vais pas bien loin. J'ai horriblement froid avec ma petite robe légère qui ne couvre rien. Qui plus est, mes collants sont tout filés. Complètement abattue, je m'assois sur le haut des marches enneigées et mon petit compagnon tout roux s'invite à ma peine. Je me sens si mal qu'il n'y a pas loin pour que je vomisse mon déjeuner. Mon fessier se refroidit à grande vitesse sur les marches en pierre. J'ouvre ma valise, cherchant un linge épais à mettre sous mon postérieur. Mais je n'ai que peu de choses bien chaudes. Il faut dire qu'à aucun moment je n'ai songé que j'aurais l'utilité d'un pull épais ou même d'un plaid dans une suite royale ! À l'exception d'un déshabillé en satin et de quelques dessous affriolants, je ne trouve pas de quoi me réchauffer le corps. Et dire que je n'ai pris aucun papier ni aucune carte de paiement, car je ne pensais pas en avoir besoin ! J'aurais pu appeler Abigail, si elle ne m'avait pas appelée ce matin pour me dire que les parents de Bradley étaient rentrés la veille des Bahamas. Elle s'est confondue en excuses en m'informant qu'elle et Bradley ne passeraient plus le jour de l'an avec nous, car ce dernier voulait la présenter à ses parents ce soir. Je sais donc qu'ils ne seront pas au Blueberry, même si je m'y rends. Et pour peu que je revoie Nicholas au côté de son ex, il n'y a pas loin à ce que je commette un meurtre ou un suicide ! *Le chat* se colle à moi, me faisant redescendre sur terre.

Je le mets à l'abri sous mon manteau. Je reste ainsi peut-être cinq ou dix minutes. Finalement, je me rends compte que je ne vivrais sans doute pas assez longtemps pour voir le Nouvel An. Mes pieds sont tellement engourdis que je n'arrive même pas à me relever. Je reste donc assise, prête à accepter la mort, le petit mistigri frissonnant contre moi, me réchauffant quelque peu, quand soudain, Nicholas apparaît à ma vue.

– Tess ! Mais qu'est-ce que tu fais ici dans le froid ?

Devant mon silence, car je me demande s'il n'est pas simplement une apparition comme Jésus avant que la mort ne vienne m'emporter, Nicholas ajoute :

– Tu as perdu ça en partant tout à l'heure, articule-t-il en secouant mon porte-clés devant son visage.

J'ai envie de lui brailler que je ne les ai pas perdues tout à l'heure, mais il y a moins de quinze minutes en me rendant par hasard au magasin. Mais je grelotte tellement que cela m'est impossible à dire.

– Ma puce, je les ai trouvées en bas des marches, dans la neige. Je me suis rendu à l'hostellerie et quand j'ai vu que tu n'y étais pas arrivée, je suis venu jusqu'ici, m'explique-t-il en posant rapidement son manteau sur mes épaules.

Je veux me relever, mais je n'y arrive pas. Je sens que ce soir, en plus d'avoir perdu l'amour de ma vie, je vais perdre mes jambes !

Nicholas ouvre la porte rapidement et m'emporte dans ses bras à l'intérieur. Il m'enroule dans un énorme plaid tout doux qui se trouve sur mon canapé et je finis par réussir à me réchauffer avec un thé chaud qu'il me prépare rapidement.

– Je t'ai vu avec elle, réussis-je à dire en frissonnant.

Devant son visage qui se décompose, je sais qu'il comprend tout de suite que je parle de Jessica.

– Tess, je suis désolé si tu as cru voir quelque chose.

– Tu n'avais pas de client, c'est ça ? prononcé-je d'une voix éteinte.

– Si, bien sûr que si, mon client est revenu, mais c'était pour me dire qu'il préférait attendre le début de l'année pour acheter le chiot que je lui avais réservé. Tu sais à quel point l'adoption de mes petits amis compte pour moi !

Je secoue légèrement la tête pour acquiescer tout en conservant la bouche pincée.

– J'en étais ravi, car ça voulait dire que j'allais te retrouver plus tôt ! Alors que je m'apprêtais à fermer la boutique pour te rejoindre, Jessica est arrivée. Elle était calme, puis est devenue hystérique, m'assurant qu'elle avait fait la plus grande erreur de sa vie en me quittant. Que depuis trois longues années, elle vit des jours moroses. Elle m'a suppliée de revenir vivre avec elle, mais…

Devant son interruption à poursuivre, je le fixe et nos regards se verrouillent.

– Mais ? répété-je pour qu'il poursuive tandis que je sens *le chat* se coucher sur mes jambes.

– Mais je lui ai répondu que je ne ressentais plus rien pour elle, parce que j'ai trouvé la femme de ma vie. Toi, Tess ! Toi et toi seule à jamais !

Il dépose ses lèvres chaudes sur ma bouche encore glacée. Mon cœur s'emballe comme au premier jour. Je sens qu'il ne m'a pas menti, sinon, au lieu d'être avec moi, il serait encore avec elle. Je me love contre lui et il m'enlace tout en continuant de m'embrasser. Je sais que je vais mourir un jour, mais ce ne sera pas ce soir. Ce soir, je veux sentir mon corps vibrer sous ses caresses et prendre tout l'amour qu'il a à m'offrir. Je ne sais pas si cela durera toute notre vie, mais au fond de moi je l'espère…

Épilogue

Nicholas a donc réparé son cœur et vit un bonheur sans fin au côté de Tess, qui a quitté le *Daily's March* et travaille aujourd'hui comme journaliste chez le concurrent principal de celui-ci. Sa collègue Abirami a également quitté son poste pour rejoindre la société de Ryan. La date de leur union en Inde est déjà fixée pour le mois de mai et tous vont être conviés à séjourner dans l'immense palais de M. et Mme Chandrasekhar. Le bonheur a donc frappé à plusieurs portes de Notting Hill en ce mois de décembre et celui d'Amélia n'aurait pu être complet sans revoir une nouvelle fois sa sœur, qui lui manque tant depuis qu'elles se sont réconciliées. Alors, lorsque Amélia propose à Imogen de venir séjourner quelque temps à Hammersmith, celle-ci fait ses valises en moins de temps qu'il n'en faut pour le dire et s'engouffre dans un taxi avec Amour dont elle ne se sépare jamais. Elle aurait pu opter pour le train ou l'avion, mais elle ne nourrit aucune confiance en ces deux moyens de transport, d'autant plus qu'elle déteste voyager aux côtés d'inconnus.

Ayant pris la route depuis une bonne heure, son chat Amour montre soudain des signes de fatigue. Ce qui inquiète grandement sa maîtresse. Elle demande aussitôt au chauffeur de taxi de bien vouloir changer d'itinéraire et de se rendre dans la clinique vétérinaire la plus proche. Le chauffeur s'exécute en modifiant son trajet et, une vingtaine de minutes plus tard, il marque un arrêt devant une clinique, assez long pour qu'Imogen puisse prendre sa valise et son chat. C'est alors qu'elle remarque que par le plus grand des hasards, le chauffeur l'a conduite dans sa ville natale. Mais Amour miaule de nouveau et Imogen délaisse ses réflexions aussi rapidement qu'elles se sont insinuées dans son esprit. C'est d'un pas alerte qu'elle passe les portes coulissantes de l'entrée des lieux tandis qu'une certaine appréhension l'envahit de nouveau.

– Bonjour, mademoiselle. Je suis Mme Turner et je viens pour mon chat Amour, lâche-t-elle à la jeune assistante médicale qui se trouve installée derrière le bureau d'accueil de la clinique.

– Bonjour, madame Turner. Dites-moi ce qu'il a.

– Eh bien, nous étions en route pour un voyage, précise-t-elle afin d'expliquer succinctement pourquoi elle tire une valise sur roulettes, mais mon chat ne se sent pas très bien depuis une bonne demi-heure maintenant. Il lâche de longs miaulements comme s'il avait mal quelque part et il a eu quelques spasmes, il y a environ dix minutes. Je suis très inquiète !

– N'ayez crainte, madame Turner. Vous êtes au bon endroit pour votre chat.

– Je l'espère, marmonne Imogen en se baissant pour rassurer Amour, qui se trouve toujours dans son petit sac de transport et s'est remis à miauler.

L'assistante, de son côté, compose aussitôt quatre chiffres sur son téléphone fixe tout en inscrivant sur une fiche les informations que lui a communiquées Imogen.

– Ne vous inquiétez pas, madame Turner, nous allons terminer de remplir cette fiche ensemble pendant que votre petit chat sera ausculté, l'informe-t-elle.

À peine une minute plus tard, une jeune femme apparaît par une porte située derrière le bureau d'accueil. Celle-ci échange quelques mots avec l'assistante, avant de venir se poster devant Imogen et de s'adresser à elle.

– Bonjour, madame Turner, dit-elle avec un sourire bienveillant. Je suis l'aide-vétérinaire du Dr Holder.

Amour émet une plainte qui interrompt la jeune vétérinaire.

– Oh, mon beau, que t'arrive-t-il ? lui dit-elle, tandis qu'elle s'empare de la poignée du sac de transport.

Imogen lui réitère les symptômes d'Amour.

– Ne t'inquiète pas, mon pauvre, on va bien s'occuper de toi, ici, rétorque t-elle en souriant à Amour. Je vais emporter votre chat en consultation, madame Turner, et d'ici quelques minutes, vous serez reçue par le Dr George Holder.

Imogen acquiesce, soucieuse pour son chat qui n'a jamais montré le moindre signe de faiblesse. Mais, qui plus est, elle se sent déroutée par le nom du médecin vétérinaire.

George Holder.

Serait-ce le même George Holder de sa jeunesse, qui lui avait brisé le cœur à son insu ?

Celui-là même sur lequel elle s'était fourvoyée, croyant qu'il avait des inclinations de cœur pour sa sœur jumelle ?

Celui à cause duquel elle avait voué une haine sans pareille à l'égard d'Amélia, avant que celle-ci ne l'éclaire à Noël dernier sur cette méprise, lui affirmant que George n'avait jamais nourri le moindre intérêt pour elle ?

Est-ce donc ce même George Holder auquel elle avait juré un amour unique au point de ne s'être jamais mariée ?

Tant de questions se bousculent dans sa tête qu'elle en a presque le tournis. Tout en continuant de répondre machinalement aux questions de l'assistante, elle remue légèrement du chef, comme pour chasser tout ce remue-ménage qui la perturbe grandement. Puis l'assistante la prie de bien vouloir patienter dans la salle d'attente, qui se trouve vide en ce moment. Imogen s'installe sur l'une des chaises et, tandis que les minutes défilent, elle reste submergée par les pensées qui l'assaillent, ne lui laissant aucun répit. Finalement, une porte s'ouvre sur un homme qui se dirige vers elle. Après tout, c'est évident puisqu'elle est toute seule à attendre dans la salle.

– Bonjour, madame Turner. Je suis le...

– George..., l'interrompt-elle en se relevant doucement du siège, tandis qu'une vague d'émotions déferle dans tout son corps.

– Oui, je... Imogen ? C'est bien toi ? s'étonne-t-il avec un sourire qui lui monte jusqu'aux oreilles.

– Oui, c'est bien moi, répond-elle en rougissant plus qu'elle ne l'est déjà. Mais... Mais que fais-tu ici ?

– Eh bien, je suis le directeur de cette clinique, lâche-t-il.

– Mais ta passion de devenir pilote de ligne, tu..., s'interrompt-elle toute seule.

– Eh bien, j'ai préféré devenir vétérinaire, avoue-t-il quelque peu surpris qu'elle puisse se souvenir de cela après tant d'années.

– Et pourquoi ? demande-t-elle sans ménagement, comme s'ils étaient des amis qui se côtoyaient quotidiennement.

– Parce que j'ai pensé que ce serait mieux pour... moi, déclare-t-il en se retenant de dire « nous » pour parler d'elle et de lui, car il avait gardé l'espoir, durant de nombreuses années, de la retrouver ; et devenir pilote, cela l'aurait éloigné plus encore que ce ne fut déjà le cas.

– Tu es donc resté vivre ici ? demande-t-elle en ressentant son pouls battre fortement dans ses tempes.

– Oui, je ne pouvais pas partir...

Devant cette déclaration faite à demi-mot, Imogen reste coite, en ressentant pour la première fois depuis fort longtemps les battements de son cœur s'affoler dans sa poitrine. Un mouvement magique et incontrôlable qui ne s'était jamais éteint, même après avoir menti à George en lui faisant croire qu'elle était amoureuse d'un autre, afin de ne pas perdre la face vis-à-vis de lui, car elle avait bien cru à cette amourette avec sa sœur jumelle. Pourtant, elle a beau avoir soixante-deux ans, elle a l'impression d'être de nouveau cette jeune fille qui se trouve devant le jeune homme qu'elle aime. Elle se sent jeune, elle se sent belle et plus amoureuse que jamais. Elle se demande ce qu'il se serait passé si elle n'avait pas rompu avec lui, quelle vie elle aurait mené et si elle avait pu entrevoir d'être heureuse en se réveillant chaque jour au côté d'un tel homme ? George n'a pas changé. Il a vieilli, certes ! mais les quelques rides et ses tempes poivre et sel ne font que renforcer sa beauté masculine et son charme. Elle retrouve instantanément en lui le charisme qui en faisait un homme fort attirant dans sa jeunesse. Tandis qu'elle reste troublée et toujours sans voix face à lui, George, bien trop assailli par ses propres pensées, ne se doute pas un seul instant qu'Imogen mène un même combat tant ses réflexions sont aussi tortueuses que les siennes…

Soudain, elle entend un chat miauler, ce qui la fait ressortir de ses pensées.

– Oh ! excuse-moi, je ne suis pas là pour te questionner, tu t'en doutes certainement, et cela ne me regarde pas de toute façon ! Alors, je… je voudrais plutôt savoir ce qu'il en est de mon chat ! Est-ce que tu sais ce qu'il a ? réussit-elle à dire d'une voix haut perchée, troublée par ses émotions grandissantes et son inquiétude ressurgissant pour Amour.

– Ton chat ? Je croyais que tu avais amené une femelle, précise-t-il, surpris que son assistante ait pu inverser la fiche de l'animal d'Imogen avec celle d'un autre client.

– Non, non, j'ai laissé ta jeune assistante vétérinaire l'emporter avec elle ! lâche-t-elle inquiète en portant ses doigts à sa bouche, chose qu'elle ne fait jamais.

– Oh, j'ai dû me fourvoyer, ma chère Imogen. Veux-tu bien m'accorder quelques secondes ?

– Oui, bien sûr, si tu me dis rapidement où se trouve mon Amour !

George a soudain envie de lui crier qu'il est là son amour, devant ses yeux, en sa personne, car même si de longues années se sont écoulées, lui n'a jamais cessé de l'aimer. Mais il n'en fait rien, bien évidemment. Cela serait déplacé d'autant plus qu'il ne sait rien d'elle...

– Ne t'inquiète pas, se reprend-il sans lui dévoiler ses pensées, je vais éclaircir ce mystère immédiatement.

Il se fait violence pour se détourner d'elle et se diriger vers l'accueil. L'assistante lui remet aussitôt la fiche d'Amour, elle aussi un peu troublée par l'ambiguïté de la situation. George lui sourit en lui rendant la fiche, puis se dirige de nouveau vers Imogen.

C'est quelque peu ennuyé qu'il s'adresse à cette dernière.

– Ma chère Imogen, je ne sais comment te dire que tu n'es pas venue avec un chat, mais avec une chatte.

– Allons, bon, George ! Je ne suis pas encore sénile au point de ne plus savoir si je suis la maîtresse d'un mâle ou d'une femelle, nom d'une pipe ! s'insurge-t-elle en le foudroyant du regard.

George a beau être troublé par la situation, il n'en reste pas moins émerveillé de voir cette femme froncer les sourcils comme elle le faisait déjà à dix-sept ans. Il retrouve les traits de celle qu'il a toujours aimée passionnément.

– Je suis désolé, Imogen, poursuit-il néanmoins, mais je t'assure que c'est toi qui te trompes. Le seul chat noir que nous ayons actuellement est une petite féline qui est en train de mettre bas, lâche-t-il presque dans un murmure, afin de ne pas la perturber plus qu'elle ne l'est déjà.

– Que dis-tu ?

Devant son air effarouché, George essaie de la rassurer comme il le peut en lui prenant la main. Imogen se sent transpercée par une force et une avalanche d'émotions qu'elle ne pensait plus jamais ressentir de sa vie.

– Viens, suis-moi, dit-il d'une voix rauque en lâchant toutefois sa main, surpris lui-même par un rougissement qui lui brûle les joues et le prend au dépourvu.

Imogen, d'un pas fébrile, emboîte le pas à George jusque dans une petite salle blanche. C'est alors qu'elle pose les mains sur sa bouche pour retenir un petit cri de surprise.

– Mais Amour est un chat !

– *A priori*, non, lâche la jeune assistante vétérinaire qui avait pris en charge l'animal dès son arrivée, lequel continue de miauler doucement tandis qu'un premier chaton tout noir voit le jour.

– Oh, Seigneur ! Mais comment ai-je pu me tromper à ce point ?

– Ce sont des choses qui arrivent, lâche George, le visage trahissant sa déconvenue.

Même si Imogen saisit rapidement l'allusion faite à son erreur passée, elle ne pipe pas mot dessus. De toute façon, elle est bien trop surprise par la naissance de ce premier chaton.

– Elle n'est pas bien grosse, madame Turner, poursuit la jeune femme d'une trentaine d'années, tout en caressant avec attachement l'animal. Je pense qu'elle a encore deux ou trois bébés tout au plus dans le ventre, précise-t-elle.

– C'est pourquoi tu n'as rien vu, ma chère amie, lui affirme George, tout en pressant affectueusement l'épaule de la jeune femme.

Un deuxième chaton arrive, lui aussi d'une belle couleur noire. Mais Imogen reste gênée par le geste de George et du fait qu'il l'ait citée en tant qu'amie.

Certes ! cette femme est bien plus jeune que lui, mais, après tout, il peut faire ce qu'il veut, songe-t-elle avec un petit pincement au cœur.

Un troisième chaton arrive à son tour, mais il est loin d'avoir le pelage noir des deux précédents.

– Oh, satané chat roux de Notting Hill ! s'exclame Imogen.

– Bon, eh bien, je crois que tu sais qui est le père, dit George avec un sourire mutin.

– Certes ! Certes ! répète Imogen, perplexe.

La jeune femme refait une nouvelle auscultation sur Amour. Elle prend de nouveau sa température, lui palpe tout doucement le ventre, vérifie son pouls avant de s'exclamer :

– Je pense que c'était le dernier, papa !

– Tu en es certaine, Imogen ?

– Oui, certaine ! lui affirme-t-elle, fière de son résultat.

Papa. Imogen, répète Imogen, rendue encore plus perplexe par ce que vient de dire cette jeune femme.

George la regarde avec un drôle d'air ; le regard brillant, le sourire gêné, une moue sur sa jolie bouche comme pour lui dire : « Eh oui, je me suis marié malgré tout ! » C'est alors qu'il lui annonce sans plus attendre :

– Ma chère Imogen, je n'ai pas encore eu l'occasion de te présenter ma fille cadette... *Imogen*, l'informe-t-il avec un sourire heureux.

– Ta fille..., répète Imogen, l'esprit ailleurs.

George s'était donc marié ! Le cœur déchiré de l'apprendre, bien qu'il n'y ait aucune raison qu'il ne le soit pas, Imogen se sent de nouveau le cœur meurtri, comme la fois où elle avait trouvé ce mot de George destiné à sa sœur, bien qu'elle ait su depuis que ce petit mot n'émanait pas de lui. Cependant, elle se demande bien pourquoi cette enfant porte son prénom. C'est un sentiment étrange qu'elle ressent au fond d'elle.

Est-ce que George aurait joué un rôle dans le choix de ce prénom ? se fait-elle la réflexion en silence.

Elle en est tellement troublée et bouleversée qu'elle désire abréger la consultation.

– Bien ! Si Amour, enfin, ma chatte en a fini, je vais la ramener à la maison avec ses bébés et vous laisser à votre travail, monsieur Holder !

Son ton est sans réplique. Pourtant, la jeune Imogen ne semble pas d'accord avec la plus âgée.

– Madame Turner, il serait préférable de la garder en observation, puisque c'est une première portée. Enfin, je dis ça pour elle et ses bébés, précise la jeune femme en jetant un coup d'œil inquiet à son père.

– Oui, tu as raison, ma chérie. Ce serait préférable. Enfin, si Imogen est d'accord.

– Hum...

Imogen cherche en vain une excuse pour quitter les lieux et ne plus jamais y revenir. Mais si Amour ou les chatons avaient un souci en rentrant chez elle, elle ne se le pardonnerait jamais.

– Oui, vous avez sans doute raison, mademoiselle Holder, je n'ai plus toute ma tête, ajoute-t-elle en se sentant pâlir.

– Madame Turner, je ne sais pas si vous avez l'intention de garder ces bébés, mais je vous conseille de ne pas leur donner de prénom si ce n'est pas le cas. Ce sera plus facile pour vous lorsque vous vous en séparerez.

– D'accord, lâche Imogen avant d'ajouter : Non, non, non ! Je vais tous les garder, bien sûr !

Tandis que la jeune *Imogen* emporte la mère et ses petits dans la salle où se trouve une couveuse, George reste seul avec Imogen. Un silence pesant s'installe avant que George ne le brise.

– Je ne sais pas ce que ça vaut pour toi, Imogen, mais... mais je suis fort heureux de te revoir même après tant d'années.

– Je devrais sans doute l'être moi aussi, mais... mais... d'ailleurs, peut-être le suis-je tout bonnement..., ajoute-t-elle complètement dépassée par cet instant, ne sachant pas vraiment comment contenir toutes les pensées qui l'assaillent, autant que les émotions qui la submergent.

– Habites-tu toujours à Saint Mary's Bay ?

– Oui, mais comment le sais-tu ?

– Eh bien, en premier lieu, quand tu as quitté le village, j'ai cherché à te retrouver. Ta sœur aînée, Clowance, a finalement accepté au bout de plusieurs mois de me dire que tu étais partie étudier là-bas pour devenir institutrice et que ta vie était déjà toute tracée.

– Tu m'as recherchée ?

– Bien sûr ! Tu m'avais quitté pour un autre et je ne tenais pas à baisser les armes si rapidement. Puis j'ai accepté la défaite le jour où je t'ai vue amoureusement accrochée au bras d'un homme.

– Je ne comprends pas, c'est impossible ! Ce n'était pas moi, je t'assure !

– Ce n'est pas grave, Imogen, c'est du passé maintenant.

Imogen est désespérée. Elle est certaine qu'il se trompe à son tour sur son compte. Ce devait sûrement être Amélia au bras de son petit ami, lorsqu'elle venait lui rendre visite afin de tenter de la convaincre d'enterrer la hache de guerre et de se réconcilier avec elle, comme elle le faisait tous les dimanches ! Mais cela avait été peine perdue. Encore un quiproquo qui l'avait éloignée de George.

– Accepterais-tu de dîner avec moi, ce soir ? propose George au débotté.

Devant une telle demande, Imogen en reste sans voix.

– Je présume que ton silence veut dire non.

– J'avoue ne pas savoir quoi te répondre, George. Ta femme n'apprécierait sans doute pas la chose…

– Il se trouve que je suis veuf, Imogen.

– Oh… Je suis… Je suis désolée, George.

– Non, à ton regard, je vois bien que tu ne l'es pas, mais ce n'est pas grave, dit-il avec une petite grimace, tout en conservant un sourire sur les lèvres. Je vis seul depuis de très nombreuses années, maintenant.

– Ah bon ?

– Oui. Et toi ?

– Moi ? Moi, eh bien, moi je... je... Pourquoi veux-tu le savoir, George ?

– Je veux savoir, si jamais il me prenait l'envie de te courtiser ou de t'embrasser, si je vais devoir me battre avec ton mari ou bien même si tu vas m'éconduire de nouveau...

– J'accepte ! rétorque-t-elle sans réfléchir.

– Qu'acceptes-tu ? Le dîner ? Le baiser ?

– Le dî*ser* ! Non le bai*ner* ! Oh, flûte alors ! Le dîner ! réussit-elle à dire fortement troublée.

Ce qui a le don de faire sourire George jusqu'aux oreilles.

– Va pour le dîner ! Mais je vois que tu as une valise avec toi. As-tu prévu un lieu pour cette nuit ?

– Non, je n'ai plus de famille dans le coin, d'autant plus que je n'avais pas prévu de m'arrêter ici. Mais, il doit bien y avoir un hôtel ouvert, même si nous sommes dimanche ! Non ?

– Certainement. Mais si tu veux, tu peux aussi dormir chez moi. Enfin, dans une chambre d'amis. Les enfants ont tous quitté le nid...

Fortement surprise par un agréable trouble qui la gagne, Imogen s'éclaircit la gorge avant de lui répondre :

– Eh bien, j'accepte, si tu as une chambre d'amis. Cela m'arrangerait plutôt que de rentrer à Saint Mary's Bay sans mon chat. Enfin, sans elle...

– Parfait ! Ainsi, on pourra repasser après le restaurant pour voir comment se porte la nouvelle maman, si tu le souhaites.

– Oui, ce serait bien aimable à toi, mon cher, répond Imogen, la gorge nouée.

George n'a pas changé. Il est toujours aussi aimable, souriant, serviable. Imogen songe un instant que dormir chez George est peut-être un peu déplacé. Mais à soixante-deux ans, le temps file trop rapidement pour le prendre. Amélia et Charles le lui ont déjà prouvé. Et qui sait ? Peut-être qu'elle va enfin avoir le cœur heureux, comme elle aurait dû l'avoir quarante-cinq ans plus tôt.

– Bien ! Je vais retirer ma blouse et prendre mes affaires afin de t'emmener déposer ta valise chez moi. Attends-moi ici et ne te *re*sauve pas, ajoute-t-il dans un murmure avec un petit clin d'œil espiègle.

– Bien ! répète Imogen, les yeux brillants.

– Bien ! rétorque George en la voyant contenir un sourire. Tu sais, ajoute-t-il d'une voix rauque tout en s'approchant considérablement d'elle, tu as le droit de laisser exploser ta joie. Nous sommes complètement seuls dans cette pièce…

Imogen a l'impression d'être foudroyée par un éclair. Son cœur s'emballe et ses joues se parent d'un rouge vif, tandis qu'elle continue d'essayer de contenir un sourire. Mais ses lèvres tremblent tellement que cela lui est fort difficile.

– Certainement pas ! Je ne te donnerai pas ce plaisir, réussit-elle à dire d'une voix étrangement basse, tout en déglutissant.

– Menteuse ! rétorque George en déposant un tendre baiser sur sa joue.

Le temps d'une consultation, l'amour *re*fait son œuvre et soudain un premier dernier baiser est finalement échangé. Sans s'en rendre compte, le chat de Notting Hill a une fois de plus joué à Cupidon, car sans nul doute, en flirtant avec Amour, il a réussi une fois encore à réunir des âmes sœurs… Et comme tout le monde vous le dira à Notting Hill, depuis peu de nombreux chatons bicolores ou totalement roux se promènent sur les toits des maisons aux portes si colorées qui font tant la renommée du lieu…

Du même auteur

Lady Rose & Miss Darcy, deux cœurs à prendre…
Pour que chaque jour compte, il était une fois…
Un Accord Incongru !
Violet Templeton, une Lady chapardeuse
Le Mystérieux Secret de Jane Austen
Saint Mary's Bay – volume 1 & 2
Victoria Hall – volume 1 & 2
Lord Bettany
20 Secondes de Courage
La fille qui rêve d'avoir la jambe pin-up !
Berthe, 27 ans, 1 m 57, 50 kilos, rêve de rencontrer le Prince Charmant (au rayon patates-aubergines !)
Une amie qui vous veut du bien
KEEP CALM & ne tombe pas amoureuse de ton boss
D'un simple signe je t'aime

Responsable éditoriale : Ambre Rouvière
Correction et composition : Nord Compo Multimédia
Conception graphique de la couverture : Nord Compo Multimédia
Illustration de couverture : © Shutterstock

PEFC
10-31-1601
Promouvoir la gestion durable de la forêt
pefc-france.org

Depuis 2009, Prisma Media met en place une politique d'achat écoresponsable. Ainsi, près de 100 % du papier de nos magazines est certifié PEFC (gestion durable des forêts). La fabrication des livres des Éditions Prisma s'inscrit également dans cette démarche.

Dépôt légal : novembre 2021 – n° 2108.0407

Achevé d'imprimer en janvier 2022
sur les presses de la Nouvelle Imprimerie Laballery
58500 Clamecy

Numéro d'impression : 201462

Imprimé en France

La Nouvelle Imprimerie Laballery est titulaire de la marque Imprim'Vert®